Sissi Flegel
Weihnachtsglanz und Liebeszauber

AF157032

Diese Geschichte hat 24 spannende
Kapitel. Als Adventskalender
verkürzen sie die Wartezeit bis
Weihnachten. Jeden Tag vom 1. bis
24. Dezember kannst du die Seiten
eines neuen Kapitels öffnen. Mit
einem Lineal oder einem Brief-
öffner funktioniert das besonders
gut. Viel Spaß dabei!

DIE AUTORIN

Sissi Flegel hat alles erlebt, was man erleben muss, um Kinder- und Jugendbücher zu schreiben. Sie kommt aus einer Großfamilie, ging auf ein Mädcheninternat, studierte Sprachen und arbeitete als Lehrerin, bis sich ihre Erfahrungen verselbstständigten und in Büchern materialisierten. Ihre witzigen Mädchenbücher sind Bestseller und ihre Fangemeinde wächst ständig. Um näher an den Alltag zu kommen, entstehen ihre Mädchenbücher meistens vor Ort.

Bereits erschienen:

Wintertraum und
    Weihnachtskuss (40158)
Engelskuss und
    Weihnachtstraum (09348)
Lichterglanz und
    Weihnachtsflirt (14205)
Alpenglühen für
    Anfänger (09342)

Sissi Flegel

Weihnachtsglanz und Liebeszauber

Eine Liebesgeschichte
in 24 Kapiteln

Mit Illustrationen
von Dagmar Henze

 Dieses Buch ist auch als E-Book erhältlich.

MIX
Papier aus verantwor-
tungsvollen Quellen
FSC® C010328
FSC
www.fsc.org

Verlagsgruppe Random House FSC® N001967

4. Auflage 2019
Erstmals als cbj Taschenbuch November 2014
© 2014 cbj Kinder- und Jugendbuchverlag
in der Verlagsgruppe Random House GmbH,
Neumarkter Str. 28, 81673 München
Alle Rechte vorbehalten
Umschlag- und Innenillustrationen: Dagmar Henze
Umschlaggestaltung: °zeichenpool, München
MP · Herstellung: wei
Satz: Uhl + Massopust, Aalen
Druck und Bindung: Alföldi Nyomda Zrt., Debrecen
ISBN 978-3-570-40252-8
Printed in Hungary

www.cbj-verlag.de

1. Dezember

Am Morgen des 1. Dezember wachte ich zur gewohnten Zeit auf und wollte schon aus dem warmen Bett kriechen, als mir einfiel, dass es Samstag und somit schulfrei war. Zufrieden kuschelte ich mich wieder in die Federn, aber als ich gerade wegdämmerte, drang dieses *kratz-kratz-kratz* an meine Ohren. Das Geräusch kam von draußen und konnte eigentlich nur eines bedeuten – im Nu stand ich mit bloßen Füßen auf den kalten Dielen, riss das Fenster auf und streckte den Arm ins Freie: Es hatte geschneit! Es schneite noch immer! »Hey!«, schrie ich begeistert. »Hallo, Benno! Es schneit!«

Benno, der Mann, der uns seit Jahren bei der Stallarbeit half, hob die Schippe, mit der er den Schnee im Hof wegschaufelte.

»Morgen, Ally! Komm runter und hilf mir!«

»O.K., Benno! Dauert nur 'ne Sekunde!«

Ich schlüpfte in die Jeans, zog dicke Socken und einen Norwegerpulli, der mal meinem Vater gehörte, an, fuhr mit dem Kamm durch meine dunkelbraunen Haare und band sie mit zwei Gummis über den Ohren zusammen, sodass sie wie kurze Pinsel abstanden – ich verschwendete keine Zeit für das, was man »Frisur« nennt, denn meine Haare waren absolut indiskutabel und ein Kapitel für sich. Wohingegen meine ältere Schwester, Rese ist fünfzehn, mit einer glatten goldenen Mähne gesegnet ist. Ihre Haare waren wirklich schöner als meine, aber davon abgesehen, fand ich mich voll in Ordnung.

Ich platzte in Reses Zimmer. »Es schneit!«

»Mpf!«

»Es schneit, Rese!«

»Lass mich in Ruhe!«

»Mensch, Rese! Der erste Schnee!«

»Raus!«

»Blödfrau«, knurrte ich, knallte die Tür hinter mir zu und sortierte unten in der Diele aus den vielen Gummistiefeln mein Paar heraus. Keiner von uns machte sich die Mühe, die Reit- und Gummistiefel ordentlich ins Regal zu stellen; bei uns auf dem Reiterhof hatten dafür meine Mutter, mein Vater, meine Schwester Rese, mein kleiner Bruder Niklas und Benno einfach keine Zeit. Ich schon gar nicht. Es gab immer Wichtigeres zu tun, wie heute zum Beispiel Schnee zu schippen.

Endlich hatte ich meine Stiefel gefunden, ich schnappte mir noch rasch die Handschuhe und eine Schippe, dann war ich endlich draußen – und landete sofort auf dem Po. »Aber hallo!«, sagte ich verdutzt.

»Achtung, es ist glatt!«, rief Benno mir zu.

»Was du nicht sagst …« Ich rappelte mich auf. Neugierig schauten die Pferde aus den oberen Hälften der Boxentüren, und wie jeden Morgen begrüßte ich jedes einzelne, indem ich über seine Nüstern strich und es fragte, ob es gut geschlafen hätte: Hip Hop, den feurigen Braunen, den Rappen Black Beauty, das brave Schneewittchen, Wundertüte, den wir Fury nannten, weil er sehr temperamentvoll war und oft Unsinn im Kopf hatte, und schließlich unser Pony Rosi. Das waren unsere Pferde, aber wir hatten auch noch zwölf Einsteller, die ich natürlich gerechtigkeitshalber auch streichelte, obwohl sie mir nicht so ans Herz gewachsen waren wie unsere eigenen. Von allen unseren Pferden liebte ich Fury am meisten. Wenn ich mal eine schlechte Arbeit geschrieben oder Zoff mit meinen Eltern oder Rese hatte, flüchtete ich mich zu ihm. Fury verstand mich.

»Ally, du trödelst!«, rief Benno über den Hof.

»Ist ja gut …« Ich lehnte mich an Furys Stalltür und sofort legte das Pferd seinen Kopf auf meine Schulter. Als ich in den grauen Himmel blickte und die Schneeflocken auf meiner Haut schmolzen, wärmte sein Atem mein Gesicht. Ich mochte das sehr gerne.

Unser Hof befand sich am Rande der Stadt auf einer ausgedehnten Wiese, die auf der einen Seite von sanft geschwungenen Weinbergen begrenzt wurde und auf der anderen vom Zipfelbach. Die Erlen, die seine Ufer säumten, hatten unserem Hof den Namen gegeben: Erlenhof. Heute waren die Bäume nur dunkle Schemen, der Zaun der Koppel war kaum auszumachen und die Hügel konnte ich nur ahnen.

Plötzlich landete ein Schneeball in meinem Gesicht, Jash, unser Rauhaardackel, flitzte kläffend über den Hof, Hektor, unser betagter Schäferhund, bellte, und als ich meinem Bruder Niklas nachrannte – er hatte den Schneeball geworfen – sah ich, wie Sepi, unsere Katze, im Stall verschwand. Nick ahnte, was sie vorhatte und schrie: »Ich ergebe mich!« und eilte Sepi nach.

Benno lachte. »Nick, der Mäusefreund!«

Mein kleiner Bruder hatte ein gutes Herz. Egal wie groß oder klein ein Tier war – er liebte sie alle. Seine Liebe ging so weit, dass er sich nachts heimlich in den Stall schlich, um die Mausefallen zuschnappen zu lassen, bevor ein Mäuschen dem Käse nicht widerstehen konnte und seine Neugier mit dem Tod bezahlte. Entdeckte Nick im Sommer Regenwürmer und Schnecken mit oder ohne Häuschen auf der Straße, hob er sie auf und brachte sie in Sicherheit. Als sich eines unserer Pferde mal an einem Stacheldraht verletzt hatte, schwänzte er heimlich die Schule, um dem Patienten Trost zu spenden und ihn zu streicheln. Ringelte sich eine Blindschleiche um seinen Arm, hatte er einen Glückstag, und jeden Herbst schichtete er einen Laubhaufen hinterm Stall für die Igel auf und rammte ein Schild in den Boden, auf dem »Achtung! Winterquartier! Nicht zerstören!« stand. Und jetzt lockte er Sepi mit Kitekat aus dem Stall, um sie vom Mäusefang abzuhalten!

Meine Schwester Rese war da ganz anders. Als meine Mutter aus dem Fenster »Frühstück steht auf dem Tisch!« rief und Nick, Benno und ich in die Küche gingen, kam sie gerade im Schlafanzug – rosa mit lila Röschen! – die Treppe herunter. Ihr honigfarbenes Haar hing ihr dekorativ verstrubbelt auf die Schultern, sie rieb den Schlaf aus den veilchenblauen Augen mit den meterlangen Wimpern – die sind ein Traum, ehrlich! – und schaltete ihr Handy aus. »Na, welcher deiner Freunde wünscht dir heute einen guten Morgen?«, erkundigte sich mein Vater.

»Der erste war Tommy, der zweite Leo«, antwortete sie cool und sah aufs Display, weil das Handy wieder klingelte. »Das ist jetzt der Giselbert.«

Nick tippte sich an die Stirn. »Lauter Blödmänner. Und du bist 'ne Blödfrau. Warum machst du es so kompliziert? Einer reicht doch, oder?«

»Nö. Aber mach dir keinen Stress; du bist viel zu klein, um das zu verstehen.« Rese achtete streng auf ihre Figur. Wie immer zählte sie sieben Honigpops in ihr Schüsselchen und träufelte Milch drüber, und wie jeden Morgen sagte unser Vater: »Iss, dass aus dir was wird, Rese.«

Ich schmierte tüchtig Butter und Leberwurst aufs Brot. »Schau mal, Rese! So sieht ein richtiges Frühstück aus!« Damit ärgerte ich meine Schwester. Ich konnte nämlich essen, was und so viel ich wollte – ich blieb klapperdürr. Damit konnte ich echt punkten, obwohl Rese größer, schöner und klüger war als ich. Rese sah in ihrem Reitdress einfach edel aus; sie ritt zwar nicht besser als ich, aber sie saß leider besser zu Pferde. Und – sie hatte Freunde im Überfluss. Sie könnte mir einen davon abgeben, aber wer gab sich schon freiwillig mit einer kleineren jüngeren Schwester zufrieden, die zwar verwegen ritt, aber null Busen, Beine wie dünne Haselnussstecken, krause Haare undefinierbarer Farbe und ein rotzfreches Mundwerk hatte?

Ich seufzte. Einen Freund zu haben wäre mal was Neues.

Es war sehr gemütlich in unserer Küche. Wir saßen um den großen Tisch herum, im grünen Kachelofen brannte ein Feuer und draußen fiel der erste Schnee.

Unsere Hunde Jash und Hektor fraßen aus einer gemeinsamen Schüssel, Sepi schlabberte Milch und hielt Jash mit einer Ohrfeige davon ab, seine Zunge in ihren Napf zu stecken. Meine Mutter hielt Rese den Brotkorb unter die Nase. Die schüttelte den Kopf und tippte einem ihrer Verehrer eine SMS.

Schließlich stand Benno auf und trat ans Fenster. »Das Thermometer steigt. Es wird wärmer.«

»Schade. Der erste Schnee zum ersten Dezember – das passte so schön. Na, vielleicht schneit es heute Nacht wieder.«

»Rese!« Meine Mutter legte ihr einen Zettel neben den Teller. »Du radelst in die Stadt und besorgst das, was ich auf die Einkaufsliste geschrieben habe. Und komm ja nicht erst zurück, wenn es schon dunkel ist! Du kaufst ein und kommst umgehend nach Hause, hast du das verstanden?«

»Kein Treffen mit einem Lover. Hast du das verstanden?«, äffte Nick mit todernster Miene den Ton meiner Mutter nach.

Rese streckte ihm die Zunge raus. »Warum ich? Kann das nicht Ally übernehmen?«

»Ich hab Stalldienst«, erklärte ich knapp und kratzte den Joghurtbecher aus. »Willst du tauschen?«

Rese verdrehte die Augen, griff mit spitzen Fingern nach dem Zettel, stand auf und versicherte, sie wäre in spätestens einer

Stunde zurück. Wir hörten, wie sie in der Diele ihre Stiefel bürstete.

»Sauber, sauber!«, meinte Nick und boxte mich in die Seite. »Nimm dir ein Beispiel an deiner Schwester!«

»Bin ich blöd oder was? Verdirb mir bloß nicht den Tag, Kleiner!«

Als ich Furys Box ausmistete, fragte ich mich zum hundertsten Mal, warum Rese und ich so verschieden waren, obwohl wir garantiert dieselben Eltern hatten. Die Schule zum Beispiel war für meinen kleinen Bruder und für mich ein notwendiges Übel, das uns fünfmal die Woche vom Wichtigsten abhielt: vom Leben auf unserem Reiterhof. Wir liebten unsere Pferde, und ob wir nun ausmisteten oder ausritten, machte im Grunde genommen keinen Unterschied. Beides gehörte eben zum Alltag.

Rese waren ganz andere Dinge wichtig.

Sie saß zwar elegant im Sattel, aber vorm Ausmisten der Boxen drückte sie sich. Neulich im Sommer hatte Giselbert sie nämlich dabei erwischt, wie sie die Mistgabel schwang. Er war ein Einzelkind, wohnte mit seinen Eltern in der schönsten Villa unserer Kleinstadt, trug nur edle Kaschmirpullis und war einer der Sorte, die meint, die Milch komme entweder von lila Kühen oder werde irgendwie chemisch in Flaschen oder Tüten produziert. Giselbert war … na ja, weltfremd eben. Pferde sind immer sauber, Pferde haben stets ein seidenglattes, glänzendes Fell, Pferde riechen gut. Dass sie mal Hunger haben und Durst, dass ihr Fell gestriegelt und die Hufe ausgekratzt werden müssen und ihre Box ausgemistet? Na so was aber auch! Giselbert war so verwöhnt, dass er vom echten Leben keine Ahnung hatte. Für mich wäre der Junge nichts; für Rese stand er ganz oben auf der Liste ihrer Bewunderer, obwohl er auch nach einem Jahr Reitunterricht noch schief und krumm im Sattel saß. Ein batteriebetriebenes Schaukelpferd wäre das Richtige für ihn. Schön blöd, was?

Aber meine Schwester war nun mal hin und weg von ihm. Das kapierte ich nicht. Aber ich kapierte sowieso vieles nicht, was für meine Schwester lebenswichtig war. Warum brauchte sie mindestens drei Lover? Mir würde einer reichen.

Warum föhnte sie morgens stundenlang ihre Haare, obwohl sie nach jedem Ausritt sofort wieder unter die Dusche eilte?

Warum machte sie um jeden abgebrochenen Fingernagel ein Theater, obwohl Nägel bekanntermaßen nachwachsen?

Warum hatte Rese etliche Lover und ich keinen einzigen?

Eigentlich komisch, dachte ich, weshalb ich mich das auf einmal fragte. Bis jetzt waren mir Reses Freunde schnurzpiepegal gewesen.

Ich war dreizehn, ich sprang auf Furys Rücken über jeden Graben und jeden Zaun, ritt schneller als sie, mistete ohne die Nase zu rümpfen die Boxen aus, verteilte in null Komma nichts das Stroh auf dem sauberen Boden, füllte das Netz mit Heu und die Tröge mit Wasser, striegelte und bürstete so gekonnt wie sonst keiner das Fell unserer Pferde, wurde von ihnen morgens mit liebevollem Wiehern begrüßt... Gedankenverloren schob ich den Schubkarren über den Hof... Ich war, verdammt noch mal, die allerbeste Pferdepflegerin überhaupt! Ohne mich würden mein Vater, Nick und Benno niemals über die Runden kommen. Klar, unser Reiterhof mit seinen Pferden stand für mich an allererster Stelle.

ABER ICH HATTE KEINEN LOVER!

Dina, eine aus meiner Klasse, hatte mal gesagt: »Ally, wenn ein Mädchen in unserem Alter keinen Lover hat, ist sie ein hoffnungsloser Fall.«

Jedes Mädchen in meiner Klasse hatte einen Lover.

Ich hatte keinen. Ich war ein hoffnungsloser Fall. O.K., so war es eben. Dafür liebten mich unsere Pferde.

Weil der Misthaufen das Aushängeschild eines guten Reiterhofs ist, kippte ich den Mist vom Karren und schichtete ihn ordentlich auf. Das war harte Arbeit; dabei wurden nicht nur die Stiefel dreckig. Außerdem kam man ins Schwitzen. Ich wischte mir den Schweiß von der Stirn, warf die Mistgabel mit Karacho auf den Schubkarren und wollte gerade zum Stall zurück, als unsere Hunde bellend und japsend übern Hof und zum Zaun sausten.

Am Zaun lehnte ein Junge.

2. Dezember

Wach auf, Ally!«

Unwillig öffnete ich die Augen, blinzelte ins Dunkel und schielte auf die Leuchtziffern am Wecker. »Mensch, Rese! Es ist Sonntag und noch nicht mal sieben! Was ist los?«

Meine Schwester schlüpfte zu mir ins Bett. »Was hab ich gestern verpasst?«

»Nichts.« Ich gähnte und versuchte, sie aus dem Bett zu schubsen. Vergebens. Wie ein Felsbrocken lag sie neben mir.

»Du spinnst. Nick hat gesagt, ein Neuer nimmt Reitstunden bei uns. Ein Junge. Was weißt du von ihm?«

Ich zog das Kissen über den Kopf und stellte mich schlafend.

»Ally! Sprich mit mir!«

Ich schnarchte.

Rese seufzte. »Was weißt du von dem Neuen?«, wiederholte sie direkt neben meinem Ohr.

Normalerweise sah meine Schwester mit ihrem zarten Gesicht und den honigblonden Haaren wie ein engelhaftes Wesen aus, aber wenn sie wie jetzt gerade wütend war, blitzten ihre Augen wie die eines Teufels. Ich schwör's!

»Es ist Sonntag, der 1. Advent!«, jammerte ich. »Lass mich schlafen! Ich sag's dir später. Versprochen!«

»Ich will es jetzt hören!«

Man muss wissen, wann man verloren hat. Ich rutschte zur Seite, sie schlüpfte in mein Bett, schob mir ein Stück Schokolade – Vollmilch mit Zimt und ganzen Mandeln – in den Mund und zog dann die Decke ans Kinn.

So ist meine Schwester; wenn sie ihren Willen bekommen hat, wird sie großzügig. Aber erst dann, keine Sekunde vorher.

»Nick sagte, er kenne den Jungen nicht. Stimmt das, Ally?«

Ich lutschte, kaute und schluckte. »Er heißt Jan. Jan Jörk.«

Rese kicherte. »Jan Jörk! Was ist denn das für ein Name?«

»Keine Ahnung, aber so heißt er nun mal. Der Junge kommt aus dem Norden.«

»Dem Norden von was?«, forschte Rese.

»Dem Norden von Deutschland. Er hat was von Ostsee gesagt. Oder war's die Nordsee? Keine Ahnung. Nord- oder Ostsee ist ja so gut wie dasselbe.«

»Und?«

»Was: und?«

»Ist er mit seiner Familie zu uns in den Süden gezogen?«

»Sieht ganz danach aus. Sie wohnen in einem der neuen Bungalows am Hang unterhalb der Weinberge.«

»Aha.« Rese runzelte die Stirn.

»Das gibt Falten«, warnte ich.

Rese hörte sofort auf, die Stirn zu runzeln, aber ich sah, wie gründlich sie nachdachte. Die neuen Bungalows konnte man nämlich von unserem Hof aus sehen, vorausgesetzt, es war nicht neblig oder ein heftiger Schneefall hinderte einen am Durchblick. Es handelte sich um eine schicke Neubausiedlung, und um dorthin zu kommen, musste man nur an unserer Koppel vorbei und über die Weide, dann stand man schon an der Brücke überm Zipfelbach und war da. Man musste sich nicht mal auf ein Fahrrad schwingen, um von einem der Bungalows zu uns zu gelangen. Aber … »Jan war mit dem Radl da«, fiel mir ein. »Es war ein altes Dreigang-Rad. Schwarz. Verrostet und dreckig.«

»Und Jan? War der auch dreckig?«, forschte Rese. »Sah er ungepflegt und unschick aus?«

»Na ja …«

»Sag schon! Wie sah er aus?«

»Wie wohl! Normal eben: Turnschuhe, Jeans, Anorak.«

»Groß oder klein? Dick? Dünn? Blond, braun, schwarz? Picklig? Mundgeruch? Achselschweiß? Dein Alter oder meines?«

Ich schwieg. Was Reses Fragen bedeuteten, war ja wohl klar: Passt der Neue in meine Lover-Sammlung? Oder ist er so abartig, dass ich mir mit ihm keine Mühe geben muss?

Da sich Jan Jörk beim ersten Blick auf meine süße Schwester in sie verlieben würde, hatte Schweigen keinen Sinn. »Ein großer blonder blauäugiger Junge, der aussieht wie ein Wikinger frisch vom Schiff, hat in deiner Lover-Liste noch gefehlt. Gegen ihn hat dein Kaschmir-Giselbert nicht den Hauch einer Chance. Und noch was: Wenn du Jan Jörk an Land gezogen hast, kannst du Tommy und Leo und alle anderen auch komplett vergessen. Der Neue spielt in einer anderen Liga.«

»Aha«, sagte Rese zufrieden. »Genau das wollte ich wissen.

Kommt er heute auf den Hof? Ja oder nein? Wenn ja, zu welcher Uhrzeit?«

»Woher soll ich das wissen? Benno hat ihm gesagt, er soll Montagabend mal vorbeikommen, falls er tatsächlich Reitstunden nehmen wolle.«

»Benno ist ja so was von einem Loser«, regte sich Rese auf. »Wie kann man nur so geschäftsuntüchtig sein und einen potenziellen Kunden nicht sofort mit wichtigen Infos versorgen! Ihn auf Montagabend vertrösten – ich fass es nicht! Wenn ich da gewesen wäre, wenn mich Ma nicht zum Einkaufen geschickt hätte …«

» – wären Giselbert und die anderen schon jetzt aus dem Rennen«, beendete ich ihren Satz. »Ja, ja, das Leben ist ja so ungerecht!«

»Du sagst es, Ally«, bestätigte meine Schwester.

Eins muss ich sagen: Rese ist schön und sitzt echt elegant zu Pferde, aber sie kapiert es nicht, wenn ich mich über sie lustig mache.

»Ich überlege mir ernsthaft«, fuhr meine Schwester fort, »ob ich Leo schon mal 'ne Mail schicken soll.«

»Mit welchem Inhalt?« Verdutzt drehte ich mich zu Rese um. »Du runzelst schon wieder die Stirn!«

»O! Verdammt!« Sie streichelte die Falten weg. »Leo hat was gegen Konkurrenz.«

»Was du nicht sagst! Aber er weiß doch von Tommy und Giselbert, oder?«

»Na ja … nicht unbedingt, Ally.«

»O Mann! Du bist nicht zu retten, Rese! Wenn ich du wäre, würde ich Ordnung in …«

In diesem Augenblick platzte Niklas in mein Zimmer. Mit Schwung setzte er sich aufs Bett und hielt uns seine kleine Faust vor die Nase. »Ihr ratet nicht, was da drin ist«, verkündete er stolz.

»Eine Kerze zum 1. Advent?«

»Quatsch.«

»Ein Strohstern fürs Fenster?«

»Ally!«

»Ein Bonbon? Eine Praline? Ein Mini-Nikolaus aus Schokolade?«

»Etwas viel, viel Schöneres. Etwas, das uns Glück bringt. Ich hab's im Stall gefunden. Am Fenster. Mitten zwischen den Spinnweben. Ganz zufällig hab ich's gesehen, und da hab ich gedacht, ihr freut euch darüber.«

»Es ist aber keine Spinne, oder?« Rese schüttelte sich. Sie grauste sich vor Spinnen. Die machten mir nichts aus; was ich nicht leiden konnte waren Mäuse, die sich nur schwer fangen ließen.

»Es ist was viel Schöneres«, schwärmte Nick und öffnete vorsichtig die Faust.

Wir setzten uns auf. »Da ist nichts«, stellte Rese fest.

Nick öffnete die Faust ein bisschen weiter. Tatsächlich – da lag etwas Winziges. »Ein schwarzer Käfer?«, erkundigte ich mich.

»Nee! Schaut doch mal!«, flüsterte Nick hingerissen. »Es ist ein Marienkäferchen! Im Dezember – das ist 'ne Wucht!«

»Wenn du das sagst …« Rese gähnte.

»Der bringt uns Glück«, versicherte Nick.

»Ist der Winzling damit nicht überfordert?«

»Ein Marienkäfer bringt Glück. Egal, wie klein er ist und egal, wie viele Personen ihn sehen – er bringt einfach allen Glück.«

Plötzlich beugte sich Rese vor und küsste unseren kleinen Bruder. »Das ist ja fantastisch! Dann kann ja echt nichts schiefgehen!«

Nick rubbelte den Kuss von der Wange. »Deshalb musst du mich nicht gleich küssen«, beschwerte er sich. Dann blinzelte er mir zu. »Sag mal, hat sie schon wieder einen Lover an Land gezogen?«

Ich blinzelte zurück. »Der Arme weiß noch nichts von seinem Glück, aber sie arbeitet daran.«

»Eigentlich«, er hüpfte vom Bett, »könntest du Ally mal einen Lover überlassen. Das wäre ein echt tolles Weihnachtsgeschenk, Rese.«

»Klar«, sagte sie sofort. »Das mach ich, Nick. Ally hat die Wahl zwischen Tommy und Leo. Ist das nichts?«

Ich tat so, als wäre mir schlecht. Nick tippte sich an die Stirn. »Was soll Ally mit den Langweilern? Solche Typen sind nur was für dich, Rese. Ally braucht einen Jungen, bei dem sie nicht gleich wegpennt. Tommy! Leo! Ugg! Würg!«

Da konnte ich nur zustimmen, würg …

»Gut. Wie du willst.« Rese tat so, als hätten Nick und ich sie schwer beleidigt. »Wer nicht will, hat schon gehabt – such dir doch selbst einen Freund!«

»Ich? Wer behauptet, ich wolle einen Freund? Ich doch nicht!«, erwiderte ich so selbstbewusst, wie es mir nur möglich war. Nick sah mich mitleidig an. »Irgendwann findest du einen«, versuchte er mich zu trösten. »Jetzt, wo ich im Dezember einen Marienkäfer gefunden habe, hast du Glück. Ehrlich.«

Rese lachte.

Ja, ich hasste meine Schwester. Und nein, ich wollte keinen Freund; schon gar nicht den blöden blonden Wikinger, auf den Rese es abgesehen hatte.

Nick hielt mir die Patschhand mit dem Marienkäferchen vors Gesicht. »Spuck drauf!«

Ich schloss die Augen und wünschte mir … Und dann spuckte ich.

»Igitt!«, rief Rese. »Aber eins sag ich dir, Ally: Der Wikinger gehört mir!«

Wie jedes Jahr zum 1. Advent hatte unsere Mutter den Frühstückstisch besonders schön gedeckt. Am Adventskranz brannte die erste Kerze, und auf dem Tisch stand ein Teller mit Stollen und dem ersten Weihnachtsgebäck in diesem Jahr – es waren Sterne, Herzen, Monde und Tannenbäumchen. Alle mit weißem Zuckerguss oben auf. Leider schneite es nicht wie am Tag zuvor, aber das würde schon noch kommen.

Unser Vater deutete auf einen großen Karton. »Am Abend schmücken wir die Tanne mit der Lichterkette.«

»Ohne mich«, sagte Rese sofort. »Das ist Kinderkram. Ich hab Besseres zu tun.«

»Ja, ja.« Nick schnappte sich das dickste Stück Stollen. »Du gehst angeln. Stimmt's?«

»Halt die Klappe, Kleiner«, fauchte Rese.

»Nö!«

Unser Vater köpfte sein Frühstücksei. »Worum geht es?«

»Sie will sich den Neuen angeln, der bei uns Reitstunden nehmen will«, erklärte Nick.

»So? Willst du das? Das wird deinem Giselbert aber gar nicht gefallen.« Unsere Mutter schüttelte missbilligend den Kopf. »Und mir gefällt das auch nicht.«

Rese warf Nick einen wütenden Blick zu, hob die Schultern und biss auf einem ihrer sieben Honigpops herum. »Und wenn schon...«, murmelte sie und verzog sich schnell auf ihr Zimmer.

Gegen Abend trug Benno die lange Leiter aus dem Schuppen und lehnte sie an die Tanne, die mitten in unserem Hof wuchs. Pa holte die Kette aus der Schachtel, Ma hielt die Leiter fest, und dann begann die Aktion. Die Kette musste nämlich so um den Baum gelegt werden, dass die Lichter gleichmäßig verteilt waren. Nick und ich riefen: »Mehr links!« oder: »Mehr rechts!«. Die Hunde bellten, Benno rauchte seine Pfeife und unsere Mutter hielt eisern die Leiter fest.

Der spannendste Augenblick kam immer dann, wenn Pa den Stecker in die Steckdose drückte. Ob alle Birnen brannten? Das war eigentlich nie der Fall; aus einem sehr geheimnisvollen, uns unbekannten Grund lockerten sich übers Jahr ein paar, aber wenn man sie wieder festschraubte, leuchteten sie wie eine Eins.

So war es auch an diesem 1. Advent – ganze vier Birnen verweigerten den Dienst. Alle vier wurden wieder festgeschraubt, doch eine davon flackerte kurz auf und erlosch. Endgültig.

»Die ist kaputt«, tönte eine Stimme aus der Dunkelheit. »Ich hab sie gezählt; es ist die siebte von unten.«

»So?« Mein Vater stieg von der Leiter. Der, zu dem die Stimme gehörte, trat in den Lichtschein. »Hallo. Ich bin Jan Jörk.«

Der Wikinger! Und Rese war oben in ihrem Zimmer! Benno griff nach der langen Leiter. »Kann ich helfen?«, fragte der Wikinger und trug unaufgefordert mit Benno die Leiter in den Schuppen.

»So ein netter Junge«, lobte meine Mutter.

Ich hätte den beiden in den Schuppen folgen können. Ich hätte ein unverfängliches Gespräch mit dem Wikinger beginnen können. Ich hätte meinen Charme spielen lassen und den Neuen überzeugen können, dass ich hinreißend schön, unendlich klug, wahnsinnig intelligent und was nicht sonst noch alles war... Ich hätte die einmalige Chance nutzen können. Ja.

Aber ich wollte ja keinen Freund, und schon gar nicht den blöden blonden Wikinger. So.

3. Dezember

Montags hatten wir in der ersten Stunde Englisch. Die meisten Mädchen meiner Klasse schwärmten für unseren Englischlehrer, Simon Krause. Er war Referendar, jung, echt witzig, und vor allem sah er die Sache mit der Disziplin nicht so eng wie die alten Knacker. Was bedeutete, dass ich mich eigentlich auf seine Stunden freute.

An diesem Montag war er mir egal. Ich konnte einfach nicht aufpassen, weil meine Gedanken immer wieder zum Wikinger drifteten. Nimm dich bloß zusammen, Ally, befahl ich mir. Und dann ertappte ich mich dabei, dass ich ein Smiley malte. Und noch eins. Und wieder an den Wikinger dachte. Ich war echt ein Loser. Mann, war ich behämmert!

Ich seufzte, bis mir Jule, meine Nebensitzerin und beste Freundin – ich hatte ihr Sonntagabend in einem langen Handygespräch berichtet, wie Rese voll auf Jan Jörk abgefahren war – den Ellbogen in die Seite rammte und zischte: »Hast du Kopfweh, Ally? Oder Bauchweh?«

»Wie bitte?«

»Du stöhnst! Bist du krank?«

Ich fühlte mich sterbenselend.

»Ich bin todkrank«, hauchte ich und rief mir den gestrigen Abend in Erinnerung.

Benno und der Wikinger trugen die Leiter in den Schuppen. Mein Vater, meine Mutter und Nick standen um den Baum herum und bewunderten die brennenden Lichter. Ich grämte mich, weil ich den Mund nicht aufbekam und sich meine Chancen mit jeder Sekunde verschlechterten. Und dann, gerade als Jan Jörk zurückkam, fühlte ich mich endlich fit genug, ihm ein paar Fragen zu stellen: Du willst wirklich reiten lernen? Bist du überhaupt schon mal auf einem Pferd gesessen? Solche Fragen wollte ich ihm stellen. Ich dachte an das winzige Marienkäferchen, drückte mir selbst die Daumen und sagte: »Ich bin Ally. Der kleine Nick ist mein Bruder.«

Und da, genau in diesem Augenblick, hörte ich meine Schwester neben mir: »O, hallo! Super, dass du bei uns Reitstunden nehmen möchtest. Ich bin Rese!«

Sie trug ihre beste Reithose samt nagelneuem Pulli und hohen Stiefeln. Das Augen-Make-up muss sie den halben Nachmittag gekostet haben, ihre Haare waren auffällig unauffällig verwuschelt, und alles in allem sah meine Schwester aus, als wäre sie von der Titelseite des angesagtesten Reitermagazins gesprungen.

Ich hörte, wie Jan nach Luft schnappte. Seine Augen kullerten fast aus den Höhlen, er stammelte: »H ... Hallo Resi!«

Meine Schwester war entzückt. Ich fürchtete schon, sie würde vor Entzücken in die Hände klatschen, was natürlich voll peinlich gewesen wäre, aber auch ihr Lachen war schon peinlich genug. »Resi ist ein bayrischer Name«, erklärte sie mit ihrem sexy Augenaufschlag. »Meine Eltern ließen mich auf den Namen meiner Urgroßmutter taufen: Therese. Die Abkürzung ist Rese. Ganz einfach, nicht wahr?«

»W ... wenn man's weiß«, stotterte Jan. Ob der Junge immer oder nur wegen Rese stotterte?

Meine Schwester hörte nicht auf, ihren Charme zu versprühen. »Und wie heißt du?«

Als der Wikinger seinen Namen nannte, sagte sie sofort: »O, wie schön! Der Name klingt nach stürmischer See und Salz auf der Haut! Kommst du aus dem Norden?«

Mir wurde schlecht. Mein Gott, das Frühstücksei kam mir fast hoch! Jedenfalls – Reses Gesülze war so grauenhaft, dass Nick die Geduld verlor und laut und deutlich sagte: »He, Jan, nur damit das klar ist: Meine Schwester hat schon drei Lover, und ihre Nummer 1 wohnt in der schicksten Villa der Stadt.« Er blinzelte mir zu. »Kommst du, Ally? Zeit, nach den Pferden zu schauen.«

Zum Glück war ich geistesgegenwärtig genug, meinem kleinen Bruder den Arm um die Schultern zu legen und nach einem flüchtigen Kopfnicken Richtung Stallgebäude zu marschieren.

Ich war so sauer auf Rese und mich, dass ich wie ein Roboter die Pferde versorgte. Sie wurden unruhig, weil ich sonst immer mit ihnen schmuste, und Benno jagte mich aus dem Stall. »Schimpf bloß nicht mit der Ally«, hörte ich noch meinen kleinen Bruder. »Die Rese wirft mal wieder die Angel aus ...«

Mit meiner älteren Schwester hatte ich mir früher die heftigsten Kämpfe geliefert. Ich hatte sie angeschrien, hatte ihr büschelweise Haare ausgerissen, sie gekratzt und gestoßen, aber wir vertrugen uns immer wieder.

Als wir kleiner waren, rannte sie oft zu unserem Vater und flehte ihn mit aufgerissenen kornblumenblauen Augen, in denen echte Tränen standen, um Hilfe an.

Klar, dass er ihr wie ein Ritter zu Hilfe eilte! »Mensch, Ally, du benimmst dich wie eine Wildkatze!« Oder »Ally, deine Schwester ist zwar älter, aber viel zarter als du. Nun nimm doch Rücksicht darauf!« Oder »Ally, wenn du deine Schwester noch ein einziges Mal in den Arm beißt, reitest du einen Monat lang auf keinem Pferd, verstanden?«

Die einzigen Menschen, die mit Rese fertig wurden, waren Benno und unsere Mutter. Ich hatte mal zufällig mitbekommen, wie sie zu Rese sagte: »Du benimmst dich wie ein normaler Mensch, meine Liebe, oder ich behandle dich so, wie du es verdienst. Haben wir uns verstanden?«

Benno lässt sich auf keine Diskussion ein. Wenn er will, dass Rese hilft, sagt er einfach »Tu das! Tu jenes!« Und Rese spurt.

Ich malte Smileys, Kringel und Schleifen in mein Englischheft. Dass sie sich den Wikinger so locker geschnappt hatte, ärgerte mich maßlos. Aber noch mehr ärgerte ich mich über Jan Jörk. Dass er ihr sofort auf den Leim gehen musste, sprach nicht für ihn. Klar, meine Schwester sah super aus und wusste, wie man mit einem unbekannten Jungen ins Gespräch kam, aber dass sie eine eingebildete Tussi war, sollte man doch sehen – oder? Na, vielleicht stand der Wikinger ja auf rausgeputzte Weiber; somit war er kein Haar besser als die Jungs, die Rese anschleppte. Schade eigentlich… Obwohl: Konnte mir komplett egal sein; ich gab mich sowieso lieber mit meinen Pferden ab als mit einem Windei aus dem Wikingerland.

Als Schüler hat man einen siebten Sinn dafür, wenn sich etwas hinterm Rücken tut. Zuerst achtete ich nicht sehr darauf, aber dann wurde das Getuschel lauter, ein Stuhl wurde gerückt, dann flog ein zusammengefaltetes Papierchen von hinten auf unseren Tisch. Jule griff danach, faltete es auf, las, kicherte und schob es zu mir rüber.

»Ein Kind fragt einen Psychiater: ›Herr Doktor, mir macht die Schule Spaß. Können Sie mir helfen?‹«

Ich verdrehte die Augen. »Wer lacht schon über so was Blödes?«, murmelte ich und warf den Witz zum nächsten Tisch vor.

Als es klingelte, klagte Jule: »Von der Stunde hab ich nichts mitbekommen. Ich hab mir nämlich Sorgen um dich gemacht.«

»Wieso?«

»Na, weil du doch todkrank bist. Ich kenne übrigens den Namen der Krankheit.« Sie lächelte wissend. »Liebe. Ally, gib's zu! Du bist verliebt!«

»Bist du wahnsinnig?«, fuhr ich sie an.

»Mensch, ich will dir doch nur helfen!« Jule war beleidigt und legte die Mathesachen auf den Tisch.

Als es zur großen Pause klingelte, vertrugen wir uns wieder. Arm in Arm schlenderten wir aus dem Klassenzimmer, gingen den Gang lang Richtung Treppe, und … und da, vor dem Zimmer der 9b, stand er. Jan Jörk, der Wikinger.

Na und???

»Ist er das?«, flüsterte Jule. Ich nickte. Sie blieb stehen, bückte sich und tat so, als wäre etwas an ihrem rechten Schuh nicht in Ordnung. Jan schälte eine Mandarine. Der Junge stand wohl auf Obst. In diesem Augenblick kam meine Schwester aus dem Zimmer der 9a: Haare am Morgen frisch gewaschen, perfektes Make-up, schicke Leggings, langer Pulli, Stiefelchen mit umgeschlagener Krempe – alles total angesagt. Sie ging pfeilgerade auf Jan zu, obwohl Giselbert ihr hinterherhechelte. »Hi, Jan! Freust du dich schon auf die erste Reitstunde?«

Natürlich hörten das seine neuen Kumpels. Mann, war ihm das peinlich!

Jan starrte auf Giselbert. Der trug natürlich Edeljeans und Boots von Timberland. Seine Haare, mausbraun und glatt wie hingebügelt, machten die Sache auch nicht besser.

»So, so«, sagte Jan langsam. »Du bist wohl die Nummer 1 aus der Supervilla. Stimmt's?«

Giselbert war genauso wie sein Name: langweilig wie lasches Toastbrot aus der Tüte. Von Geistesgegenwart keine Spur. Meine Schwester klärte ihn auf. »Das ist unser neuer Nachbar und Reitschüler. Wir haben uns gestern zum ersten Mal getroffen. Unter unserem Tannenbaum im Hof, als die Lichter brannten. Total romantisch war das.«

Jan Jörk ging zum Abfalleimer neben der Tür und ließ die Man-

darinenschalen reinregnen. Wir, Jule und ich, hörten ganz deutlich, dass er »Och! Die ist ja wohl 'n büschen beklötert!«, sagte.

Jule zog mich schnell weiter. An der Treppe fingen wir an zu lachen. »Hast du das gehört?«, japste sie unten auf dem Hof. »Deine Superschwester ist 'n büschen beklötert! Beklötert! Das Wort ist spitze!«

Das fand ich auch.

»Weißt du was?« Jule schob ihren Arm unter meinen. »Ich glaube, der Junge steht nicht auf ein Mädchen wie es deine Schwester ist.«

»O doch, das tut er«, widersprach ich sofort. »Als er Rese zum ersten Mal sah, sind ihm die Augen aus dem Kopf gekullert.«

»Und du hast sie aufgehoben und sie ihm zurückgegeben, worauf er sie wieder eingesetzt hat? Mit dem Ergebnis, dass seine Augen jetzt verzaubert sind und dich in jedem Mädchen sehen? Dich, Ally!!!«

Ich hielt die Luft an. Dann platzte ich heraus: »Du bist beklötert, Jule!«

Doch Jule gab nicht auf. »Streng dein Hirn an! Schau zu, wie er während seiner ersten Reitstunde so ist. Vielleicht ist er so unbegabt, dass du nichts mit ihm zu tun haben willst. Obwohl – er sieht total sportlich aus. Am Ende reitet er schon jahrelang?«

Wir steckten die Köpfe zusammen und taten so, als würden wir miteinander flüstern. Dabei schielten wir zu den Jungs rüber. Jan Jörk hatte breite Schultern und überragte seine Klassenkameraden um gut einen halben Kopf. Er trug einen dicken blauen Rollkragenpulli und Jeans wie jeder andere auch. Mit einer Ausnahme natürlich – Giselbert.

Das Auffälligste an Jan Jörk aber waren sein gebräuntes Gesicht und seine Haare. Die waren nicht nur normal blond, sondern viel heller als das Blond, das man bei uns im Süden kennt. »Du«, sagte Jule versonnen, »ich glaube, das ist die angesagte silberblonde Farbe, die bei Paris Hilton aus der Tube kommt.«

Ich nickte. »Und bei ihm ist sie echt.«

Wir schlenderten weiter und hörten, wie eine aus der 8a zu ihrer Freundin sagte: »Der Neue da. Um den brauchst du dich nicht zu bemühen. Den hat sich Rese schon gekrallt.«

»Woher weißt du das?«

»Von Rese. Sie sagte, er nimmt bei ihnen Reitstunden.«

Jule blieb stehen, tippte sich an die Stirn und sagte zu der aus der 8a: »Das nennt man Wunschdenken.«

»So?«, erwiderte die. »Hast's wohl selbst auf ihn abgesehen?«

»Ich hab meinen Ralf, und dabei bleibt's«, entgegnete Jule freundlich. »Trotzdem glaube ich nicht, dass ihr bei dem Neuen landen könnt. Der Junge ist zu gut für euch.«

Die zwei lachten. »Das wird sich zeigen«, sagte die eine höhnisch, und die andere setzte noch einen Tick höhnischer hinzu: »Für euch Zwerge aus der Siebten ist er natürlich unerreichbar.«

Jule rümpfte die Nase und zog mich weiter. »Eins ist klar, Ally. Die Konkurrenz ist groß.«

Ich kickte ein Steinchen gegen die Mauer. »Ich will keinen Freund. Niemals. Und überhaupt – glaubst du etwa, ich wäre so bescheuert und würde bei dem Wettbewerb ›Wer schnappt sich den silbernen Wikinger‹ mitmachen? Ne, so bekloppt – «

» – beklötert«, warf Jule ein. »So beklötert bist du nicht. Das hast du echt nicht nötig.«

»Eben.«

»Trotzdem – eins verstehe ich nicht, Ally. Normalerweise bist du diejenige von uns beiden, die den Leuten die Zähne zeigt, aber heute bist du … na ja, total ruhig würde ich sagen. Du bist doch trotzdem die alte Ally, oder?«

Ich hob die Schultern. »Absolut.«

»Es wäre nämlich nicht gut für dich«, fuhr Jule fort, »wenn du dich in einen hoffnungslosen Fall verlieben würdest. Das schadet dem Selbstbewusstsein.«

»Klar.«

Jule packte mich an den Armen und schüttelte mich. »Sag, dass du dich nicht in den Wikinger verliebt hast! Los! Sag's!«

Ich schloss die Augen. »Ich. Will. Keinen. Freund. Schon. Gar. Nicht. Den. Wikinger.«

4. Dezember

Der Montagnachmittag hatte es in sich: Außerhalb der Ferienzeit gaben mein Vater und Benno täglich von 14.30 Uhr bis 16 Uhr Reitunterricht. An diesem Tag verkündete Nick beim Essen, er würde die Hausaufgaben bei einem neuen Freund machen, und ich verzog mich in mein Zimmer. Mein Schreibtisch stand schon immer vor dem Fenster, und wenn ich den Kopf hob, hatte ich den Hof voll im Blick. Gestern sah ich denn auch, wie so kurz nach 14 Uhr die ersten Kids eintrudelten. Die waren voll gierig auf Pferde und machten sich gern nützlich. Eine, sie hieß Lotta, schnappte sich immer sofort das Abmist-Set und jagte Pferdeäpfel.

Gestern war sie schon mit der Schaufel unterwegs, als Jan auf dem verrosteten Dreigang-Rad auf den Hof fuhr und es an die Mauer lehnte. Sofort marschierte Lotta auf ihn zu und zeigte ihm erst mal, wo der Platz für die Räder war. Brav stellte er sein Rad neben die anderen und sah sich um.

Als hätte sie ein Stichwort bekommen, schlenderte meine Schwester Rese aus der Tür. Sie biss in einen Apfel, ihr Blick fiel rein zufällig auf Jan Jörk, den Wikinger, sie stutzte, ihr Gesicht leuchtete auf wie sämtliche Scheinwerfer bei 'ner Oscarverleihung, noch zwei, drei Schritte, dann legte sie Jan die Arme um den Hals und gab Küsschen. Bäh!

Danach wurd's erst recht interessant. Um nicht gesehen zu werden, zog ich den Vorhang etwas vor und verfolgte gespannt das Geschehen auf dem Hof.

Wie immer dauerte es eine Weile, bis alle Reitschülerinnen und -schüler mit Sturzkappen und Reitgerte ausgestattet waren und auf ihrem Pferd saßen. Fünf trabten selbstständig los und immer im Kreis herum, einen Anfänger hielt mein Vater am Führzügel, den anderen hatte Benno an der Longe.

Jan und Rese lehnten am Zaun und sahen zu. Eigentlich hätte Rese dem Neuling die Sattelkammer und das Sattelzeug, die Bürsten, Schwämme und Tücher, die Sattelseife und das Lederöl zeigen und ihm beibringen können, wie eine Trense überm Trensenhalter zu hängen hatte.

Sie hätte ihm die Ausrüstung vorführen können, die man zum Reiten so braucht: den Sattel natürlich, die Steigbügel, das Zaumzeug, Halfter … aber nichts da. Meine Schwester lehnte neben Jan am Zaun und schaute verträumt auf die Erlen am Zipfelbach.

Ich ahnte, dass sich Benno mächtig über Rese ärgerte, denn immer wieder blickte er mit finsterer Miene in ihre Richtung. Unsere Hunde machten wie üblich ihre Kontrollgänge durch den Stall und über den Hof, Sepi schlief auf dem Fenstersims und ließ sich die müde Wintersonne auf den Buckel scheinen, hin und wieder gab mein Vater kurze Hinweise – es war ruhig und geruhsam und so wie immer.

Auf der anderen Seite des Zipfelbachs führte eine kleine Landstraße zum nächsten Dorf. Ab und zu hörte ich ein Auto, aber natürlich erschrickt kein Mensch, wenn er in der Ferne einen Motor hört. Zuerst achtete ich auch nicht auf das Knattern eines Mopeds, aber als das Knattern näher kam und dabei lauter und lauter wurde, wusste ich, dass jemand von der Straße abgebogen war und unsere Auffahrt herauf fuhr.

Plötzlich jaulte der Motor auf, das Moped schoss auf den Hof – und der Friede war Schnee von gestern.

Unsere Hunde sprangen dem irren Fahrer in den Weg, die Pferde bockten, und weil die Kids sie nicht unter Kontrolle bekamen, rannten sie vor Schreck wiehernd wild umher. Und schon lagen eins, zwei, drei Kinder am Boden – wie der Blitz jagte ich aus dem Zimmer die Treppe runter, übern Hof und dann … dann blieb mir fast das Herz stehen: Hektor, unser Schäferhund, lag neben der Tanne, Jash stupste ihn an, jaulte leise, stupste wieder, leckte ihn ab, aber Hektor rührte sich nicht.

Ich kniete mich nieder, direkt auf einen spitzen Stein, aber das kümmerte mich nicht, und nahm seinen Kopf in die Hände. Aus seinem Maul sickerte Blut, Tränen schossen mir in die Augen, Stiefel tauchten neben mir auf, ich hob den Kopf – Jan stand neben mir und hatte das Handy in der Hand. »Die Nummer vom Tierarzt! Hast du sie?«

Jeder von uns auf dem Reiterhof wusste sie auswendig. Ich schrie sie ihm zu, er tippte sie ein, ich hörte, wie er sagte: »Schnell, kommen Sie!« Er gab Name und Adresse durch, steckte das Handy weg, kniete sich neben Hektor, legte seine Finger an die Ader neben dem Ohr und sagte: »Tot ist er nicht. Sein Herz klopft.«

Wir standen auf.

Mein Pa, Benno und meine Ma, die vom Küchenfester aus das Geschehen mitbekommen hatte, hatten inzwischen die Pferde eingefangen. Die Kids standen mit schreckgeweiteten Augen zusammen, einige klopften sich den Schmutz von den Hosen, zwei lagen sich in den Armen – zum Glück war ihnen nichts passiert.

Meine Schwester stand neben dem Moped. »Mist aber auch«, sagte ich. »Das Ding gehört Giselberts älterem Bruder Clemens!«

Der hatte den Helm abgenommen und brüllte Giselbert an, der bleich zwischen ihm und Rese stand.

Benno und meine Mutter hielten die Pferde, jetzt stapfte mein Vater auf die beiden zu und verpasste ihnen eine Abreibung, die sich gewaschen hatte und damit endete, dass er brüllte: »Falls du dich«, er deutete auf den Mopedlenker, »noch ein einziges Mal auf meinem Hof zeigst, bekommst du es mit mir zu tun! Dich will ich hier nie mehr sehen, kapiert? Haben wir uns verstanden!?«

Rese flüchtete sich in Giselberts Arme. »Aber Papi! Er ist Giselberts Bruder!«

»Ein rücksichtsloser Irrer ist er! Und du gehst sofort in dein Zimmer! Ohne Widerrede!«

Himmel, so wütend hatte ich meinen Vater noch nie erlebt.

Er drehte sich zu den Kids um. »Für heute ist der Unterricht beendet. Pferdepflege, dann ab mit ihnen in die Boxen. Benno, du passt auf, dass sie alles richtig machen.«

Plötzlich war der Hof leer. Leer bis auf das verdammte Moped, Giselbert und seinen Bruder Clemens. Und Jan Jörk.

Der ging zu Clemens rüber, packte ihn an den Ärmeln seiner dicken wattierten schwarzen Jacke und zerrte ihn zu Hektor. Dort legte er seine Hand in Clemens Nacken, drückte seinen Kopf runter und sagte: »Siehst du das Blut? Siehst du, was du angerichtet hast? Siehst du das?«

Clemens machte sich los. »T…tut mir leid. Das hab ich nicht gewollt«, stotterte er.

»Was wollest du dann?«, fuhr Jan ihn an. »Mit deiner armseligen Karre ein bisschen angeben? Mann, bist du ein Loser!«

»Lass das Würstchen«, sagte mein Vater. »Die zwei sollen endlich verschwinden.«

Clemens und Giselbert, Freund meiner schönen Schwester, zogen mit hängenden Schultern ab. Mein Vater holte das Handy aus der Tasche. »Muss den Tierarzt anrufen.«

»Ist längst geschehen. Jan hat sich sofort die Nummer geben lassen«, sagte ich stolz.

»So?« Mein Vater hob die Augenbrauen. »Hast den Kopf nicht verloren, was? Das gefällt mir.«

»Also kein Hofverbot für mich?«, erkundigte sich Jan grinsend.

Mein Vater legte ihm die Hand auf die Schulter. »Kannst kommen, wann und so oft du willst.«

»Danke. Aber wenn Ally die Nummer nicht auswendig gewusst hätte, dann …« Wir horchten. »Das ist Adrians Auto«, sagte ich. »Der Tierarzt kommt.«

»Ja«, sagte mein Vater. »Auf Ally kann ich mich verlassen. Die verliert den Kopf auch nicht so schnell. Genau wie du.«

Mir fiel der Unterkiefer herunter. »Na so was aber auch«, murmelte ich und trat einen Schritt zur Seite, damit Adrian unseren Hektor untersuchen konnte.

Adrian musste man nichts erklären. Er ließ seine Hände über Hektors Leib gleiten, runzelte die Stirn und sagte: »Den Patient nehme ich am besten gleich mit. Wer hilft mir, ihn in mein Auto zu legen?«

Sofort schob Jan behutsam seine Hände unter Hektors Leib, und zusammen mit Adrian trug er ihn zum Auto. »Das machst du nicht zum ersten Mal«, stellte Adrian anerkennend fest.

»Ne. Wir haben auch einen Schäferhund.«

»Und einen Reiterhof?«

Jan schüttelte den Kopf. »Nur ein Boot. Nicht hier – «, er deutete auf den Zipfelbach, »sondern an der Ostsee.«

»Schön für euch.« Adrian stieg ins Auto. »Will jemand mitfahren?«

»Ich!« Ich und Jan sagten das gleichzeitig.

»Na dann! Rein mit euch!«

Wir kletterten hinten auf die Ladefläche und setzten uns neben Hektor. Er atmete flach, aber wenigstens tropfte kein Blut mehr aus seinem Maul. Aber erst da sah ich die Wunde am Bein.

»Die kann genäht werden«, sagte Jan leise. »So wie es aussieht,

ist's nur eine Fleischwunde. Hätte er eins so richtig ut' n Kopp bekommen, wäre es schlimmer.«

Ich hatte Angst um unseren Hektor, und wenn ich an das Chaos mit den Pferden dachte, wurde mir noch jetzt richtig schlecht. Trotzdem musste ich ein bisschen lachen. »Das wäre dann echt beklötert, was?«

»Warst du schon mal im Norden?« Jan riss die Augen auf. »Woher kennst du das Wort?«

»Mein Geheimnis«, sagte ich schnell.

»Mensch, Ally!« Er streichelte Hektor. »Man sollte es nicht für möglich halten, dass Rese deine Schwester ist.«

Mir blieb fast das Herz stehen. Klar, Rese war der Star in unserer Familie. »Wieso? Weil sie so schön ist?«

»Ne. Weil du so klasse bist.«

»Ich bin klasse?«, wiederholte ich verdutzt.

»Ja. Dir macht es nichts aus, dass deine Jeans voller Blut ist. Und deine Hände auch. Mit einem Mädchen wie du es bist, kann man echt was anfangen. Pferde stehlen, sozusagen. Voll der Wahnsinn.« Er schwieg. Erst nach einer ganzen Weile fragte er leise: »Rese soll schön sein?«

Ich nickte.

»Für'n Typ wie Giselbert vielleicht. Aber nicht für mich. Ne. Nicht für mich«, wiederholte er.

»Pech für dich«, sagte ich und hörte nicht auf, Hektor zu streicheln. »Aber eins sag ich dir: Lass die Finger von unserem Reiterhof. Unsere Pferde sind nichts für dich.«

»So ganz wörtlich habe ich es nicht gemeint, Ally.«

»Was denn?«

»Das Pferdestehlen.«

Ich zuckte die Schultern. »Gut für dich. Ich hätte dich mit der Mistgabel vom Hof gejagt, wenn ich dich beim Pferdestehlen überrascht hätte.«

Jan legte den Kopf schief. »Ich seh dich direkt vor mir, wie du mich mit der Mistgabel in den Händen verfolgst, Ally. Sag mal, was würde Rese tun, wenn ich ein Pferd stehlen wollte?«

»Rese?« Ich lachte spöttisch. »Rese würde dich bitten: ›Nimm mich mit, schöner Ritter!‹ Du würdest sie vor dich auf den Sattel setzen, und gemeinsam würdet ihr in den Sonnenuntergang reiten. Auf dem geklauten Pferd«, setzte ich noch hinzu.

Nachdem wir Adrian geholfen hatten, Hektor auf den Untersuchungstisch zu legen, schickte er uns nach Hause.

Im Dezember war's um diese Zeit natürlich schon längst dunkel; es nieselte leicht. Ich wünschte mir, es würde schneien.

Aber auch bei Nieselregen war der Heimweg eine Wucht, denn kaum hatten wir Adrians Praxis verlassen, fasste Jan nach meiner Hand.

»Lass das«, fauchte ich. »Was soll das?«

»Ich dachte … W…willst du das nicht?«, stotterte er.

»Bin ich Rese?«, schrie ich. »Nein, ich will es nicht!«

Er ließ meine Hand los und trabte schweigend neben mir her, bis wir neben der Tanne im Hof standen. Die Birnen brannten, nur ziemlich weit unten war ein schwarzes Loch in der Lichterkette. »Zu viel Aufregungen, um die kaputte Birne zu ersetzen, was?«, fragte Jan leise. Sein Gesicht kam dem meinen näher. Was hatte er vor? »Vielleicht bringe ich morgen eine für euch mit«, sagte er noch leiser, aber dann stopfte er die Hände in die Taschen und ging zu seinem Fahrrad rüber. »Nacht, Ally!«

Mein kleiner Bruder kam zu spät zum Abendessen. Er rutschte auf die Bank, murmelte eine Entschuldigung und meinte, sein neuer Freund sei echt nicht zu beneiden: die Mutter krank, der Vater ohne Arbeit. Die Familie sei so knapp bei Kasse, dass Sam, so hieß der Freund, nicht mal einen Adventskalender habe. Aber das allerSchlimmste sei, dass seine Katze vor zwei Tagen überfahren worden wäre. Nick hob den Kopf. »Wo ist eigentlich Hektor?«

»Tja, es war so …«

Wenn ich den kleinen Nick nicht festgehalten hätte, hätte er sich auf Rese gestürzt, so wütend war er auf sie, auf ihren Giselbert und seinen depperten Bruder. Und dann wollte er natürlich sofort zu Adrian, um Hektor beizustehen, aber das ließen unsere Eltern nicht zu.

5. Dezember

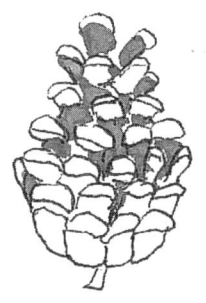

Hektor hatte zwei angebrochene Rippen und eine Fleischwunde, die Adrian genäht hatte. Der Unfall hätte schlimmer ausgehen können; schon am Dienstagabend brachte er unseren Hund zurück. Jetzt lag Hektor in der Küche auf seinem Teppich und wurde von Nick hingebungsvoll gepflegt. Als meine Mutter am Morgen in die Küche kam, schlief er, in seine Decke gewickelt, neben Hektor und hielt seine gesunde Pfote.

Gestern waren die Reitstunden ausgefallen, weil die Pferde geschont werden mussten, außerdem hatte mein Vater Rese daran erinnert, dass Giselberts Bruder Clemens absolutes Hofverbot habe. Das hinderten Rese und Giselbert aber nicht daran, Hand in Hand auf dem Schulgelände herumzustehen. Allerdings hatte Rese mir am Morgen im Badezimmer gesagt, dass Giselbert nur eine Übergangslösung wäre, bis sie sich den Wikinger endgültig geschnappt hätte.

»Viel Glück«, sagte ich nur.

»Hab ich.« Meine Schwester lächelte mich mitleidig an. »Vielleicht schwärmst du ja auch für ihn, aber glaube mir, so wie du aussiehst, mit diesem Wischmopp auf dem Kopf, den du Haare nennst, hast du bei ihm keine Chance.«

Da reichte es mir. Ich stemmte die Fäuste in die Seite und fauchte: »Ich pfeife auf den Wikinger!«

»Gut für dich, dass du nichts von ihm wissen willst«, spottete sie. »Wo ich doch jetzt schon weiß, wie die Wette ausgehen würde.«

Ich dachte an das, was Jan über Rese gesagt hatte und lachte los. »Wenn du dich da mal nicht täuschst!«

Das war blöd von mir, denn Rese würde jetzt alles für ihren Sieg tun. O.K., mich ging das Ganze ja nichts an. Absolut nichts.

Am Nachmittag fand der Reitunterricht wieder wie gewohnt statt. Ich machte Hausaufgaben und sah dabei aus dem Fenster. Das waren zwei Tätigkeit gleichzeitig, was den Aufgaben nicht gut bekam. Es wurde drei, dann halb vier, dann dreiviertel vier.

Fünf vor vier gondelte Jan auf seinem museumsreifen Rad auf den Hof. Er stiefelte in die Küche, und ich rannte die Treppe runter, weil ich nach Hektor sehen wollte. Klar, was denn sonst?

Rese war schneller gewesen, und sie bot so ziemlich alles auf, was ihr zu Verfügung stand: sexy Hemdchen, enge Jeans, eine schwingende Mähne, Smokey Eyes.

Ich hingegen trug eine löchrige Jeans, den alten Norwegerpulli meines Vaters und die üblichen Turnschuhe, aber immerhin hatte ich meinen Mopp zum Zopf geflochten. Der stand im Nacken leider wie ein Pinsel ab, aber das war die einzige Möglichkeit, die Krause zu bändigen. Lipgloss hatte ich mir von Rese geborgt. Heimlich natürlich; freiwillig hätte sie ihn nie rausgerückt. Ihre Wimperntusche hatte ich auch benutzt, und als ich mich im Spiegel beguckte, hatte ich mich ziemlich O.K. gefunden. Aber da war Rese natürlich nicht neben mir gestanden.

Als ich in die Küche platzte, streichelte Jan gerade den leidenden Hektor, aber – hey! – kaum sah mich der Wikinger, sprang er auf. »Ally!«

Rese pflanzte sich vor ihm auf und himmelte ihn mit ihren veilchenblauen Augen an. Er beachtete sie nicht. »Warst du heute nicht in der Schule? Ich hab dich nicht gesehen, Ally.«

»Wir hatten zwei Stunden Sport, und da –«

»Mein Vater wartet auf dich«, unterbrach mich Rese. »Komm, Jan. Ich begleite dich.«

»Wohin?«

»In den Stall natürlich.«

Er runzelte die Stirn. »Ich bin selber groß. Ally, ist deine Schwester immer so …«

»Beklötert?«, half ich ihm aus. »Wenn's um Jungs geht, hat sie keine Hemmungen.«

Rese funkelte mich wütend an, Jan grinste. »Du!« Er zeigte mit dem Finger auf Rese. »Du hast doch deinen schicken Giselbert!«

Jede andere hätte vermutlich Türen knallend die Küche verlassen; Rese gab nicht so leicht auf. »Mein Vater hat ihn vergrault«, klagte sie.

»Das gibt sich wieder.« Jan griff nach meiner Hand.

Ich entzog sie ihm sofort. »Lass das.«

Rese lachte und klimperte mit den langen Wimpern. »Komm, Jan, ich zeige dir unsere Pferde. Bist du eigentlich schon geritten?«

Er nickte. »Für Ausritte im Gelände reicht's allerdings noch nicht.«

Eisern blieb Rese an seiner Seite, als wir die Boxengasse entlang gingen. Wir zeigten Jan die Pferde, die Sattelkammer und alles andere auch und standen schließlich in der Halle, in der bei schlechtem Wetter geritten wurde. Oder ein Anfänger mit dem Pferd vertraut gemacht wurde – mein Vater wartete schon auf Jan.

»Bist du schon mal auf einem Pferd gesessen?«, erkundigte auch er sich.

Jan wiegte den Kopf hin und her. »Zu selten«, gestand er.

»Warum willst du reiten?«

»Weil ich hier nicht segeln kann.« Er deutete mit dem Kinn in Richtung Zipfelbach. »Zu wenig Wasser unterm Kiel.«

»Na, dann wollen wir mal!«

»Ja.« Jan zögerte.

»Was ist?«

»Ich blamiere mich bestimmt. Und wenn da so viele Zuschauerinnen sind, blamiere ich mich noch mehr. Gegen Ally habe ich nichts, aber zwei Mädchen auf einmal sind echt heftig.«

Mein Vater lachte und schickte Rese weg.

Weil Jan so groß war, kamen weder das Pony noch unsere »normalen« Schulpferde infrage. Mein Vater hatte Hip Hop schon gesattelt und deutete auf den Hocker neben dem Pferd. Das schlug mit dem Schweif. Ich runzelte die Stirn: Hip Hop hatte zwar für Jan die richtige Größe, war aber sehr temperamentvoll und langweilte sich schnell. Doch Jan würde alles richtig machen – so wie jetzt: Er klopfte Hip Hop auf den Hals, er streichelte seine Nüstern, er legte seinen Kopf an seinen Kopf.

Der Junge kannte keine Furcht.

Zuerst mussten natürlich die Steigbügel angepasst werden. Mein Vater ließ Jan eine Hand an die Schnalle legen und hielt den Bügel an seine Achselhöhle, denn der Abstand entspricht ziemlich genau der Beinlänge. Als die Bügellänge stimmte, zog mein Vater die Gurtstrippen nach und kontrollierte, ob sie in gleicher Höhe verschnallt waren.

»Merk dir die Länge«, schärfte er Jan ein. »Vor der nächsten Stunde erledigst du das selbst.«

Jan nickte.

»So«, sagte mein Vater dann. »Das ist schon mal gut. Jetzt nimmst du die Zügel in die linke Hand. Gut so. Nun legst du die rechte Hand an den Sattel und hältst dich fest; dein Rücken zeigt zum Pferdekopf, deine linke Schulter liegt an Hip Hops linker Schulter.«

Ich sah, dass Hip Hop ungeduldig wurde. Sei geduldig!, bat ich ihn im Stillen. Hip Hop schüttelte den Kopf.

»Du drehst jetzt den Bügel zu dir«, fuhr mein Vater fort. »Steige mit dem linken Fuß in den Bügel, stoße dich mich dem rechten ab – und hopp! Schon sitzt du im Sattel. Gut gemacht, Jan!«

Der schaute von oben auf uns herunter. Jemand klatschte Beifall: Rese! Sie hatte sich wieder in die Halle geschlichen. »Gut gemacht, Jan!«, rief auch sie. Klar, er hatte Hip Hop nicht mit dem rechten Bein berührt, und er hatte sich auch nicht in den Sattel plumpsen lassen, wie es fast jeder Anfänger tat. Aber saß er vielleicht zum ersten Mal auf einem Pferderücken? Nein, tat er nicht.

»Junge! Mir scheint, du hast Talent«, lobte mein Vater und zeigte ihm, wie er die Zügel zu halten hatte und dass die Ellbogen, die Zügelfaust und das Pferdemaul eine gerade Linie bilden musste.

Jan machte alles richtig.

Mein Vater ließ Hip Hop ein paar Schritte gehen, dann machte er »brrr«, und zeigte Jan das Absitzen.

Als er auch das konnte, musste er das Auf- und Absitzen üben, aber als er gerade zum dritten Mal aufsaß, rief Benno ihn aus der Halle.

»Giselberts Vater ist im Hof!«

Mein Vater fluchte. »Der hat mir gerade noch gefehlt! Jan, du steigst so lange auf und wieder ab, bis ich zurück bin. Und Ally – sieh zu, dass Hip Hop stillhält!« Er stapfte aus der Halle.

Hip Hop blies mir seinen Atem ins Gesicht und klopfte mit dem Huf auf den Boden: Macht hin! hieß das.

Hip Hop knabberte an meinem Zopf – ganz klar: Ihm war todlangweilig. Er schnaubte und schlug mit dem Schwanz.

Jan stieg mit dem linken Fuß in den linken Bügel. Er schwang das rechte Bein über den Pferderücken und ließ sich behutsam in den Sattel sinken. Dann schwang er das rechte Bein über Hip Hops Rücken, nahm den linken Fuß aus dem linken Bügel – und da passierte

das, was Pferde nicht ausstehen können: Beim Absitzen trat er dem Pferd aus Versehen mit der Stiefelspitze in die Seite.

Hip Hop warf den Kopf hoch, wieherte schrill und machte einen Satz. Vor Schreck ließ Jan die Zügel fahren. Hip Hop fand das toll und galoppierte durch die Halle. Ich rannte ihm hinterher, aber das Pferd war schneller – wie der Blitz flitzte er durch das offen stehende Tor. »Tau'n Deiwel aber auch!«, rief Jan.

Da mein Pa auf dem Hof stand und das Pferd sofort einfangen würde, nahm ich die Flucht nicht ernst. »Wie bitte? Was hast du gesagt?«

»Zum Teufel aber auch«, übersetzte Jan. »Was habe ich falsch gemacht?«

Bevor ich es ihm erklären konnte, hörten wir das Gebrüll und die Schreie auf dem Hof.

Natürlich rannten wir durchs Tor – und was ich dann sah, werde ich nie im Leben vergessen; nicht mal, wenn ich hundert Jahre alt werden und an Gedächtnisschwund leiden sollte. Ein solches Bild wie das, das sich Jan und mir bot, vergisst kein Hirn.

Da, wo Giselberts depperter Bruder sein blödes Moped zum Stehen gebracht hatte, parkte ein dicker Geländewagen. Die Scheinwerfer waren eingeschaltet und so sahen wir, dass Benno Hip Hop eingefangen hatte und ihn am Zügel festhielt. Aber Hip Hop hatte wohl aus lauter Begeisterung über seine Freiheit nicht darauf geachtet, dass ihm jemand im Weg stand – anders war es nicht zu erklären, weshalb Giselberts Vater zwischen den Zweigen unserer Tanne lag und mein Vater ihm gerade die Hand entgegenstreckte, um ihm auf die Beine zu helfen.

Die Tanne wurzelte tief und sicher in der Erde und hatte absolut keinen Schaden genommen. Aber Giselberts Vater ächzte, stöhnte und jammerte. Er rieb sich den Rücken, humpelte zu seinem Wagen und schimpfte auf den Sauladen hier. »Auf Ihre Hunde können Sie nicht aufpassen, und auf Ihre Pferde schon gar nicht!«

Mein Vater half ihm beim Einsteigen. »Eines sage ich Ihnen«, meinte er sachlich. »Wenn Sie sich noch mal bei mir beschweren, kommen Sie bitte zu den angegebenen Besuchszeiten. Ich rufe Sie schließlich auch nicht von Ihrem Arbeitsplatz weg.«

Wir sahen zu, wie er vom Hof fuhr.

»Na ja …« Benno streichelte Hip Hops Nüstern und spuckte aus.

»Was ist mit dem Pferd passiert?«, erkundigte sich mein Vater.

»Mein Fehler.« Jan hustete verlegen.

»Er hat Hip Hop mit der Stiefelspitze in die Seite gestoßen«, erklärte ich. »Unabsichtlich natürlich.«

»Das wird mir kein zweites Mal passieren«, versicherte Jan in seinem schönsten Hochdeutsch.

»Anfängerpech«, sagte mein Vater und legte ihm die Hand auf die Schulter. »Hast dich gut geschlagen heute. Komm morgen wieder.«

Jan strahlte. Dann drehte er sich um und griff nach der Lichterkette. »Haben Sie es schon gesehen? Beim Sturz ist noch eine Birne kaputtgegangen. Es ist …« Er zählte die Fassungen. »Die neunte ist es.«

»Tau' n Deiwel aber auch!«, sagte ich. »Giselberts Vater ist eben echt beklötert, was?«

Benno tippte sich an die Stirn. »Wie bitte?«

Meine Mutter öffnete das Küchenfenster und rief übern Hof: »Der Tee ist fertig!«

»Du bist eingeladen«, meinte mein Vater. »Benno, schaust du nach den Pferden?«

Das Feuer im grünen Kachelofen bullerte, auf dem Tisch standen der Adventskranz, an dem die erste Kerze brannte, die Teekanne samt unseren Bechern in allen Farben und ein Blech mit frisch gebackenen Plätzchen. Mein kleiner Bruder saß neben Hektor und hielt seine Pfote. »Heute geht es ihm schon ein bisschen besser«, verkündete er.

Jan streichelte Hektor, dann rutschte er zu mir auf die Bank. »Hmmm, hier ist's aber echt gemütlich. Und wie gut die Plätzchen riechen!«

In diesem Augenblick tigerte unsere Katze Sepi mit stolz erhobenem Schwanz in die Küche und legte Nick eine tote Maus vor die Füße.

6. Dezember

Wie jedes Jahr am Nikolaustag standen morgens unsere Stiefel vor dem grünen Kachelofen in der Küche. Früher, aber das ist schon lange her, glaubten wir tatsächlich, dass der Nikolaus nachts irgendwie durch den Schornstein herunterrutschen und unsere Gummistiefelchen mit Nüssen und Lebkuchen füllen würde. Heute hob Rese ihren schicken Stiefel auf, linste hinein und ätzte: »Ist doch Blödsinn, nur Süßigkeiten zu verschenken, wo jeder weiß, wie ungesund die sind.«

»Und dick machen«, fügte Nick hinzu. »Kannst sie gleich mir geben, Rese. Und nächstes Jahr schreibst du einen Wunschzettel: Bitte nur Obst.« Mit Schwung kippte er das Übliche aus seinem Stiefel – aber da klemmte etwas. »Aber hallo«, meinte er verwundert und zerrte eine Schachtel heraus. »Kitekat!«

Wir brüllten vor Lachen. »Das ist für Sepi, die Katze! So ein netter Nikolaus! Er sorgt sich sogar um die Mäuschen im Stall!«

»Das ist kein Witz«, verteidigte sich Nick. »Wolltet ihr gefressen werden?«

»Mäuse gehören in die Abteilung Ungeziefer«, stellte Rese fest. »Um die ist's nicht schade, die verbreiten Krankheiten.«

»Und was verbreitest du?«, fauchte Nick. »Schlechte Laune und dummes Zeug!«

Eilig stopfte ich ein Marmeladebrot in mich hinein und verzog mich ins Bad, wo ich mir mit Reses Lockenstab die Krause glättete. Das Ergebnis war nicht überzeugend, sodass ich mir wieder mal ein Zöpfchen flocht. Weil meine Haare dazu eigentlich zu kurz waren, standen sie, wie schon erwähnt, wie ein Pinsel ab – jedes Pferd würde sich wegen eines solchen Schwanzes in Grund und Boden schämen!

Dann umrahmte ich mir mit Reses Eyeliner die Augen, tuschte die Wimpern mit ihrer Wimperntusche und benutzte ihren Lipgloss. Ich fand, alles zusammen sah echt O.K. aus. Leider kam mir meine Schwester auf der Treppe entgegen. »Siehst ja aus wie ein Vampir, Ally!«, kreischte sie. »Wenn du dich schon an meinen Schminksachen vergreifst, solltest du vorher mal üben, bevor du dich so unter die Leute begibst!«

»Wieso? Ist was nicht in Ordnung?«

Sie zerrte mich vor den Spiegel im Bad. Hm. Vielleicht sahen meine Augen ja wirklich irgendwie komisch aus.

»Für wen hast du dich eigentlich so zugerichtet? Für Jan Jörk etwa? Ally, gib's auf. Der will nichts von dir wissen. Der steht nicht auf so'ne Kleine, wie du es bist«, meinte sie mitleidig. »Und überhaupt – mit deiner Schminkkunst vergraulst du dir jeden Jungen.« Sie legte den Kopf schief. »Warum sage ich das überhaupt? Warum lasse ich dich nicht ins Unglück rennen?«

Das war echt eine grundsätzliche Frage. Ich rubbelte mit dem nassen Waschlappen den Eyeliner weg. Der war wasserfest, deshalb verschmierte er nur, und nun sah ich tatsächlich so aus, wie ich mir einen Vampir vorstellte.

Rese kicherte. »Super! Nur weiter so, Ally!«

In heller Verzweiflung seifte ich mein Gesicht ein – mit dem Ergebnis, dass ich am Morgen des Nikolaustags mit feuerroten Augen in die Schule radelte. An der Kreuzung bog ein dick vermummelter Radler mit Karacho von rechts auf die Straße ein. Ich bremste so heftig, dass es mich fast über den Lenker schleuderte. »Kannst nicht aufpassen, du Idiot!?«

Der Radler stieg ab. »Ally!«

»Ach! Du bist es?« Ich funkelte ihn an. »Pech gehabt. Dachtest wohl, ich sei Rese, was?«

»Nein, dachte ich nicht. Ich habe was für dich, Ally.« Er reichte mir eine Schokokugel im Glitzerlook. »Weil heute Nikolaustag ist.«

»Was soll ich damit?«

Jan stutzte. »Ich will dir eine Freude machen.«

»So? Nette Idee«, sagte ich unwillig und radelte los.

Seite an Seite radelten wir zur Schule, stellten die Räder Seite an Seite ab, gingen Seite an Seite zum Eingang. Der war natürlich hell erleuchtet. »Tau'n Deiwel, Ally! Bist du krank?«

»Ich doch nicht! Wieso?«

»Du siehst so komisch aus.«

»Klar sieht sie komisch aus«, sagte Rese, die vor mir weggeradelt und deshalb auch schon vor uns in der Schule war. »Meine kleine Schwester hat sich heute Morgen an meinen Schminksachen vergriffen.« Rese grinste boshaft. »Das Ergebnis war abschreckend.«

»Du hast dich geschminkt?« Jan starrte mich an. »Aber wieso denn?«

Auf so eine blöde Frage kann man einfach nicht antworten.

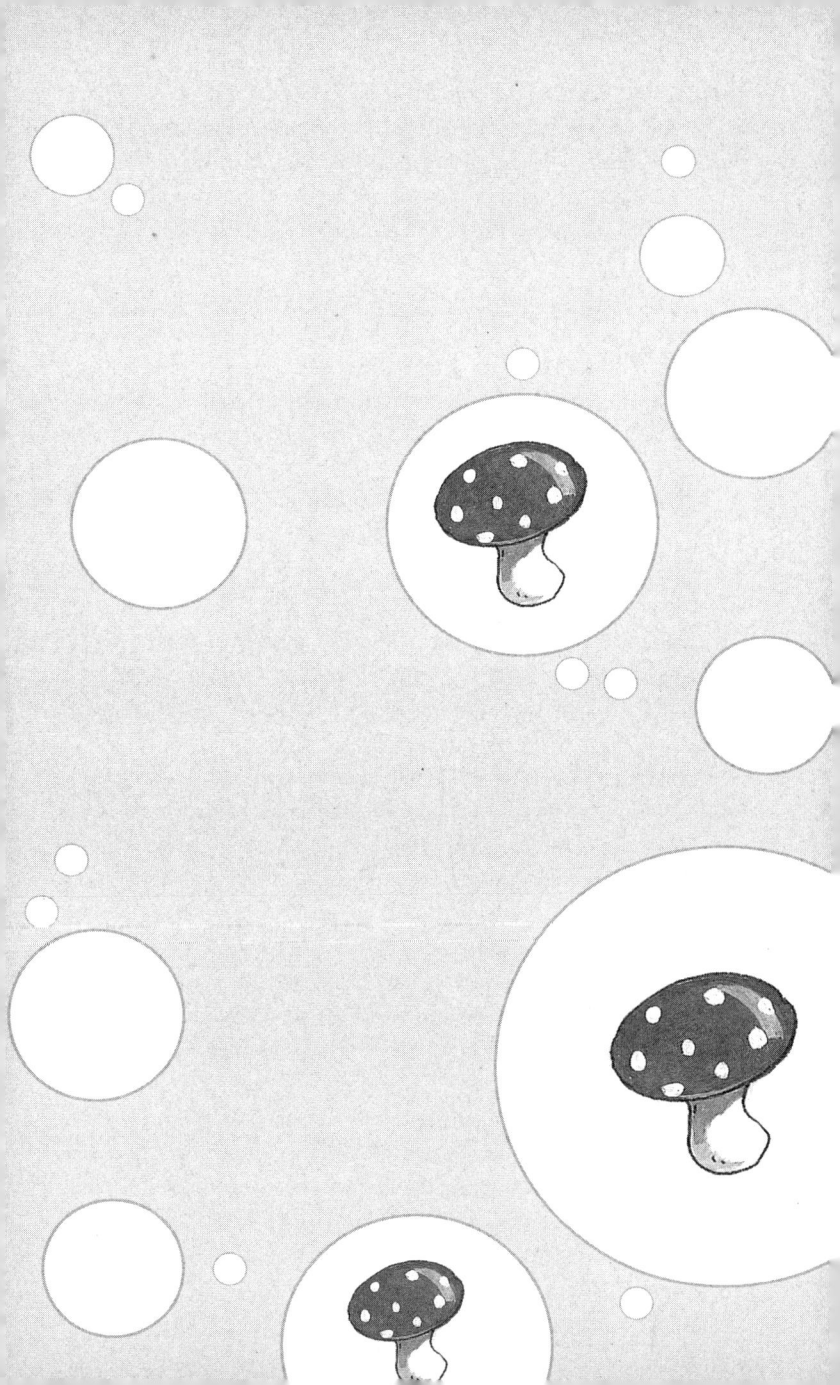

»Lass die Kleine und komm schon, Jan.« Meine Schwester zog ihn weiter. Er sah noch einmal über die Schulter zurück und warf mir dabei einen so fassungslosen Blick zu, dass ich mich am liebsten ins Nirgendwo gebeamt hätte, so sehr schämte ich mich plötzlich. Wieso schämte ich mich eigentlich? Schön sein zu wollen ist doch nichts Verbotenes, oder?

Ich schlich ins Klassenzimmer und sank auf meinen Stuhl. Mein Gott, wie ich meine Schwester hasste!

Von den Stunden bis zur großen Pause bekam ich nichts mit; ich sah immer nur, wie Rese Jan unterhakte, ihn mitzog und auf ihn einredete: Was sie ihm da gesagt hatte, malte ich mir in den fürchterlichsten Farben aus.

Und was Jan nun über mich dachte, war ja wohl klar.

Das Schlimmste war, dass ich selbst schuld war. Noch nie hatte ich mich geschminkt. Welcher Teufel hatte mich geritten, es heute zu versuchen? Das musste ja schiefgehen. Jetzt hatte ich mich in Grund und Boden blamiert. Ich war der unglücklichste Mensch auf Erden.

Selbst schuld, hämmerte es in meinem Kopf. Selbst schuld, selbst schuld …

Ich legte Jans Christbaumkugel auf den Tisch und stupste sie ein bisschen an. Ich ärgerte mich so sehr über mich, dass ich am liebsten abgehauen wäre. So was geht nicht auf die Schnelle, das wusste ich, aber sobald es nur ging, würde ich ausziehen!

Jawohl!!!

Ab heute würde ich alle Anzeigen in den Pferde-Magazinen lesen, die mein Vater abonniert hatte. Mit sechzehn würde ich von der Schule abgehen, auf einem Reiterhof arbeiten und meine Karriere als Jockey in Angriff nehmen.

Jawohl!!!

Und überhaupt würde ich später mal an allen Turnieren teilnehmen, ich würde sämtliche Preise scheffeln und weltweit berühmt werden. Dann würde meine Schwester sehen, wo sie blieb – nämlich zu Hause. Von mir aus konnte sie Giselbert und Jan und alle Jungs haben – interessierte mich alles nicht mehr. Als weiblicher Super-Jockey war ich ein Star.

Jawoll!!!

O.K. Das bedeutete, dass ich nur noch schlappe drei Jahre durchhalten musste. Was waren schon drei miese Jahre gegen ein ganzes Leben als Berühmtheit …

Peanuts. Drei Jahre waren nur Peanuts.

Ein Jahr hatte 365 Tage. 365 Tage mal drei – na super – das waren mehr als tausend Tage. Ganz schön lange. Die würde ich rumkriegen. Die musste ich einfach rumkriegen!

Ich malte eine eins und drei Nullen auf meinen Block. Darunter schrieb ich die Zahl 999. Dann die 998. Und die 997 … und als ich bei der 867 angekommen war, stieß mich Jule, meine Nebensitzerin und beste Freundin, in die Rippen. Gleichzeitig wurde mir bewusst, wie still es im Klassenzimmer war. Echt totenstill. Was hatte ich verpasst?

Wir hatten gerade Biologie bei Ebi – Eberhard Rattelhuber, und eines war sicher: Von allen unseren Lehrern war Ebi Rattelhuber der schärfste Hund. Mit dem legte man sich lieber nicht an, der machte einen nämlich auf so eine feine fiese Art fertig, gegen die man sich nicht wehren konnte – wer war jetzt der arme Kerl, der Ebi geärgert hatte?

Jule trat mir auf den Fuß. »Sag schon, Ally!«

»Was denn?«

»Mir scheint«, ließ sich jetzt Ebi vernehmen, »Fräulein Ally ist nur mit ihrem Körper anwesend. Ihr Geist jedoch schwebt noch über dem grünen Gras der Prärie.«

Die Jungs kicherten; ich schluckte: Verdammt, was ging hier eigentlich vor? Jule schob mir ihr Heft zu, aber ich war so verwirrt dass ich nichts lesen konnte.

»Ich warte, Ally«, sagte Ebi Rattelhuber.

Worauf wartete er?

»Ich … mir ist schlecht, Herr Rattelhuber. Kann ich raus?« Ohne seine Antwort abzuwarten, sauste ich aus dem Zimmer, den Gang entlang, die Treppe hinunter und ins Klo. Ich donnerte die Tür hinter mir zu, schloss ab und setzte mich auf den Klodeckel. Und dann heulte ich erst mal.

Ich heulte noch, als es zur großen Pause klingelte. In wenigen Sekunden würde jede Menge Mädchen hereinkommen, sich vor den Spiegeln die Lippen nachziehen und die Haare kämmen und

die übelsten Vermutungen anstellen, wenn sie mich so verheult sehen würden.

Das ging nicht, das musste ich vermeiden.

Ich schloss auf und kühlte mein Gesicht mit eiskaltem Wasser. Dann straffte ich die Schultern, ging raus und kaufte mir eine Butterbrezel.

Jemand fasste mich am Arm. »Mensch, Ally! Was ist heute los mit dir?« Jule sah echt besorgt aus. »Ist dir wirklich schlecht? Hast du deine Tage? Oder Kummer? Liebeskummer etwa?«

»Iiiich? Wie kommst du darauf?« Wütend biss ich in die Brezel.

Meine beste Freundin kannte mich. Sie starrte mich ein paar Sekunden an, runzelte dann die Stirn und schloss entsetzt die Augen. »Ich fass es nicht. Du hast Liebeskummer. Es ist der Wikinger. Stimmt's?«

»Stimmt nicht. Es ist wegen Rese.«

Jule schnappte nach Luft. »Sie hat ihn sich echt gekrallt? Einfach so?«

Ich hob die Schultern. »Und wenn schon...?!«

»Das Biest!«

Ich liebe Butterbrezeln, aber an diesem Morgen schmeckte die Brezel wie Stroh. »Er hat sich wegschnappen lassen.«

»Das hast du schon mal gesagt. Jetzt ist's endgültig, was?«

Ich nickte. »Ich ziehe aus. In drei Jahren mache ich die Fliege.«

»Klar. Gegen Rese kommst du nicht an. Niemals. Würde ich auch nicht.« Jule hatte einen Pickel am Kinn. Sie rieb daran herum, obwohl jedes Mädchen weiß, dass das nicht gut ist.

»Ich ärgere mich nicht über Jan. Ich ärgere mich über meine Schwester«, wiederholte ich heftig.

»Im Grunde genommen hast du recht. Konkurrenzvermeidung ist die beste Lösung. Aber drei Jahre sind eine lange Zeit.«

»Na und? Dann bin ich sechzehn. Mit sechzehn bin ich noch nicht zu alt für einen Freund. Die Frage ist nur –«

»Ja?«

Mitten zwischen den Jungs aus der 9b stand Jan Jörk. Kein einziges Mal sah er zu mir rüber. Aber er sah auch kein einziges Mal zu Rese rüber, obwohl die mit ihren Freundinnen keine drei Meter von ihm entfernt stand.

»Die Frage ist nur – ?« wiederholte Jule.

»Ich will ihn nicht. Echt, Jule. Die Frage ist nur – wie krieg ich den Typ aus meinem Kopf?«, fragte ich verzweifelt.

»Such dir einen Lover, der's wert ist«, entgegnete Jule sofort.

»Ha-ha«, machte ich. »Wo ich doch überhaupt keinen Freund will.«

»Quatsch. Das sagst du nur so.« Jule schwieg eine ganze Weile, dann hob sie die Hand und streckte den Daumen hoch. »Ich sehe drei Möglichkeiten. Erstens: Du könntest mit deiner Mutter über das Problem reden. Zweitens: Du könntest Rese ein Bein stellen, dann bricht sie sich den Fuß, liegt monatelang im Bett und du hast freie Fahrt. Drittens: Du könntest dir einen so fiesen Plan ausdenken, dass sie sich niemals mehr einen Jungen krallt, der dir gefällt. Und viertens: Du könntest mit Jan reden und ihm sagen, dass Rese schon Freunde hat. Such's dir aus, Ally.«

»Jan weiß, dass Giselbert Reses Freund ist. Nick hat's ihm gesagt.«

»Und trotzdem fährt Jan auf sie ab? Mensch, Ally! Der Typ ist doch bescheuert!«

»Sag ich doch! Um den ist's nicht schade.«

»Ne, wirklich nicht. Sei froh, dass du das gleich zu Anfang mitbekommen hast.«

»Ja«, sagte ich und schenkte ihr den Rest der Brezel.

Das einzig Erfreuliche an diesem Tag war unser Dackel. Pünktlich zum Stallgang leckte er Hektor liebevoll über die Schnauze, dann rannte er raus und heftete sich meinem Pa und Benno an die Fersen. Ganz so, als wollte er sagen: »Ich tu meine Pflicht auch ohne Hektor.«

7. Dezember

Petzen ist echt das Hinterletzte, aber mitten in der Nacht war ich aufgewacht und hatte mir überlegt, wie ich Rese – Jan Jörk hin oder her – so das Fürchten beibringen könnte, dass sie die Finger von ihm lassen würde. Nicht, dass ich den Typ wollte, ne, aber es gab ja vielleicht mal einen Nachfolger von Jan, einen Jungen, der nicht sofort die Fliege machte, wenn meine Schwester mit den getuschten Wimpern klapperte und mit dem Po wackelte.

Da Jungs aber total auf Klappern und Wackeln abfahren und ich auf diesem Gebiet nichts Überwältigendes zu bieten hatte, musste ich anders an die Sache rangehen.

Wie schaffe ich Rese? fragte ich mich und beschloss, zuerst mal meine Ma um einen Tipp zu bitten. Unauffällig natürlich.

So kam's, dass ich am Morgen aus dem Bett sprang, sobald ich sie in der Küche hörte. »Sag mal, Ma, was würdest du tun, wenn jemand, der viel schöner ist als du, dir jeden Jungen vor der Nase wegschnappen würde? Ich meine«, setzte ich hinzu, »das ist natürlich nur so 'ne Frage.«

»…vier, fünf, sechs, sieben.« Meine Mutter löffelte Kaffeepulver in den Filter der Kaffeemaschine, dann drehte sie sich schwungvoll um. »Ally«, sagte sie. »Ally, in einem solchen Fall ist das Problem nicht das schöne Mädchen, sondern der Junge. Wenn er nämlich nur Augen für äußere Schönheit hat, ist er es nicht wert, dass du auch nur einen Finger krumm machst.

Ist er aber ein echt toller Kerl, dann wünscht er sich ein Mädchen, mit dem er Pferde stehlen kann. Schönheit allein langweilt ihn, glaub mir das.«

Meine Mutter steckte einen Löffel ins Marmeladenglas. »Aber natürlich wäre es ziemlich dusslig, nur dazustehen und zu warten, bis sich der Junge über seine Gefühle klar geworden ist. Man muss schon zeigen, was man so drauf hat.«

»Echt? Was hab ich denn so drauf, Ma?«

»Ally – « In diesem Augenblick fing Hektor an zu jaulen, und wie auf Knopfdruck erschienen mein kleiner Bruder Nick und, eine Sekunde nach ihm, Benno. Verdammt, konnte man seine Mutter nicht mal ein paar Minuten für sich haben?

An der Kreuzung bog wieder ein verrückter Radler knapp vor mir auf die Straße ein, wieder legte ich so 'ne Vollbremsung hin, dass ich fast übern Lenker kippte, wieder brüllte ich: »Du Volltrottel! Du Idiot!«, und wieder war es Jan. Jan Jörk, der Wikinger.

»Hey, Ally! Warte mal 'ne Sekunde!«

»Wozu?« Wie wild trat ich in die Pedale. Der Junge war schneller als ich. Er fuhr vor mich, stellte das Rad quer, und obwohl ich es wirklich nicht wollte, musste ich anhalten. »Hau ab!«

»Ally! Bist du sauer?«

»Klar bin ich sauer.«

»Wegen deiner Schwester?«

Ich schwieg. Wenn er nicht kapierte, dass ich sauer war, weil er sich von Rese hatte abschleppen lassen, war ihm nicht zu helfen.

»Hör mal, du weißt doch, dass Rese beklötert ist«, sagte er rasch.

»Na und? Trotzdem bist du gestern mit ihr abgezogen.«

Inzwischen schoben wir die Räder und gingen nebeneinander her.

»Du hast dich gestern geschminkt, sagte Rese.« Jan tippte sich an die Stirn. »Ich fand das voll bescheuert, und mit den roten Augen hast du ausgesehen wie …«

»… ein Vampir?«, half ich ihm auf die Sprünge.

»Neee. Das hätte mich nicht gestört. Ich dachte, du wärst eben doch wie deine Schwester. Voll beklötert eben.«

Ich riss die Augen auf. »Wie bitte? Ich bin nicht wie meine Schwester!«, protestierte ich wütend. »Das ist ja mein Unglück, du Depp!«

Jetzt riss Jan die Augen auf. »Das ist nicht dein Ernst, Ally.«

»Doch! Ist es!«

»Ich dachte, du wärst anders.« Er stieg aufs Rad. »Dann schmink dich eben wie die Rese!«, rief er wütend über die Schulter zurück und sauste bei Dunkelgelb über die Kreuzung.

Fassungslos starrte ich ihm hinterher. Was war denn das? Hatte ich mich verhört oder was?

Langsam stieg ich auf und radelte Richtung Schule. Als ich in den Hof einbog, war mir klar, dass ich mich blöd benommen hatte. Saublöd sogar. Ich hatte alles vermasselt – der Junge dachte jetzt, ich wäre wie Rese. Nicht so schön, aber genauso deppert. Eitel eben. Von tausend Freunden umringt. Kein Mädchen, mit dem man Pferde stehlen konnte.

Ich stellte mein Rad in den Ständer, und während ich es abschloss, bemerkte ich das verrostete Uraltmodell daneben. Hm. Niedergeschlagen schlich ich ins Klassenzimmer.

Am Nachmittag hatte Jan Reitstunde. Das wusste ich, und Rese wusste es auch. Von meinem Fenster aus sah ich, dass sie kurz vor vier über den Hof und Richtung Halle ging – Unterricht im Freien fiel an diesem Tag flach, weil es nieselte und richtig kalt war. Außerdem wurde es an diesem Tag überhaupt nicht hell.

Kurz darauf kam Jan an. Vorschriftsmäßig stellte er sein Rad ab, drehte sich um und erblickte meine Schwester, die an der Wand lehnte und mit der Reitgerte lässig gegen ihre schicken Stiefel klopfte. Oho, jetzt wurde es aber spannend!

Jan blieb kurz stehen, ging dann weiter und verschwand in der Halle. Rese hob die Schultern, warf die Haare nach hinten, marschierte ihm hinterher und verschwand ebenfalls in der Halle.

Dann ging meine Mutter übern Hof, verschwand auch in der Halle – und kam kurz danach mit Rese im Schlepptau heraus. Aber hallo! Was ging da ab? Und warum schaute meine Mutter kurz zu mir hoch und hob verstohlen und so, dass Rese es nicht mitbekam, den Daumen? Mein Herz begann wie wild zu klopfen … und klopfte noch viel heftiger, als Rese wenig später, die Einkaufstasche in der Hand, missmutig übern Hof schlurfte, auf ihr Rad stieg und Richtung Stadt und Einkaufscenter verschwand.

Was hatte meine Ma am Morgen gesagt? »Man muss schon zeigen, was man so drauf hat«.

Hatte ich was drauf?

Wenn ja, was hatte ich drauf?

Wollte ich überhaupt etwas drauf haben?

Obwohl ich es eigentlich nicht wollte, zog ich den dicken Norwegerpulli mit den Flicken an den Ellbogen übern Kopf – er war warm wie kein anderer, hatte mal meinem Vater gehört, war aber bei einer Wäsche eingegangen, und so hatte ich ihn mir untern Nagel reißen können – rannte die Treppe runter, übern Hof und in die Halle.

Auf Schneewittchens Rücken saß die zehnjährige Mareike, Benno führte das Pferd an der Longe, vier Mädchen und ein Junge ritten auf ihren Pferden, es waren alles Einsteller, im Schritt hinterher, und mein Vater übte mit Jan das Traben. Das klappte schon prächtig.

Hip Hop wieherte und drehte den Kopf zu mir um, Jan tat dasselbe – ohne zu wiehern – nahm Schwung, viel zu viel Schwung nahm der Junge, und landete prompt auf der anderen Seite am Boden.

Hatte er sich verletzt? Ich rannte los. Ne, er stand auf, grinste entschuldigend und meinte: »Bin mal kurz steuerbords abgestiegen.«

»Steuerbords?«

»Rechts vom Pferd«, erklärte er cool. »Das ist steuerbords.«

Ich tippte mir an die Stirn. »Bisschen beklötert, was?«

Hip Hop und mein Pa wurden ungeduldig. »Zeit, weiterzureiten.«

Jan ging um Hip Hop herum, stieg fehlerlos auf, glitt sanft in den Sattel und schaute auf uns herunter. »Und nun? Wie geht das mit den Leinen beim Galopp?«

»Du bist nicht auf einem Boot«, erklärte mein Vater und brachte Jan bei, wie er die Zügel von außen nach innen aufnehmen und die Zügelfäuste nebeneinander und knapp über dem Widerrist halten musste. Der Junge lernte schnell; er schnalzte mit der Zunge und los ging's.

»Büschen langweilig ist das. Jetzt nehme ich Fahrt auf!«, rief Jan und trieb Hip Hop mit den Schenkeln an. Das gefiel ihm, er schoss los wie eine Rakete, und weil das so unerwartet geschah, glitten meinem Pa die Führzügel aus der Hand.

»Halt!«, brüllten er und ich.

Zu spät! Hip Hop hatte die offene Tür erspäht und verschwand mit seinem Reiter in der Dämmerung.

Fröhlich galoppierte er im Hof herum, und o Wunder: Jan saß immer noch auf seinem Rücken. Was hieß da saß – er klammerte sich wie ein Affe an seinem Hals fest. Wir passten Hip Hop ab, es gelang meinem Pa, die Zügel zu schnappen und ihn zum Stehen zu bringen. »Bist du lebensmüde?«, schrie mein Pa.

»Nö.« Jan setzte sich auf. »Ich mag's nur nicht, wenn das Boot im Flachwasser dümpelt!«

»Was soll ich deinen Eltern sagen, wenn du dir den Hals gebro-

chen hast?« Mein Pa war vielleicht wütend. »Merk dir eins, Junge: Ein Pferd ist kein Schmusetier, und unter ihm plätschert kein seidenweiches Wasser. Wenn du fällst, kannst du auf Steinen und festgebackener Erde landen – und was dann? Haben wir uns verstanden?«

»Na ja … Klar.« Jan kratzte sich am Kopf. »Aber wenn wir in der Geschwindigkeit weitermachen, bin ich ein tattriger Opa, bis ich mal ausreiten kann.«

Mein Pa schnappte nach Luft. »Du bist mir einer. Ally, verschwinde. Jan muss sich konzentrieren.«

»Aye-aye, Sir«, sagte ich grinsend.

»Sehe ich dich später?«, rief Jan mir nach.

»Garantiert nicht!«

Auf der Eckbank saßen meine Ma, mein Bruder Nick und ein kleiner Junge, den ich noch nicht kannte. Meine Ma stellte gerade Becher mit heißem Kakao vor die beiden hin und schmierte dann dicke Marmeladenbrote. »Das ist Sam Mwamba«, sagte sie und deutete mit dem Messer auf den Unbekannten. »Nicks neuer Freund.«

Der Kleine hatte schwarze Kulleraugen, schwarze Haare, die noch einige Ticks krauser waren als meine, und eine Haut wie Bitterschokolade. Ich glitt auf die Bank und setzte mich neben ihn. »Hallo. Bist du der, dessen Mutter im Krankenhaus liegt?«

Der Junge nickte. »Sie ist wieder zu Hause Und ich –!« Er strahlte. »Ich hab jetzt einen Bruder. Das ist vielleicht ein Schreihals!« Er deutete auf Hektor. »Dem Hund am Ofen geht es besser, sagt Nick.«

»Du sprichst gut Deutsch. Bist du schon lange in Deutschland?«

»Schon ewig.« Nick konnte rasend schnell essen, aber der Kleine war um einiges schneller als er; gerade stopfte er den letzten Bissen in den Mund. »Aber«, versicherte er und schielte hungrig auf den Brotkorb, »zuerst haben wir in einer anderen Stadt gewohnt. Dann hat mein Daddy hier Arbeit bekommen, aber jetzt ist er die los. Und dann wurde auch noch meine Katze überfahren, aber dafür habe ich jetzt einen Bruder.« Er hob die Schultern. »Das Brot war superlecker.«

»Noch eines?«, bot meine Mutter an. Sag mal, hast du heute noch nichts in den Magen bekommen?«

Sam rutsche unruhig auf der Bank herum. »Doch«, versicherte er und strahlte meine Ma an. »Ich hab schon einen Becher Tee getrunken!«

»Bei uns ist geht das Essen nie aus«, versicherte Nick mitleidig und legte ihm seine angebissene Scheibe auf den Teller. »Kannst mein Brot auch noch haben.«

Die Tür im Windfang quietschte immer, wenn jemand sie öffnete oder schloss. Jetzt quietschte sie und ich dachte schon, es wäre Jan Jörk, der Wikinger, bei dem die Zügel *Leinen* waren und der zum Anreiten *Fahrt aufnehmen* sagte. Es war aber bloß Rese, die die Einkaufstasche neben die Spüle stellte und sofort wissen wollte, wer der Kleine denn sei.

»Ich bin Sam Mwamba!«

»Sam .. aha. Und wo ist Jan Jörk?«

»Keine Ahnung«, sagte ich. Der Wikinger ging mich nichts an.

»Komm«, sagte Nick zu Sam und stieß ihn an. »Wir spielen Kundschafter!«

Sammy klappte sofort die Brotscheibe zusammen, rutschte von der Bank, rannte Nick hinterher, rannte zurück, gab meiner Ma einen dicken Kuss auf die Wange, sagte »Danke für das tolle Essen!« und hüpfte Nick hinterher.

Meine Ma rieb sich die Wange.

»Was war das denn?«, fragte Rese.

»Das war Nicks neuer Freund.«

»Klar. Aber weshalb hat er dich geküsst?«

»Weil er eben nicht beklötert ist«, entgegnete ich.

Am Abend tauchten Giselbert und sein Bruder Clemens auf dem Hof auf, obwohl mein Pa es Clemens strikt verboten hatte. Rese knutschte mit Giselbert, während sein Bruder in der Dunkelheit verschwand. Hektor knurrte; richtig bellen konnte er wegen seiner gebrochenen Rippen noch nicht, aber Jash, unser Dackel, kläffte wie verrückt, sodass mein Pa nachsehen ging und Clemens aus dem Stall und Giselbert aus Reses Armen jagte. Mann, war er wütend auf die Jungs und auf Rese!

8. Dezember

Über Nacht war die Temperatur gefallen. Die Pfützen auf dem Hof waren mit einer dünnen Eisschicht überzogen, und unsere Pferde, die ihre Köpfe aus den offenen Halbtüren streckten, atmeten weiße Wölkchen aus.

In unserer Wohnküche mit dem großen grünen Kachelofen war es aber auch gemütlich. Meine Ma achtete darauf, dass die Milch nicht überkochte, mein Pa las die Zeitung, Rese zählte ihre sieben Honigpops ab, Nick füllte Hektors und Jashs Fressnäpfe und goss Milch in Sepis Schüssel. Jash streckte die Zunge in Sepis Milch, Sepi fauchte und ohrfeigte ihn mit der Pfote ... es war wie immer.

Bis mein Pa die Zeitung beiseite legte. »Der Neue aus dem Norden ... also der gefällt mir. Der ist tollkühn, der würde am liebsten heute schon über die Felder galoppieren. Rese, geht er in deine Klasse?«

»Er geht in die 9b, ich in die 9a«, entgegnete Rese versonnen. »Aber natürlich sehen wir uns oft, und wenn wir uns auf dem Gang oder vor den Zimmern begegnen, wird er rot.«

Ich verschluckte mich. »Quatsch! Das stimmt nicht!«

Rese lächelte. »Klar stimmt das.«

»Warum hast du dann gestern Abend mit Giselbert geknutscht?«

»Zwei Lover sind besser als einer«, antwortete sie cool.

Mein Pa grinste. »Oho! Dann soll sich dein Giselbert aber vorsehen!«

»Nick, die Tiere haben ihr Fressen bekommen. Setz dich endlich an den Tisch!«, fiel Ma meinem Vater ins Wort. »Und du, Rese, solltest endlich kapieren, dass nicht jeder Junge automatisch auf dich abfährt.«

»Aber genau das tun die Jungs doch, Ma«, entgegnete Rese mit unschuldigem Augenaufschlag. »Jeder fährt auf mich ab. Ich kann gar nichts dagegen tun. Es ist einfach so.«

»Wenn du dich da mal nicht täuschst«, fauchte ich wie Sepi, unsere Katze.

»Müsst ihr euch denn immer wegen der Jungs streiten?«, schimpfte Nick. »Ist doch ätzend. Und überhaupt – du hast deinen Giselbert, Rese, deshalb kann Ally den Jan haben. Ist doch nur fair, oder?«

»Wer sagt, dass ich ihn will?«, schimpfte ich. »Rese kann ihn gern haben. Mit Handkuss sogar!«

»Kleiner, was verstehst du schon von Jungs«, meinte Rese hochnäsig.

»Alles verstehe ich. Ich bin nämlich einer, deshalb«, protestierte Nick und klatschte auf sein Butterbrot, es war das dritte an diesem Morgen, eine ordentliche Menge Salamischeiben. »Und ich weiß, wieso du den Jan unbedingt haben willst. Du kannst's nicht leiden, wenn jemand –«

In diesem Augenblick platzte Benno in die Küche. »Chef, da fehlt eine Pferdedecke. Ist die vielleicht irgendwie ins Haus gewandert?«

Nick hustete. Mein Pa stand auf. »Ich komme«, sagte er kurz und verschwand mit Benno.

»Zeit für den Stalldienst«, stellte meine Ma fest, nachdem sie auf die Uhr geschaut hatte. Nick legte noch eine Scheibe aufs Salamibrot und stopfte es in seine Hosentasche. »Für später.«

»Igitt! Wie unappetitlich!« Rese rümpfte die Nase.

Nick streckte ihr die Zunge raus. »Du musst das Brot ja nicht essen!«

Als ich aus der Küche gehen wollte, hielt mich meine Ma am Arm zurück. »Ally, lass dich nicht unterkriegen!«

»Warum sagst du das, Ma?«

»Ich habe den Eindruck, dass dir der Junge, dieser Jan …«

»Der ist mir komplett egal«, sagte ich heftig.

Im Gegensatz zu meiner Schwester machte ich immer gerne Stalldienst. Ich mochte den Pferdegeruch, vor dem Ausmisten ekelte es mich kein bisschen, und wenn in den Boxen frische Einstreu lag, wenn das Heunetz gefüllt, das Futter gemischt, die Wassernäpfe gesäubert waren und auch der Hof gekehrt war, winkte das Highlight der Woche: der Ausritt.

An diesem Morgen fluchte mein Pa, was das Zeug hielt: Nicht nur die Pferdedecke war verschwunden. Um nichts in der Welt konnte er seine neuen gefütterten Handschuhe finden.

»Du hast sie verschlampt«, sagte Rese ungerührt.

»Niemals! Ich weiß, dass ich sie gestern hier hingelegt habe! Ich sehe sie vor mir! Ich täusche mich doch nicht!«

Wir halfen ihm beim Suchen, aber ohne Ergebnis. Die Handschuhe waren weg.

»Noch nie wurde bei uns auf dem Hof etwas gestohlen«, schimpfte er. »Nun fehlen die Decke und die Handschuhe.«

»Die tauchen wieder auf«, versicherte Rese und reichte ihm seine alten Handschuhe.

Seine gute Laune war hin. Mürrisch stapfte er zur Koppel, und sobald die Pferde uns sahen, wieherten sie und galoppierten zu uns.

Mein Pa setzte sich ausnahmsweise auf Schneewittchen, Rese ritt heute den temperamentvollen Hip Hop, und wenn ich Fury nicht hätte reiten dürfen, wäre der Tag für mich gelaufen gewesen. Fury war einfach MEIN Pferd.

An diesem Morgen nahmen wir den Weg am Zipfelbach entlang, ritten dann den Hang bis zum Waldrand hinauf, danach ging's ein Stück auf einem Forstweg weiter, bis wir die Anhöhe erreicht hatten. Dort hielten wir immer an. Unter uns zogen sich die Weinberge die Hügel hinauf – jetzt waren die Trauben längst geerntet und das Laub war abgefallen. Wir sahen, wie sich der Zipfelbach durch die Wiesen schlängelte, wir sahen die Pappeln und Weiden an seinen Ufern, und von dieser Stelle aus sahen wir sogar unseren Hof und die Koppel, auf der sich die Einsteller tummelten.

Immer wenn ich auf Fury saß und von dieser Stelle aus auf unseren Hof blickte, war ich froh, hier und nirgendwo anders zu leben.

Fury scharrte ungeduldig mit dem Huf und warf den Kopf hoch, und dann – dann jagte ich den Wiesenweg entlang und abwärts zwischen den Obstbäumen hindurch und auf einem schmalen Pfad durch die Weinberge, galoppierte über die Brücke und war wieder auf dem Hof.

Das war toll! Wie immer wäre ich gerne noch weiter und länger geritten, aber die Schüler warteten auf die Pferde.

Ich saß ab und führte Fury so lange herum, bis er nicht mehr schwitzte, und dabei sah ich das rostige Fahrrad.

»Hi! Ally, ich warte auf dich! Mensch, wenn ich nur schon so gut reiten könnte wie du! Weißt du, dass mir dein Vater extra Reitstunden gibt?«

Jan klopfte Fury auf den Hals, und der legte seinen Kopf auf Jans Schulter. Das machte er sonst nur bei mir – fast wurde ich ein bisschen eifersüchtig.

»Hallo Jan! Ne, das wusste ich nicht. Wahrscheinlich stellst du dich extra ungeschickt an und bist ein hoffnungsloser Fall.«

»Das wohl nicht«, meinte er und lachte mich an.

Schon drängelte sich Rese zwischen uns, aber Jan beachtete sie nicht. Das ärgerte meine Schwester und mir war klar, dass sie sich an diesem Tag von niemandem vom Hof vertreiben lassen würde.

Ich zuckte die Schultern und marschierte ins Haus: Das Problem war der Junge, hatte meine Ma gesagt.

Sollte er sehen, wie er mit Rese klarkam.

Zuerst half ich meiner Ma, über der Stall- und dann auch über der Küchentür Girlanden aus Tannenzweigen zu befestigen und sie mit Lichterketten zu dekorieren. Das machten wir jedes Jahr.

»Weißt du schon, dass bei uns auf dem Hof geklaut wird?«, fragte ich meine Ma.

»Ich glaube nicht, dass sich ein Dieb herumtreibt«, meinte sie. »Wie ich deinen Vater und Benno kenne, finden sich die Decke und die Handschuhe wieder. Die beiden sind nämlich nicht die ordentlichsten Menschen. Es ist nur seltsam, dass gleich zwei Gegenstände fehlen.«

»Ja, und dass sich gestern Abend Giselbert und Clemens auf dem Hof herumtrieben, obwohl sie das nicht dürfen.«

»Was willst du damit sagen, Ally?«

»Die zwei sind wütend auf Pa. Könnte doch sein, dass sie sich rächen, oder?«

»Indem sie klauen? Das glaube ich nicht.«

Ehrlich gesagt, traute ich es nicht mal Clemens zu, und Giselbert schon gar nicht. Giselbert war dazu viel zu fein und wahrscheinlich auch zu feige, und warum sollte Clemens eine nach Pferdestall müffelnde Decke klauen, wo seine Eltern doch Geld wie Heu hatten … Ne, die Decke würde wieder auftauchen, und die Handschuhe hatte mein Pa garantiert in eine Jacke gesteckt und dort vergessen.

Aus den Augenwinkeln heraus beobachtete ich, wie Pa Jan Unterricht gab. Klar, man kann jemandem sagen: So und so musst du auf dem Pferd sitzen, so und so musst du die Zügel halten, so und so musst du antraben, so und so musst du mit den Bewegungen des Pferdes mit deinem Körper mitgehen. Klar, theoretisch weiß man das schnell – ist ja auch kein Hexenwerk.

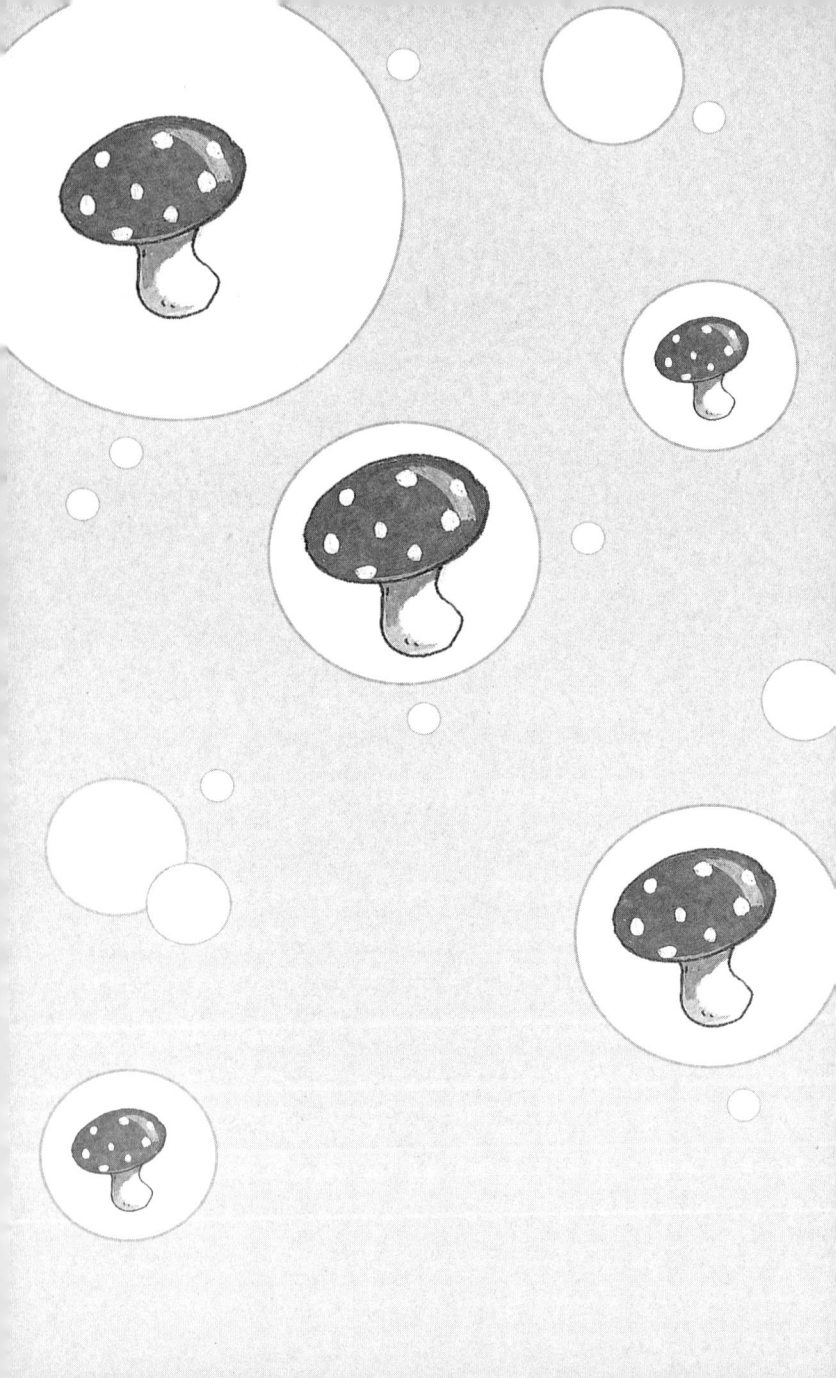

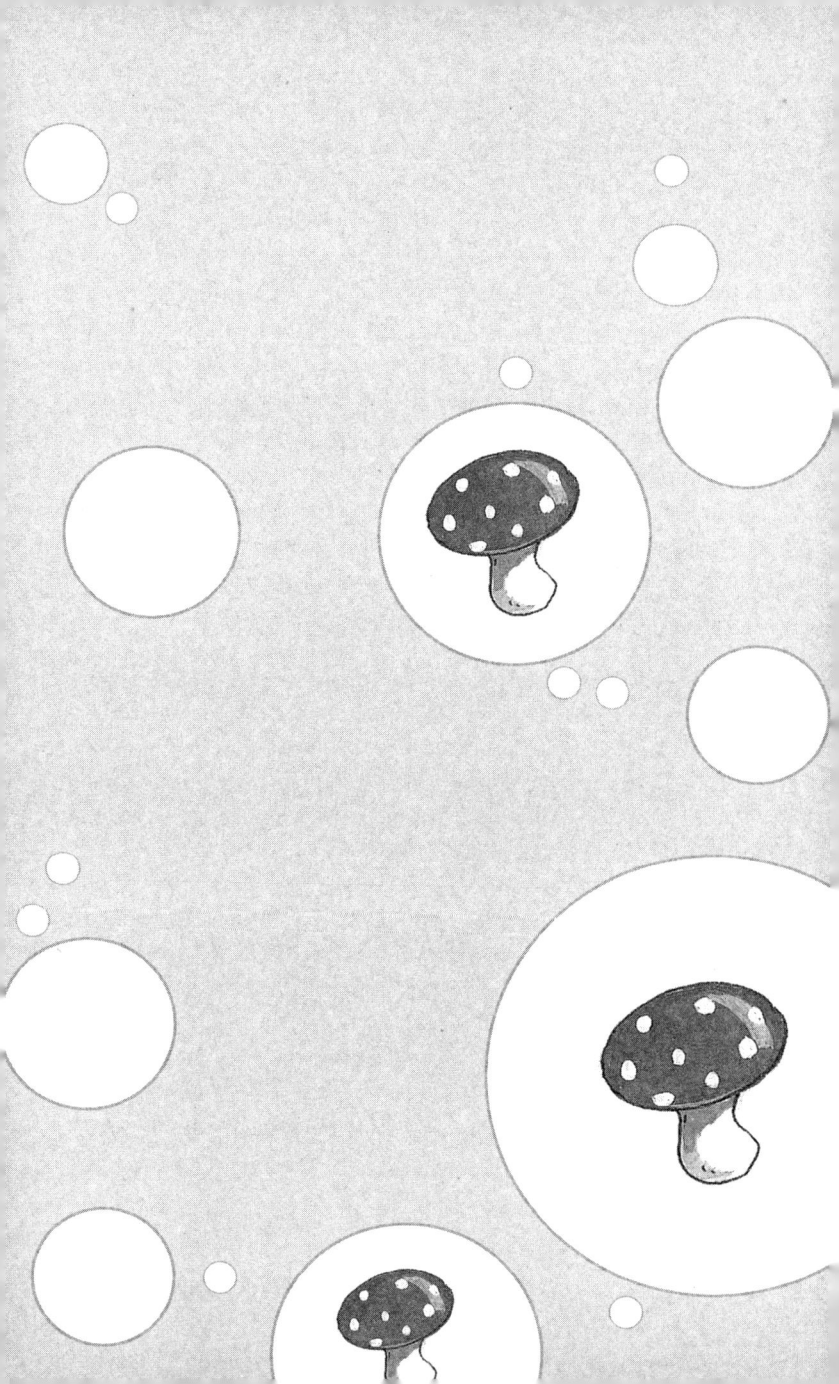

Aber in Wirklichkeit hilft nur Übung. Ich fand, dass Jan unglaublich schnell lernte.

Später musste ich für meine Ma etwas einkaufen, und als ich zurückkam, war es Zeit zum Mittagessen und Jan war nach Hause gegangen.

Beim Essen war Rese ungewöhnlich wortkarg, dafür war mein Pa umso gesprächiger. Zuerst lobte er Jan, dann fiel ihm die verschwundene Pferdedecke wieder ein. »Benno ist das Ganze ein Rätsel«, meinte er. »Er verdächtigt Clemens, weil er den Jungen gestern Abend im Stall überraschte.«

Rese hob den Kopf. »Was hat er da gemacht?«

»Das hat er nicht gesehen. Benno machte sich Sorgen um Schneewittchen. Die Stute hatte wenig gefressen und schien ungewöhnlich müde zu sein – deshalb habe ich sie heute ja auch geritten. Aber mir schien sie fit genug zu sein. Jedenfalls – Benno wollte sich Schneewittchen nochmals ansehen, und dabei hat er Clemens überrascht. Was hatte der Junge im Stall verloren? Nichts. Ganz abgesehen davon, dass er Hofverbot hat. Rese«, er warf meiner Schwester einen scharfen Blick zu. »Rese, nimm die Sache nicht auf die leichte Schulter. Wenn du etwas weißt, dann es sag es uns.«

Meine Schwester schlug die blauen Augen auf. »Paps, was soll ich denn wissen? Clemens hat Hofverbot, aber es ist ja verständlich, dass sich auch Giselbert darüber ärgert.«

»Mitgefangen – mitgehangen«, knurrte mein Pa.

Mein kleiner Bruder bat um eine zweite Portion Nudeln mit Fleischsauce. »Paps, das verstehst du nicht. Giselbert ist der einzige Junge in der ganzen Stadt, der schicke Pullis trägt und in der schönsten Villa wohnt. Das zählt für Rese.«

»Na und? Ist das etwa verboten?«, fuhr Rese ihn an, dann verfiel sie wieder in Schweigen. Sie schwieg so ausdauernd, dass es uns allen auffiel. »Du wirst doch nicht krank werden, Rese«, erkundigte sich meine Ma schließlich. »Fühlst du dich nicht wohl?«

»Mir geht's gut.«

»Du runzelst die Stirn, Rese. Pass auf, das gibt Falten!«, stichelte ich.

»So lasst mich doch endlich in Ruhe!«, schrie sie, schob den Teller beiseite und stürmte aus der Küche.

»Was hat sie nur?«, wunderte sich mein Pa.

»Liebeskummer«, antwortete Nick weise. »Wegen Jan.«

Meinem Vater fiel das Messer aus der Hand. »Liebeskummer wegen Jan? Ich denke, Giselbert ist Reses Freund.«

»Zwei Freunde sind besser als nur einer«, wiederholte Nick, was Rese vor Kurzem gesagt hatte. »Bekomme ich noch ein paar Nudeln, Ma?«

Den ganzen geschlagenen Nachmittag lang blieb Rese verschwunden, obwohl Jan Punkt zwei Uhr wieder auf dem Hof stand und zusah, wie die anderen ritten. Später versorgte er mit Pa, Benno und mir die Pferde – er lernte, das Fell mit der Kardätsche zu striegeln und mit dem Hufkratzer umzugehen, ohne von einem Pferd getreten zu werden. Er lernte, den Schweif und die Mähne zu bürsten und die Augen, Nüstern und die Maulspalte mit einem Schwamm zu säubern. Ganz zum Schluss fuhren wir beide noch mit einem weichen feuchten Tuch über Furys Fell, damit es einen seidigen Glanz bekam. Da standen wir ganz nahe beieinander, und Fury legte zuerst mir, dann Jan den Kopf auf die Schulter.

»Er mag dich«, sagte ich leise, um Fury nicht zu erschrecken.

»Er mag uns«, verbesserte Jan. »Ally, magst du …« Er räusperte sich. »Ich find's schön, mit dir zusammen die Pferde zu versorgen«, sagte er schließlich mit rauer Stimme. »Und du? Findest du es auch schön?«

Ich nickte. »Aber klar doch. Ich mag alles, was mit unseren Pferden zu tun hat.«

Jan wischte über Furys Fell. Er wischte und wischte und sagte dann:

»Mensch, Ally, kapierst du denn nichts?«

Ich strich mit der Hand über Furys glänzendes Fell. »Was kapiere ich nicht?«

Wütend warf Jan das Tuch zu Boden. »Denkst du, ich bin ut'n Kopp gefallen? Ein Mädchen wie Rese hat tausend Freunde, deshalb würde ich bei ihr nie vor Anker gehen. Ich bin doch nicht beklötert!« Dann stapfte er aus der Box.

»He!«, schrie ich ihm hinterher. »Was geht's mich an, ob du beklötert bist oder nicht?!«

9. Dezember

Sonntag, 2. Advent! Genüsslich kuschelte ich mich noch ein wenig ins dicke warme Federbett und dachte an den Samstag.

Rese hatte sich den ganzen Nachmittag lang nicht blicken lassen und war nicht mal dabei gewesen, als wir in der Dämmerung im Hof standen – meine Eltern, Benno, Nick und sein neuer Freund Sam, die Reitschüler, Jan und ich. Wir tranken heißen Apfelsaft, den meine Ma mit Honig, Zimt und Nelken aufgepeppt hatte, wir aßen Dominosteine und Lebkuchenherzen, die Pferde schauten aus ihren Boxen zu uns heraus, Jash sprang herum, Sepi lag auf der Stufe vor der Küchentür, und sogar Hektor war mit steifen Beinen herausgehumpelt. Die Lichter, die die Tanne schmückten, brannten – bis auf Nummer sieben und neun – und die an den Girlanden über der Stall- und Küchentür natürlich auch.

»Die Adventszeit ist doch die schönste Zeit im Jahr«, meinte Benno gerührt. Das war der Moment, wo Jan den Arm um mich legte.

»Was soll das?«, erkundigte ich mich erstaunt. Eigentlich war es ja ganz nett, so nah neben ihm zu stehen und seine Wärme zu spüren; trotzdem trat ich einen Schritt beiseite. Meine Mutter zwinkerte mir zu. Wie peinlich, dachte ich und sah schnell weg. Dabei bemerkte ich, dass mein kleiner Bruder eine ganze Handvoll Dominosteine in seine Hosentasche steckte. Der Junge entwickelte sich zum Vielfraß, aber wirklich!

Später begleitete ich Jan zu seinem verrosteten Uraltrad. Rese hätte ihn bestimmt umarmt; ich fragte nur: »Kommst du morgen zum Reiten?«

»Ich habe mir gewünscht, dass du das fragst.« Jan schob das Rad aus dem Ständer, beugte sich vor ... ich spürte seinen Atem an meiner Wange und sprang zurück.

»Klar komme ich.«

»Zum Stalldienst am Morgen?«

»Wann ist das?«

»Ab acht Uhr. Spätestens.« Acht Uhr an einem Sonntag war verdammt früh.

Er zögerte. Weil jetzt auch die Reitschüler ihre Räder holten, fuhr er los. »Ich komme auf jeden Fall!«, rief er noch.

Rese erschien nicht mal zum Abendessen. Deshalb wurde Nick

losgeschickt, um sie zu holen. Er polterte die Treppe hoch, wir hörten, wie er »Rese, Essen ist fertig!«, schrie, wie die Tür zuknallte und er die Stufen heruntersprang. »Sie ist fort!«

Mein Pa runzelte die Stirn, meine Ma ging nach oben und blieb dort eine ganze Weile.

Als sie wieder in die Küche kam, sah sie ziemlich besorgt aus. »Reses dicke Jacke, der Schal, die Handschuhe und Mütze fehlen. Ich habe nicht bemerkt, wann sie aus dem Haus gegangen ist.«

Wir alle hatten nichts mitbekommen. Nur Sam, Nicks Freund mit den schwarzen Kulleraugen, meinte, ein Mädchen mit einem blauen Schal und einer blauen Mütze sei kurz nach dem Mittagessen weggeradelt.

»Das war Rese«, sagte meine Ma. »Ich mache mir Sorgen. Was geht in meiner Tochter vor?«

»Na«, meinte Nick weise, »sie muss doch ihre beiden Freunde bei Laune halten. Heute ist wohl Giselbert an der Reihe, aber ich hab keine Ahnung, wo sie ihn trifft.«

Ich holte mein Handy aus der Tasche, tippte auf Reses Nummer, wartete und sagte schon: »Die geht nicht ran!« Aber da meldete sie sich. »Abendessen, Rese! Wir warten auf dich!«

Einen Augenblick war's still, dann flüsterte sie: »Ich komme später, Ally.«

»Rese! Warum flüsterst du? Wo bist du? Was ist los mit dir?«

»Nichts ist los. Außer, dass ihr mir alle auf den Geist geht!«

Verdutzt starrte ich auf mein Handy.

»Was hat sie gesagt?«, wollte meine Ma wissen.

»Sie kommt später, und wir gehen ihr auf den Geist!«, wiederholte ich.

Mein Pa verlangte mein Handy und rief Reses Nummer auf. Aber klar, ein zweites Mal ging sie nicht ran.

Das Abendessen war eine ungemütliche Angelegenheit, und als sie dann endlich kam, ging ich sofort in mein Zimmer, weil ich von dem Zoff nichts mitbekommen wollte.

Noch später rief Jan mich an und sagte, er würde morgen früh gegen acht zum Stalldienst kommen, seine Eltern hätten nichts dagegen.

Mann o Mann, und jetzt war Sonntag!

Ich schaute auf den Wecker – sieben Uhr! – sprang aus dem Bett, stellte mich unter die Dusche, zog mich in höchster Eile an, kämmte kurz die Haare und ging in Reses Zimmer.

»Ally, bist du's? Weck mich bloß nicht!«

Ich plumpste auf ihr Bett. »Wo warst du gestern?«

»Geht dich nichts an. War Jan hier?«

»Natürlich. Er wollte dich treffen. Wo warst du?«

»Geht dich – Mensch, Ally, ich war bei Giselbert. Sein Bruder ist immer noch sauer; er sagt, Pa hätte sich unmöglich benommen. Hofverbot sei kindisch, und natürlich hätte er unseren Hektor nicht mit Absicht angefahren, aber der Hund sei ihm einfach vors Moped gesprungen.«

»Er ist aber viel zu schnell gefahren«, wandte ich ein.

»Das habe ich auch gesagt.« Rese setzte sich auf. »Tatsache ist, dass Clemens das Hofverbot nicht akzeptiert.«

»Er reitet aber gar nicht bei uns. Weshalb regt er sich dann so auf?«

»Wegen Giselbert. Clemens will sich was überlegen. Hat er gesagt.«

Ich runzelte die Stirn. »Was denn?«

»Das weiß ich doch nicht. Eins sag ich dir, Ally – ich hab gerade eine richtige Pechsträhne. Tommy hat erfahren, dass ich neulich mit Leo geknutscht hab. Er hat sich tierisch darüber aufgeregt… Clemens will Pa eins auswischen, von Jan Jörk hab ich nichts gehört, obwohl ich ihm gestern eine SMS geschickt hab, Pa und Ma sind sauer – und das alles nur wegen Hektor!«

»Ne, das stimmt nicht«, entgegnete ich. »Du bist selbst schuld. Du machst dir viel zu viel Stress wegen der Jungs. Gib's zu, Rese!«

Rese schüttelte den Kopf. »Anders herum ist's richtig«, entgegnete sie. »Die Jungs machen mir Stress.«

»Ja, aber nur, weil –« Plötzlich schoss mir ein ganz neuer Gedanke durch den Kopf. »Sag mal, was ist eigentlich mit Clemens? Macht der dir auch Stress?«

Rese nickte.

»Ich fass es nicht… Er weiß doch, dass Giselbert dein Freund ist, oder?«

Wieder nickte meine Schwester.

»Ja – und?«

Meine Schwester hob die Schultern.

»Wie alt ist Clemens eigentlich?«

»Fast siebzehn«, flüsterte Rese, obwohl wir allein in ihrem Zimmer waren.

Mir dämmerte was. »Du warst gestern nicht mit Giselbert, sondern mit Clemens zusammen. Stimmt's?«

Rese kam aus dem Nicken gar nicht mehr heraus. »Aber Giselbert darf das nicht erfahren. Nie! Schwör mir das, Ally!«

»Clemens ist ein Loser. Wie kann jemand seinen Bruder nur so unfair hintergehen. Rese, mit dem Typ musst du sofort Schluss machen.« Ich war richtig wütend auf Clemens. Und auf meine dusslige Schwester natürlich auch.

Mit einer heftigen Kopfbewegung schleuderte Rese ihre goldene Mähne aus dem Gesicht. »Das verstehst du noch nicht, Kleine. Giselbert ist ja ganz O.K., aber Clemens … Clemens kann schon richtig küssen.«

Ich sah auf meine Hausschuhe hinunter. Die waren aus rotem Filz, warm, bequem und oben mit einem blau-weißen Blümchen verziert. Das war auch aus Filz. Beim linken fehlte ein Blütenblatt, das Sepi mal abgeknabbert hatte. Wie ich so auf meine Hausschuhe schaute, dachte ich an Jans Fast-Kuss – an den Hauch auf meiner Wange. Obwohl Jan mir natürlich absolut egal war, hätte ich den Hauch gegen keinen »richtigen« Kuss der Welt tauschen wollen, nicht mal, wenn's ein Zungenkuss gewesen wäre, von dem jedes Mädchen weiß, dass sich's dabei um was ganz Besonderes handeln soll.

Ich hob den Kopf. »Und wenn schon, Rese. Jetzt hat er dir das Küssen beigebracht; das reicht. Knutsch mit Giselbert.«

»Mit Clemens ist das nicht so einfach«, meinte Rese bedrückt. »Ehrlich gesagt … ich will ihn ja los werden! Ich weiß nur nicht, wie!« Nach kurzem Zögern flüsterte sie: »Er macht mir Angst, Ally. Und wegen Pas Hofverbot will er auch was unternehmen. Voll der Mist …«

Während sich Rese anzog, schaute ich zum Fenster hinaus. Eine Zeitschaltuhr löschte die Lichterketten um Mitternacht, deshalb und weil es noch so früh am Morgen war, lag unser Hof in völliger

Dunkelheit; nur aus dem Küchenfenster fiel ein bisschen Licht. Ich hörte, wie Ma, die immer als Erste aufstand, die Küchentür öffnete, dann bellte Jash, und Sepi tigerte als schwarzer Schatten durch den gelben Lichtstrahl. Der Duft nach frischem Kaffee und warmer Milch drang ins Zimmer. Ich schloss das Fenster. »Eines möchte ich wissen, Rese: Warum hast du Angst vor Clemens? Weil er sich an Pa rächen will? Oder gibt es noch einen Grund?«

Rese zog gerade den Pulli über den Kopf, und weil sie das am Sprechen hinderte, fügte ich hinzu: »Will er was, was du nicht willst?«

»Vielleicht«, wich sie aus und runzelte die Stirn. Ich warnte sie nicht vor Falten; Falten standen gerade nicht ganz oben auf der Zu-vermeiden-Liste. »Er ist einfach … einfach anders als die Jungs, die ich kenne«, gestand Rese. »Hängt wohl damit zusammen, dass er älter ist. Außerdem stinkt er.«

»Igitt! Wohl zu geizig, um sich ein anständiges Duschgel zu kaufen, was?«

Rese schüttelte den Kopf. »Falsch. Er raucht.«

»Das ist unterirdisch. Der ganze Kerl ist unterirdisch«, schimpfte ich und zählte auf: »Er spannt seinem eigenen Bruder die Freundin aus, er fährt zu schnell und da, wo es verboten ist, er achtet nicht auf Tiere, er will sich an Pa wegen des Hofverbots rächen, er raucht und stinkt. Und er macht dir Angst. Rese, da gibt's nur eins: Schieß ihn hintern Mond. Aber dalli!« Nach kurzem Überlegen setzte ich hinzu: »Ich helf dir dabei. Ist doch klar, schließlich bist du meine Schwester.«

»O, super! Weißt du, der einzige Junge, der mich echt interessiert, ist der Wikinger.«

Wusste ich es doch! Und noch etwas wusste ich: Wenn sich meine Schwester etwas in den Kopf gesetzt hatte, zog sie es durch. »Na, dann viel Glück!«, sagte ich säuerlich.

»Ally, du denkst doch nicht im Ernst, er könnte an dir interessiert sein?«, erkundigte sich meine schöne Schwester und riss dabei ihre veilchenblauen Augen weit auf.

»Nö. Behaupte bloß nicht, ich sei auf einen Freund aus. Das stimmt nicht. Ich interessiere mich für Pferde und für sonst gar nichts. Nur dass das klar ist, Rese.«

Nick platzte ins Zimmer und holte uns zum Frühstück.

In unserer gemütlichen Küche bullerte wie immer das Feuer im grünen Kachelofen, am Adventskranz brannten zwei Kerzen, ein Stollen und Weihnachtsgebäck standen auf dem Tisch, und zur Feier des Tages erhob sich Hektor von seinem Lager und versuchte zu bellen. Da wurde noch nichts daraus; das Bellen klang eher wie Keuchen, aber es war ein Anfang und zeigte uns, dass es mit seiner Genesung aufwärts ging.

Wir ließen Jash und Sepi herein, Jash stürzte sich auf Sepis Milch, die Katze fauchte und haute ihm die tägliche Ohrfeige runter, Rese zählte ihre sieben Honigpops ins Schüsselchen und Nick hatte wieder Appetit für zwei. Mein Pa blätterte in der Sonntagszeitung, meine Ma schnitt den Stollen an, und die Kerzen am Adventskranz flackerten ein bisschen. Nick wollte Geld für die Aktion »Hilfe für den Nachbarn«, ich blies die Haut vom Kakao und war froh, dass die miese Stimmung in meiner Familie verschwunden war. Die Sache mit Rese und Clemens war natürlich total bescheuert, aber irgendwie würden wir die aus der Welt schaffen. Hundertpro.

Ich hörte Schritte auf dem Hof. War das schon...? Ne, Jan konnte das noch nicht sein. Oder doch?

Es war Benno, der wieder mal in die Küche platzte. »Morgen allerseits. Chef? Ich verstehe die Welt nicht mehr.«

Mein Pa ließ die Zeitung sinken. »Was ist los?«

Benno atmete rasch. »Da komme ich auf den Hof, will die Stalltür aufschließen – und was sehe ich?«

Wir starrten ihn an.

»Was siehst du, Benno?«, erkundigte sich meine Ma.

»Die Girlande über der Stalltür ist verschwunden. Wurde geklaut. Mitsamt der Lichterkette.«

10. Dezember

Mann, das war ja vielleicht ein Adventssonntag gewesen! Nix mit vorweihnachtlicher Stimmung, nix mit besinnlicher Ruhe! Stattdessen Hektik total.

Nachdem Benno gesagt hatte: »Ich versteh die Welt nicht mehr! Die Girlande über der Stalltür ist verschwunden!« starrten wir ihn erst mal fassungslos an. Mein Pa fand als Erster die Sprache wieder.

»Glaub ich nicht! Benno, du hast dir den Schlaf noch nicht aus den Augen gewischt!«

»Chef!« Benno war tief beleidigt.

Alle folgten wir ihm, selbst Jash und Sepi, nur Hektor jaulte heiser und blieb liegen.

Zwar war es noch immer nicht richtig hell, aber Benno hatte recht: Die Girlande mit der Lichterkette fehlte. Nur ein paar abgerissene Tannenzweigchen lagen auf dem Boden.

Benno öffnete die Stalltür. »Da! Der Dieb hat sogar gewusst, wo die Leiter steht. Und war dann zu faul, um sie wieder an ihren Platz zu stellen.«

»Wer tut denn so was?«, fragte meine Mutter. »Eine Girlande kostet nicht die Welt; man kann sie sogar selbst binden. Und eine Lichterkette findet man in jedem Baumarkt. Also wirklich ...«

»Chef, das ist eine Sache für die Polizei. Zuerst die Decke und die Handschuhe, jetzt die Girlande. Was kommt als Nächstes? Vielleicht ein Pferd?«

Mein Pa schwieg und starrte auf die Haken, an denen gestern noch die schöne Girlande hing. »Ich frage mich, weshalb die Hunde nicht angeschlagen haben. Hektor kann zwar noch nicht wieder bellen, aber Jash entgeht nichts. Das bedeutet –« Er drehte sich zu uns um, »dass der Hund den Dieb kannte.«

Rese war weiß wie die Milch auf dem Frühstückstisch. Ich wusste, was sie dachte. Ich wusste aber auch, dass sie nichts sagen würde. Nicht konnte; sie hatte ja Angst.

Jedenfalls – für mich war der Fall sonnenklar. »Jash würde nicht bellen, wenn's einer von uns gewesen wäre. Oder –«, ich zögerte, »einer von den Reitschülern. Oder Clemens. Clemens ist sauer auf dich, Pa. Das weiß ich.«

»Du weißt das, Ally? Und wie steht es mit dir, Therese? Weißt du es auch?«

Wenn Rese Therese genannt wurde, war die Sache ernst.

»W... was, Papi?«, stammelte sie. Das schlechte Gewissen sah man ihr von Weitem an.

»Aha.« Mein Pa machte ein finsteres Gesicht. »Du vermutest also auch, dass einer deiner feinen Freunde der Dieb war.«

Rese hob nur die Schultern.

»Die Diebstähle müssen ein Ende haben«, beharrte Benno. »Ich sag's noch mal: Was ist, wenn der Dieb noch frecher wird und einem Pferd etwas antut? Oder sogar eines aus der Box entführt?«

»Jetzt mach mal halblang«, fuhr ihn meine Ma an. »Eine Decke, ein Paar Handschuhe und eine Lichterkette sind keine besonders wertvollen Gegenstände. Ein Pferd spielt in einer ganz anderen Liga. Ich glaube nicht, dass unsere Pferde in Gefahr sind.«

»Ne«, stimmte Nick ihr zu. »Ganz bestimmt nicht.«

»Bist du dir da so sicher, Kleiner?«, fuhr Benno ihn an.

»Klar«, antwortete Nick. Mein Bruder ließ sich nicht so leicht einschüchtern. »Weil nämlich – ein Pferd macht Lärm. Die Hufe klappern auf dem gefrorenen Boden, und vielleicht wiehert es. Ne, ein Pferd wird garantiert nicht geklaut.« Er sagte das so sicher, dass wir ihn ganz erstaunt ansahen.

»Weißt du etwas, was wir wissen sollten?«, erkundigte sich meine Ma misstrauisch.

»Iiich? Nö!« Er stopfte die Hände in die Hosentaschen. »Es wäre was ganz anderes, wenn ein Pferd 'ne Kuh wäre.«

»Wie bitte?«

»Ist doch klar: Kühe kann man melken. Die Milch kann man trinken, man kann Quark daraus machen und Jogis und so. Pferde sind total nutzlose Tiere, was Nahrungsmittel angeht. Außer man schlachtet sie und macht Salami aus ihrem Fleisch. Aber wir reiten unsere Pferde.«

Weil wir ihm völlig verdutzt zuhörten, setzte er flugs hinzu: »Darüber haben wir in der Schule gesprochen. Tiere in Haus und Hof lautete das Thema, glaube ich.«

»Was ist jetzt, Chef? Soll ich die Polizei verständigen?«, erkundigte sich Benno.

»Das hat noch Zeit«, meinte meine Ma energisch. »Wir frühstücken erst mal, dann sehen wir weiter. Einverstanden, Benno?«

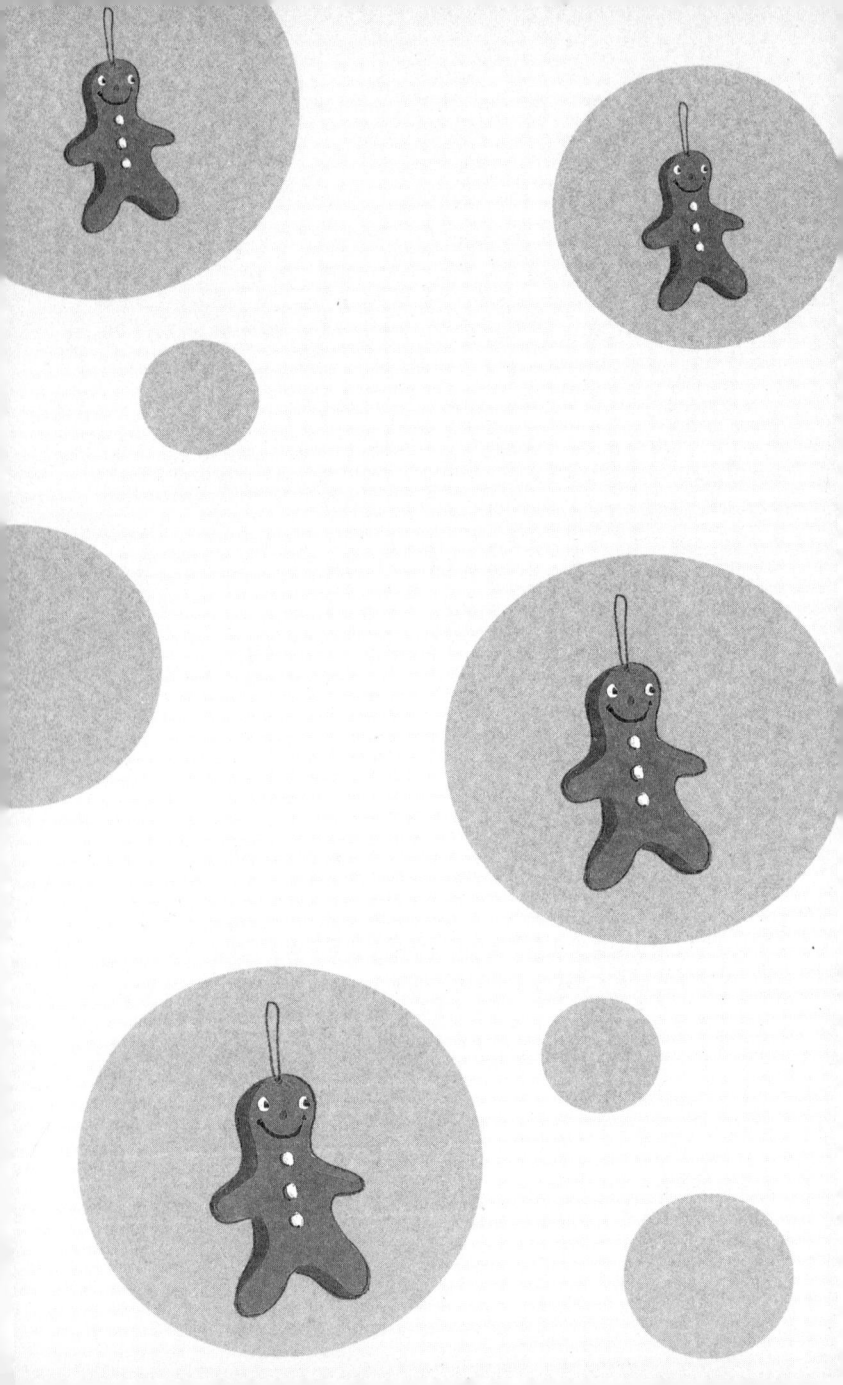

»Also ich weiß nicht…« Er kratzte sich am Kopf. »Die Diebstähle fingen an, nachdem der Junge den Hund überfahren und Hofverbot bekommen hat. Das gibt einem doch zu denken, oder?«

Mein Vater schüttelte den Kopf. »Jash, komm mal her!«

Unser Dackel bellte erwartungsvoll und legte sich auf den Rücken. »Du willst gestreichelt werden, obwohl du uns nicht vorm Dieb gewarnt hast?«

Jash wedelte mit den Pfoten. Ich bin unschuldig und ganz lieb! Streichle mich, bedeutete das in der Hundesprache. Mein Pa streichelte ihn, Jash leckte ihm die Hand.

Plötzlich erstarrte er, machte sich steif, sprang auf und bellte wie verrückt. Wir hatten niemanden gehört oder gesehen, aber Jash jagte mit flatternden Ohren und wedelndem Schwanz über den Hof… Wir warteten in atemloser Spannung. Kam Jash seiner Aufgabe nach? Hatte er wenigstens jetzt den Dieb gewittert?

Wir hörten eine Klingel – und wer gondelte auf einem alten verrosteten Rad um die Ecke?

»Das ist nicht der Dieb«, stellte ich sofort fest.

»Das ist Jan«, bestätigte Rese. Sie war zwar nicht mehr ganz so weiß im Gesicht, aber dass sie sich mies fühlte sah ein Blinder.

Jan stellte das Rad ab. »An deiner Stelle würde ich es abschließen!«, rief Benno ihm zu.

»Aber weshalb denn?« Verwundert blieb Jan stehen. Benno deutete auf die Stelle über der Stalltür. »Die Girlande wurde geklaut!«

Jetzt hatte meine Ma aber genug! »Benno, das reicht!«, fuhr sie ihn an. »Musst du die Sache gleich ausposaunen?«

Benno machte sich an den Stalldienst und wir gingen in die warme Küche zurück. Jan kam natürlich mit, und Nick fütterte Sepi mit Kitekat, damit sie auch wirklich kein Mäuschen um die Ecke brachte.

»Ich würde ja die Polizei verständigen«, sagte mein Pa, »wenn da nicht die Sache mit Jash wäre. Warum hat er nicht gebellt? Er bellt immer, wenn ein Fremder den Hof betritt. Aber –«, er schaute in die Runde, »von euch war's doch keiner, oder? Das macht keinen Sinn.« Er fixierte Rese mit einem Todesblick. »Könnte es tatsächlich dein Freund Giselbert gewesen sein? Oder vielleicht sein Bruder, der Mopedfahrer?«

Rese wurde feuerrot. »Ich ... Keine Ahnung.«

»Aber möglich wär's?«, beharrte er.

Sie hob die Schultern. »Vielleicht.«

»Aha. Warum?«

»Wegen des Hofverbots«, hauchte Rese.

»Aha«, wiederholte mein Pa. »Trotzdem – Jash hätte gebellt. Zumindest bei dem Mopedfahrer.«

Jan räusperte sich. »Wer wusste von den Girlanden? Doch nur die, die gestern auf dem Hof waren.«

»So einfach ist das nicht. Ich nehme an, dass die ganze Stadt von den Girlanden weiß, weil wir jedes Jahr den Hof auf dieselbe Art schmücken«, wandte meine Ma ein. »Ich gehe davon aus, dass uns jemand eins auswischen wollte. Die Frage ist: Warum? Wer ist mit uns unzufrieden?«

Nick schnappte sich die dickste Scheibe vom Stollen. »Ich geh dann mal.«

Auch Rese stand auf. »Du bleibst hier«, befahl mein Pa, hatte aber nichts dagegen, dass Jan und ich Stalldienst machten.

Während ich die Stiefel und den dicken Norwegerpulli anzog, informierte ich Jan über die Einzelheiten; es war das erste Mal, dass wir uns normal miteinander unterhielten. »Es war Clemens«, sagte ich. »Hundertpro. Er hat Rese gesagt, dass er sich wegen des Hofverbots rächen wird. Jetzt hat er sich gerächt.«

»Aber Josh hat nicht gebellt.«

»Ne. Das ist's ja, was wir nicht verstehen.«

Wir schauten auf die leeren Haken über der Stalltür. »Über Nacht bleibt Josh im Haus«, erklärte ich weiter. »Der Typ kann unseren Hund nicht betäubt haben, falls du an so was denkst. Aber Clemens macht Rese Angst.« Ich zögerte, dann gab ich mir einen Ruck. »Meine Schwester ist total blöd.«

Jan grinste nur.

»Lach bloß nicht! Die Sache ist ernst: Clemens will was von ihr, was sie nicht will.« Wir gingen in den Stall. Ich drückte Jan die Mistgabel in die Hand, legte die Heugabel auf den Schubkarren und schob ihn in Furys Box. Fury freute sich und legte zuerst mir, dann Jan den Kopf auf die Schulter. »Aber hallo, Fury«, flüsterte ich ihm ins Ohr. »Du bist mein Freund, und nicht der von Jan, hörst du?«

Jan streichelte Fury, aber mit seinen Gedanken war er nicht bei der Sache.

»Clemens will was von Rese, sagst du?«

Ich nickte.

»Na und? Warum sagt sie nicht einfach, er soll sie in Ruhe lassen?«, meinte Jan verständnislos. Dann stutzte er. »Wieso eigentlich Clemens? Ich denke, Giselbert ist ihr Freund!?«

»Das ist es ja: Clemens spannt seinem eigenen Bruder die Freundin aus. Echt fies, was?«

»Und sie lässt das zu?«, erkundigte sich Jan ungläubig. »Weißt du was, Ally? Deine Schwester hat den Schlamassel verdient!«

»Das hab ich ihr auch gesagt. Trotzdem hab ich versprochen, ihr zu helfen.«

»Wie denn? Willst du dir Clemens vorknöpfen?«

Jan machte ein so komisches Gesicht, dass ich einfach lachen musste. »Klar, warum nicht?«

»Wie bitte?« Er tippte sich an die Stirn. »Du spinnst, Ally.«

Dass er mir den Vogel zeigte, ärgerte mich. »Rese ist meine Schwester; wenn ich ihr helfe, ist das meine Angelegenheit. Also halt dich da raus.« Eigentlich müsste mir Jan ja dankbar sein, wenn ich Rese beistand, den blöden Clemens loszuwerden, dachte ich. Schließlich hatte er dann freie Fahrt – oder etwa nicht?! Ich fühlte mich unwahrscheinlich großmütig – und unwahrscheinlich mies.

»Bist du denn total beklötert?«, fuhr Jan mich an. »Weißt du nicht, dass Rese dir …« Er biss sich auf die Lippen.

Ich starrte auf meine Stiefel, an ihnen klebte jede Menge Mist. Das war unvermeidlich, wenn man Stallarbeit erledigte. Genauso unvermeidlich war wohl, dass Rese mir jeden potenziellen Lover vergraulen würde. Aber musste Jan das auch noch aussprechen? »Ich habe Rese versprochen, ihr zu helfen«, entgegnete ich trotzig. Und dann beging ich einen grässlichen Fehler. Ich fragte Jan nämlich: »Kannst du mir bitte einen Tipp geben, wie man einen lästigen Lover abwimmelt? Du bist schließlich ein Junge und solltest das wissen«, setzte ich lahm hinzu.

Jan riss die Augen auf. »Du willst von mir wissen, wie man einen Lover vergrault? Richtig?«

»Richtig«, bestätigte ich finster.

Er kreuzte die Arme vor der Brust. »Keine Chance. Den Tipp bekommst du nicht. Niemals, Ally.«

»Wieso denn nicht?«, wollte ich wissen.

»Weil …« Er lachte. »Was ist, wenn du mich mal vergraulen willst?«

Jans Frage schleuderte mich voll aus der Spur. Die Mistgabel fiel mir aus der Hand, ich holte aus und … und meine Hand landete auf Jans Backe. Die Ohrfeige klatschte ordentlich. »Spar dir die dummen Sprüche«, fauchte ich, trat einen Schritt zurück und rumpelte in meinen kleinen Bruder. »Seit wann stehst du hier? Hast du gelauscht?«

Mein kleiner Bruder grinste unverschämt. »Hab dich nicht so, Ally. Ich will doch nur mal kurz Jan fragen, ob er etwas für die ›Hilfe für den Nachbarn‹ spendet.«

Ich kippte dann den Inhalt des Schubkarrens auf den Misthaufen und sah etwas, was nicht dahin gehörte: eine Mausefalle. Gab sie einen Hinweis auf den Täter? Ich stocherte sie aus dem Haufen heraus und pfiff unserem Dackel. Mit flatternden Ohren sauste er heran, schnappte sich die Falle und legte sie stolz meinem kleinen Bruder vor die Füße. O je. Der Fund besagte gar nichts. Na ja, wäre auch zu einfach gewesen.

11. Dezember

Die Mausefalle hatte mir keinen Hinweis auf den Dieb der Girlande gegeben. Deshalb packte ich das Problem anders herum an und fragte mich: »Weshalb klaut jemand eine Girlande?«

Antwort a: Um uns eins auszuwischen.

Antwort b: Weil er kein Geld hat, um sich selbst eine zu kaufen.

Antwort c: Weil er zu faul oder zu ungeschickt ist, um eine selbst zu binden.

Antwort d: Weil's für ihn prickelnder ist, eine zu klauen als zu kaufen.

In Gedanken machte ich ein Kreuzchen hinter die Antwort b, als Jan wieder mal neben mir auftauchte.

»Ich muss los. Wir fahren zu meiner Oma«, entgegnete er hastig. »Aber da ist noch was, Ally.« Er stopfte die Hände in die Hosentaschen und starrte zu Boden.

»Willst du eine Entschuldigung für die Ohrfeige? Die bekommst du nicht.« Ich kreuzte die Arme vor der Brust.

Er schüttelte den Kopf, und wenn er ein Pferd gewesen wäre, hätte er mit seinem Schweif die Luft aufgewirbelt. »Lass die Finger von Clemens. Deine Schwester soll ihren Schlamassel selbst ausbaden«, stieß er hervor.

»Wie bitte? Was kümmert dich der —«

»— Clemens«, sagte er flugs. »Lass dich nicht auf den Kerl ein.«

Fast wäre mir die Kinnlade runtergekippt. »Du bist mir einer! S… seit wann soll ich das tun, was du sagst?« Ich stotterte, woran man hört, wie komisch ich Jan fand.

»Klar«, bestätigte er eilig. »Alles deine Sache. Nur nicht der Clemens. Dem musst du nicht auf den Grund loten.«

Auf den Grund loten! »Himmel Donnerwetter! Der Clemens ist ein Miststück! Das weiß doch jeder, dazu muss ich nicht extra im Schlamm gründeln wie eine Ente«, entgegnete ich und musste fast lachen: Ich mit dem Kopf im Schlamm … Aber hallo!

»Du weißt, dass der Kerl ein Miststück ist? Das ist gut, Ally. Sehr gut sogar. Aber gründeln und auf den Grund loten sind zwei Paar Stiefel. Erklär ich dir ein andermal. Jetzt muss ich los. Einen schönen Adventssonntag noch!«

Damit stieg er aufs Radl. »Wie kommst du auf die Wahnidee,

deine zwei Paar Schuhe könnten mich interessieren?!«, schrie ich ihm hinter, aber da düste er schon um die Ecke.

Verblüfft starrte ich die Mistgabel an. »Hast du eine Ahnung, was in dem Typ vorgeht?«, fragte ich sie. Für die Mistgabel war die Antwort eine unnötige Sache, was mir bewies, dass auch sie der Ansicht war, Jan habe einen Sprung in der Schüssel. »Depperte Kerle können uns gestohlen bleiben, was?«, fragte ich sie noch, dann stellte ich sie an ihren Platz an der Stallwand.

Am Montagabend wusste ich endlich, wie ich vorgehen würde. Eines war für mich sonnenklar: Wenn der Dieb die Girlande nicht sofort entsorgt hatte (Antwort a), hatte er sie deshalb geklaut, um damit seine eigene Haustür zu dekorieren (Antworten b–d). Man musste also nur durch die Straßen radeln und nach Girlanden über Haustüren Ausschau halten.

Voll easy, was?

Heute, am Dienstagmorgen also, wartete Jan mal wieder an der Kreuzung. Sowie Rese ihn erblickte, fuhr sie Schlangenlinien, schrie »Huch!« und »Was ist denn das?« und »Hilfe, die Bremse versagt!« Mich täuschte sie keinen Augenblick, aber ehrlich gesagt, ihr Theater kam ziemlich überzeugend rüber. Vor allem, weil sie in letzter Sekunde mit den Füßen über den Asphalt rutschte und das Radl direkt vor Jan zu Boden ging.

Dann zog sie ihre »Ich-bin-die-arme-kleine-Rese-und-brauche-deine-Hilfe-Nummer« ab. »Meine Bremse klemmt«, klagte sie. »Hilfst du mir mal?«

»Nö.«

»Wieso nicht?«

»Mit Bremsen kenne ich mich nicht aus.«

Na so was aber auch! Hatte er Reses Theater durchschaut? Wenn ja, war Jan ziemlich clever.

»Rese, du nervst. Schieb einfach das Rad«, sagte ich und schubste sie ein bisschen.

»Ally! Du tust mir weh!«

»Muss deine Schwester immer im Mittelpunkt stehen?«, erkundigte sich Jan ungeduldig.

»Das ist sie gewohnt.«

Jan machte *tztztz*. »Zeit, dass sich das ändert. Ally, steig auf; wir fahren zusammen weiter. Ich will dir doch den Unterschied zwischen gründeln und auf den Grund loten erklären.«

Irgendwie hätte ich den Unterschied ja echt gern gewusst, aber die Info konnte ich mir auch aus dem Internet besorgen. »WIR?«, fuhr ich ihn an. »Hast du WIR gesagt? Kannst dir die Mühe sparen!«

Ich trat in die Pedale. Jan auch. Eisern blieb er an meiner Seite.

»Aber hallo!«, rief Rese hinter uns her. »Ihr könnt mich doch nicht einfach stehen lassen! Das ist gemein!«

»Musst du deiner älteren Schwester noch immer den Weg zur Schule zeigen, oder schafft sie's auch allein?«, keuchte Jan, als es den Berg hochging.

»Du!«, sagte ich drohend. »Über meine Schwester machst du dich lustig. Willst unnötige Infos an den Mann bringen. Willst, dass ich die Finger von Clemens lasse. Sag mal, warum willst du, dass ich will, was du willst?«

Jan gab Gas, fuhr vor und bremste mich mal wieder mit quergestelltem Rad aus.

»Und du!«, schrie er mir ins Gesicht. »Du kapierst nichts! Bist echt voll beklötert!«

»Ach, rutsch mir doch den Buckel runter!« Es war ein kalter trüber Dezembermorgen. Ich stieg wieder auf, kurvte um Jan herum und wäre fast mit einem Kleinen aus der Fünften kollidiert. Mein Gott aber auch! Was ging's mich an, ob er mich für beklötert hielt oder nicht. Ich war Ally, dreizehn Jahre alt, eine verwegene Reiterin, die, wenn sie im Sattel saß, mit ihrem Lieblingspferd Fury verwachsen war. Ich hatte einen kurzen Zopf, der waagrecht abstand, war Make-up-technisch gesehen eine Vollniete und trug am liebsten den alten, eingelaufenen Norwegerpulli meines Vaters. Meine Schwester war schön, aber mit mir konnte man Pferde stehlen. So. Ich näherte mich der Schule; das merkte man daran, dass immer mehr Leute auf ihrem Radl ankamen und man deshalb die Geschwindigkeit drosseln musste. Inzwischen hatte Rese mich eingeholt, und wie ich den Kopf ein bisschen drehte, stellte ich fest, dass ihr Rad einwandfrei funktionierte. Das überraschte mich kein bisschen. Aber dass Jan an ihrer Seite radelte, fand ich doch etwas komisch… Nachtragend war Rese noch nie gewesen; sie war ein Mädchen, das nie über ihren Schatten springen musste – sie übersah ihn einfach. Und jetzt machte sie Konversation zum Thema Reiten.

»Du bist ein begabter Reitschüler«, sagte Rese und tat so, als wäre das ihr Verdienst. »Mein Vater ist echt stolz auf dich.«

»Hrrmmm.«

»Tu doch nicht so bescheiden. Ich finde es ja auch toll, wie du zu Pferde sitzt.«

»Hrrrmmm.«

Ich hörte mit, obwohl ich das nicht wollte. Das Mithören brachte mich zum Kochen. Ich schämte mich für meine Schwester: Im Süßholzraspeln war sie Weltbeste. Im Fach Schmeichle-dem-Kerl eine Naturbegabung. Rese war ein Miststück. Jetzt flötete sie:

»Weshalb willst du eigentlich reiten, Jan Jörk?«

»Weil ich die Leinen straff in der Hand halten, die Segel in den Wind stellen und ordentlich Fahrt aufnehmen will!«, zischte er und fuhr so waghalsig zwischen den anderen Radlern durch, dass Rese – und ich auch – ohne in Lebensgefahr zu geraten nicht mithalten konnten.

»Ich glaube«, sagte meine Schwester versonnen, »der Wikinger hat einen Vogel. Reiten hat doch nichts mit Segeln zu tun, oder? Was meinst du, Ally?«

So 'ne Frage beantwortete ich nicht. Aber ich kicherte.

Während des Unterrichts verging mir das Kichern. Du meine Güte, da hatte ich mir eine gewaltige Aufgabe vorgenommen! Wir wohnten zwar in einer Kleinstadt, aber wollte ich wirklich alle Straßen, auch die kleinsten und kürzesten abradeln? Nur wegen einer verschwundenen Girlande? Ally, sagte ich mir, Diebstahl ist Diebstahl. Vielleicht steigert der Dieb seine Aktionen? Zuerst Kleinigkeiten wie eine Decke und gefütterte Handschuhe, dann etwas Größeres, die Girlande samt Lichterkette nämlich, und dann? Etwa doch ein Pferd? Das durfte nicht sein.

So kam's, dass ich nach dem Unterricht nicht sofort nach Hause, sondern durch die Siedlung in der Oststadt gondelte. Ohne Ergebnis. Natürlich standen jede Menge weihnachtlich geschmückter

Bäume in den Vorgärten, und etliche Girlanden entdeckte ich auch, aber Haustüren waren nun mal schmaler als unsere Stalltür, und somit waren die Girlanden kürzer.

Ich kam zu spät zum Mittagessen.

»Musstest du nachsitzen, Ally?«, erkundigte sich Nick mitleidig.

»Nö.«

»Was dann?«

»Stundenplanänderung«, erklärte ich knapp. Es war meine private Stundenplanänderung gewesen, aber das verschwieg ich, rutschte zu Rese und Nick auf die Bank und ließ mir von Ma den Teller füllen. Es gab Würstchen mit Sauerkraut und Kartoffeln. Das roch gut, und Hunger hatte ich auch.

»Jan und ich sind zusammen nach Hause geradelt«, sagte Rese beiläufig.

»Warum nicht? Er wohnt ja gleich hinter der Brücke übern Zipfelbach«, entgegnete ich und zermanschte eine Kartoffel mit der Gabel.

»Ach, stimmt ja!« Rese schlug sich mit der flachen Hand an die Stirn. »Wie blöd von mir! Ich dachte, er fände mich toll. Wo doch die Bremsen an meinem Rad nicht funktionierten ...«

»Was«, erkundigte ich mich mit harmloser Miene, »haben deine Bremsen damit zu tun, dass Jan dich toll finden könnte?«

»Weil ich doch auf seinem Gepäckträger saß. Jan musste ziemlich strampeln, aber das hat ihm nichts ausgemacht. Im Gegenteil ...« Lächelnd säbelte Rese ein Stück von ihrem Würstchen. »Ich musste mein Rad in der Schule stehen lassen. Wegen der Bremsen.«

Sorgfältig legte ich Messer und Gabel auf den Teller. »Ok, Therese. Du hast dir also endgültig den Wikinger gekrallt. Meinen Glückwunsch.«

»Danke, Ally.« Sie lächelte. »Und was ich dir noch sagen will: »Mein Problem ist gelöst. Zum Glück, denn Jan ist echt ein toller Junge.«

»Welches Problem? Ich versteh nur Bahnhof. Sagt mal, wovon redet ihr eigentlich?«, erkundigte sich Nick.

»Geht dich nichts an, Kleiner«, meinte Rese mitleidig.

Nach dem Mittagessen teilte sie mir mit, dass sie Clemens auf dem Schulhof überrascht hatte, wie er mit Clarissa knutschte.

Clemens war erst in der Zehnten, weil er mal ein Jahr parkte, und über Clarissa war allgemein bekannt, dass sie mit jedem Jungen ging. »Wundert dich das? Der Clemens ist ein Miststück. Clarissa auch. Die passen zusammen. Aber Rese! Dein Freund ist der Giselbert; was willst du mit Jan?«

»Giselbert ist eine Übergangslösung«, entgegnete Rese hochnäsig. »Hab ich dir schon mal gesagt, Ally.«

»Er ist aber verliebt in dich!«

»Sein Bier«, meinte Rese.

12. Dezember

Ich war sauer auf meine Schwester. Eisern blieb ich in meinem Zimmer und ging erst runter, als Jans Reitstunde um war.

»Wenn du so weitermachst, Jan, kannst du noch vor Weihnachten mit uns ausreiten«, sagte mein Pa gerade zu ihm.

Das freute Jan überhaupt nicht. »So spät erst? Dann muss ich noch mehr Fahrt aufnehmen.«

Ich grinste und stieg auf mein Radl. »Was ist, Ally? Du siehst aus, als hättest du eins ut'n Kopp bekommen!«, rief er hinter mir her.

Ich beachtete ihn nicht und radelte Richtung Innenstadt, weil ich endlich mal über den Weihnachtsmarkt bummeln und meine ersten Geschenke besorgen wollte – das Fest stand vor der Tür! Da konnte ich schließlich nicht mit leeren Händen auf dem Sofa neben dem Baum sitzen.

Es duftete nach Glühwein, Zimt und Zuckerwatte, nach gebrannten Mandeln und Würsten auf dem Grill. Normalerweise war ich ein Fan von unserem Wehnachtsmarkt; ich besah mir gerne die gestrickten Socken, die Strohsterne, die Krippenfiguren aus Holz, die glitzernden Christbaumkugeln und all den anderen Schmuck, den man an den Baum hängen konnte. Heute fand ich alles nicht so prickelnd.

Ich schob mein Rad und beobachtete eine Frau, die eine blau geringelte Pudelmütze und einen Schal im selben Muster erstand.

Eine andere in einem schicken Pelzmantel und einer geräumigen schwarze Tasche am Arm wählte giftgrüne Socken aus. Am nächsten Stand kaufte ein Junge einen Stern aus Goldpapier. Na ja, mich riss der nicht vom Hocker. Aber die Krippenfiguren waren niedlich; vor allem das Kamel sah aus, als würde es lachen. Ein lachendes Kamel für Rese – das hatte was. Wo sie doch so dämlich war und meinte, jeder Junge hätte es auf sie abgesehen. Jemand stupste mich. »Jan! Was tust du hier?«

»Bin auf der Suche nach Geschenken. Weihnachten steht vor der Tür«, antwortete er cool. »Nettes Kamel. Willst du es kaufen?«

»Vielleicht. Weiß noch nicht«, wich ich aus.

»Wenn du es nicht nimmst, kaufe ich es. Aber ich lasse dir natürlich den Vortritt«, meinte er höflich, griff aber trotzdem nach dem Kamel.

»Kannst es haben.« Obwohl ich's eigentlich nicht wollte, rutschte mir die Frage aus dem Mund: »Für wenn soll's denn sein?«

»Es wäre ein nettes Geschenk für deine Schwester«, meinte er und holte den Geldbeutel aus der Hosentasche. »Es … es passte zu ihr.«

Das hatte ich auch gedacht!

»Weißt du«, sagte er ernst, »dass die Jungs aus meiner Klasse deine Schwester todlangweilig finden? Dass sie sagen, sie sei eingebildet und hochnäsig? Dass sie sich über sie lustig machen, weil sie mit Giselbert geht, den alle ätzend finden? Er ist nämlich noch langweiliger als deine Rese. Mach den Mund zu, Ally. Es ist kalt, und vielleicht zieht es auch.«

Ich klappte den Mund zu.

Wir schoben die Räder weiter. »Es wird Zeit, dass jemand deiner Schwester einen Denkzettel verpasst. Warum setzt du ihr nicht den Kopf zurecht?

»Rese kann niemand den Kopf zurechtsetzen.« Ich hob die Schultern. »Für sie bin ich einfach die kleine hässliche Schwester.«

»Die hässliche Schwester? Ally, du hast sie ja nicht alle!«, protestierte Jan.

»Es stimmt aber.« Mann, war ich blöd. So was sagte man doch nicht!

»Ich werde deiner Schwester beweisen, dass du kein kleines hässliches Aschenputtel bist«, knurrte er.

»Das geht dich nichts an! Und überhaupt versuch's doch! Es wird dir nicht gelingen!«

»So? Wetten dass? Lass mich nur machen, Ally.«

Ich zuckte die Schultern und konnte nichts dagegen tun, dass er neben mir sein Rad durch die Budengassen schob. Wir sahen Simon Krause, meinen Englischlehrer, der mit Hans Kuder, unserem Polizisten, an einem Tisch stand. Simon Krause genehmigte sich einen Glühwein, Kuder stippte eine Bratwurst in Senf und biss einen Happen ab. Jan kaufte uns eine Tüte gebrannte Mandeln, schob mir, bevor ich begriff, was er tat, drei auf einmal in den Mund, und dabei sah ich aus den Augenwinkeln heraus den Esel.

Nein, es war kein Mensch – es war ein richtiger grauer Esel, und wenn mich meine pferdegeübten Augen nicht täuschten, war

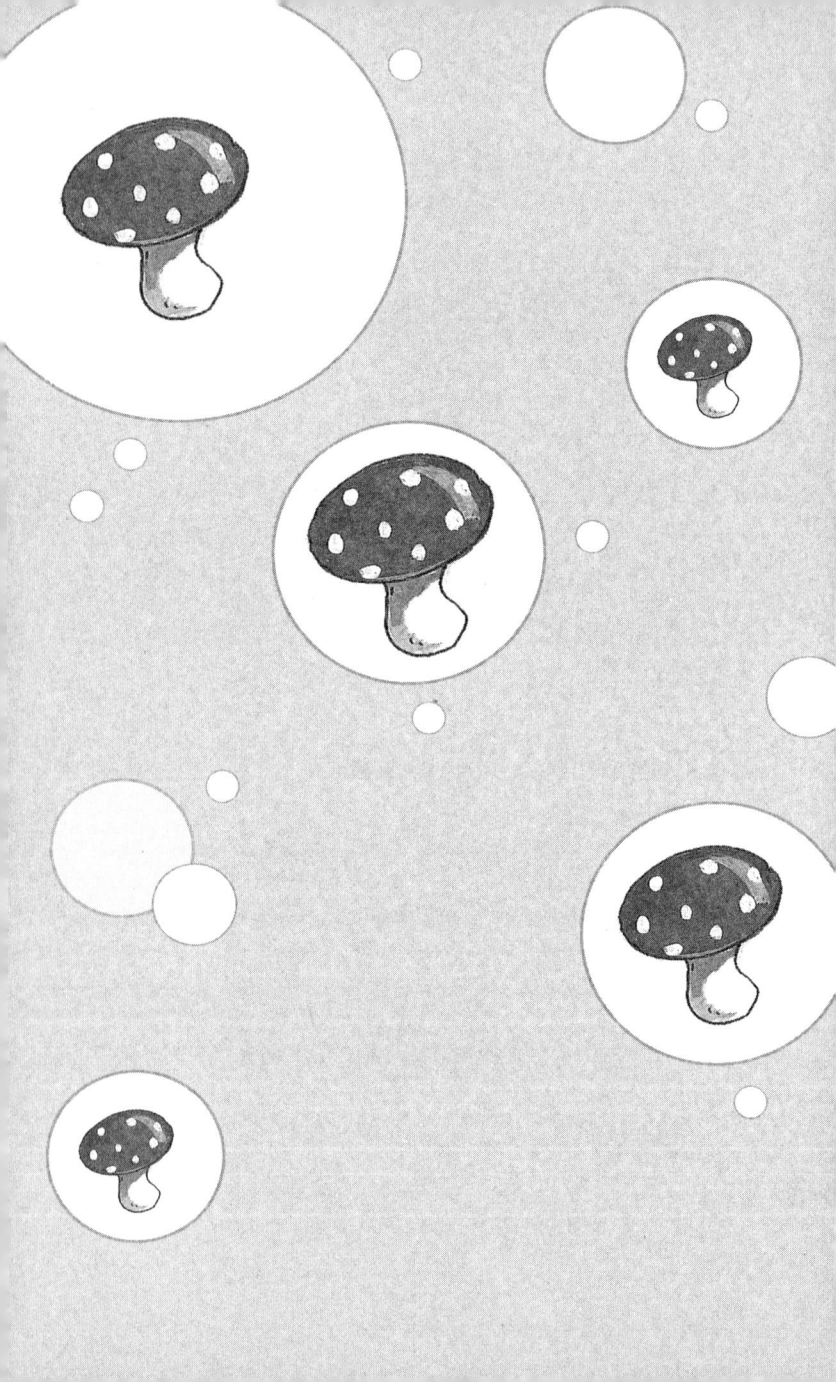

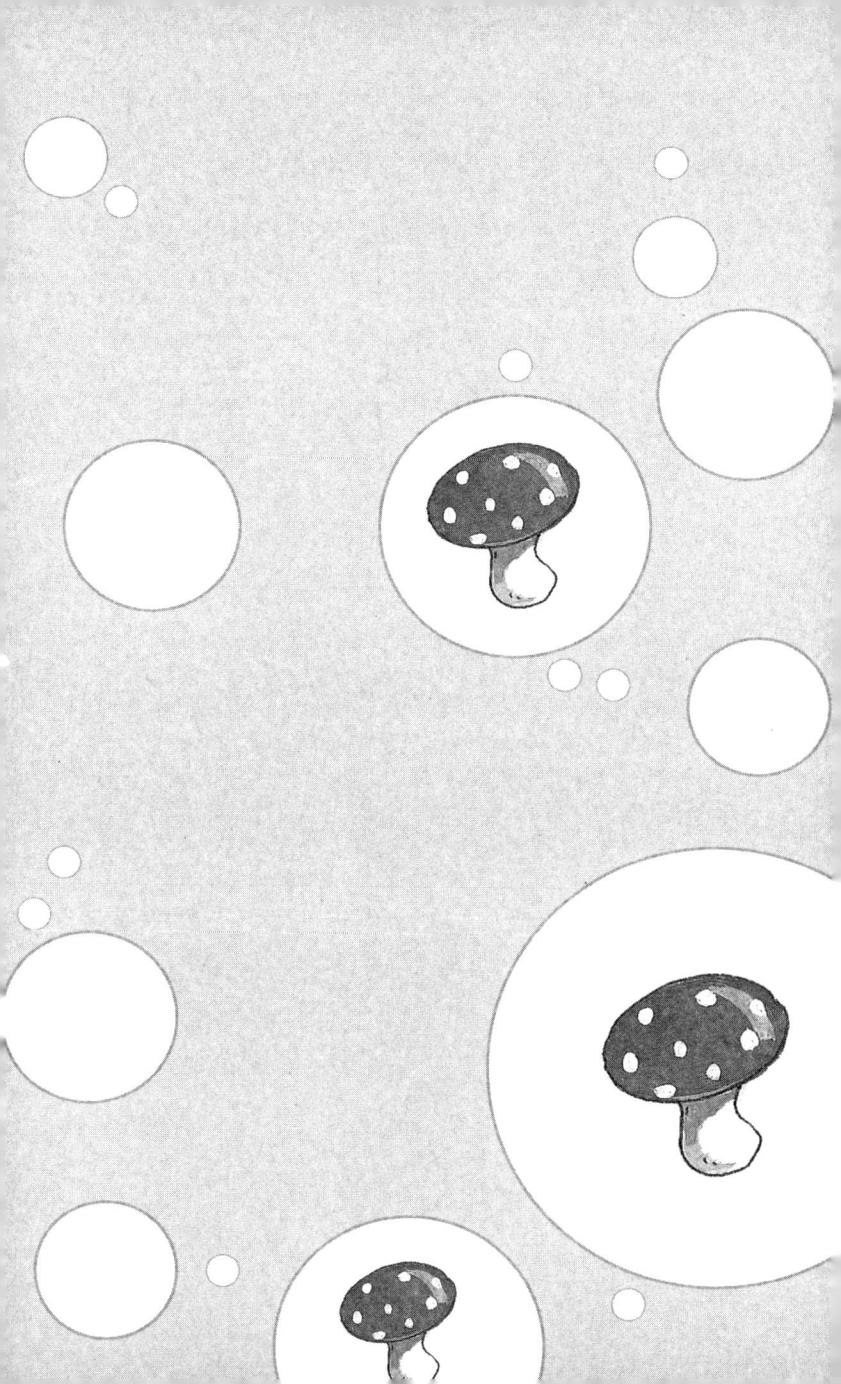

er alt. Sein Fell war ungepflegt und glanzlos, die Mähne verfilzt, und wie er da mit gesenktem Kopf und hängendem Schweif neben dem Marktbrunnen stand, sah er alles andere als gesund aus. Um den Hals hing ihm ein großer Karton; auf dem stand: »Hilfe für den Nachbarn« und darunter: »Ich spende auch für Tiere. Ein Esel ist ein Tier!«

Zwei Jungs standen neben ihm. Der dünne kleine Junge mit den schwarzen Haaren, die noch viel krauser waren als meine, zitterte vor Kälte. Der andere war mein kleiner Bruder Nick. Er hielt seine Mütze in der Hand, bettelte die Passanten an und zitterte nicht.

Ich blieb stehen. Jan auch. »Hallo, Nick! Wissen es Ma und Pa, dass du bettelst?«

Nick war kein bisschen verlegen. »Ich bettle nicht. Ich sammle für ›Hilfe für den Nachbaresel‹«, erklärte er sachlich.

»Habt ihr kein Geld, um den Esel anständig zu füttern?«, fragte ich Sam, Nicks neuen Freund.

Der Junge schüttelte den Kopf. »Es ist nicht mein Esel. Aber wir brauchen Geld für sein Futter.«

Soso. Geld für Futter. Nur für Eselfutter? »Warum frierst du? Brauchst du Geld, um dir eine warme Jacke zu kaufen?«

Wieder schüttelte der Junge den Kopf.

»Wo wohnt ihr denn?«, erkundigte ich mich weiter.

»Och.« Sam deutete auf eine Stelle, die sich irgendwo hinter seinem Rücken befand. »Warum willst du das wissen?«

»Der spielt doch nur Theater«, sagte jemand geringschätzig – es war die Dame im schicken Pelz, die sich für die giftgrünen Socken interessiert hatte.

»Das glaube ich nicht. Schauen Sie sich nur den Esel an. Er ist krank«, widersprach ich ihr. »Das sieht doch jeder!«

Die Dame ging achselzuckend weiter.

Der Esel war ein klarer Fall für meinen Bruder Nick, und so wie ich ihn kannte, würde das arme Tier über kurz oder lang bei uns im warmen Stall unser hochwertiges Futter bekommen. Aber das war eine Sache, die ich unseren Eltern überließ. Man kann sich nicht gleichzeitig um verwahrloste arme Esel und verschwundene Girlanden kümmern; man muss Prioritäten setzen, und die Suche nach dem Dieb stand gerade ganz oben auf meiner Liste.

Trotzdem warf ich mein ganzes Kleingeld in die Mütze, Jan legte noch was hinzu, dann schoben wir Seite an Seite die Räder weiter.

Als wir die Tüte mit den gebrannten Mandeln geleert hatten, schaute ich mich nach einem Abfalleimer um. Einen solchen sah ich nicht, aber etwas anderes, etwas sehr Merkwürdiges, fiel mir ins Auge. »Aber hallo!«, sagte ich verdutzt.

Ich schob Jan das Rad zu und raste los. »Sie da! Halt! Halt! Sie haben eine Krippenfigur mitgehen lassen!« Ich griff nach dem Arm der Dame im schicken Pelz und hielt sie fest. »Ich hab's genau gesehen! Sie haben eine Krippenfigur geklaut!«

Wer mit einer zickigen Schwester und einem pfiffigen kleinen Bruder aufwächst, ist auf Widerstand gefasst. Gegen mich hatte die Dame keine Chance; ich hing wie ein Stein an ihrem Arm.

Klar, sie wehrte sich. »Lass mich los!«, schimpfte sie. »Was für eine Unverschämtheit von dir, mich zu verdächtigen!«

Ich wusste, ich hatte mich nicht getäuscht; ich hatte ganz genau gesehen, wie sie die Krippenfigur in ihre Tasche gleiten ließ, während sie sich mit der Verkäuferin unterhielt. »Zu Hilfe!«, brüllte ich.

Wer kam mir zu Hilfe? Na klar – es war Jan! Aber auch andere Leute standen jetzt um uns herum, und ich hoffte, dass es nur noch Sekunden dauern würde, bis Hans Kuder angetrabt käme.

Da kam er auch schon. Die Umstehenden schimpften und lachten, Kuder verlangte die Tasche, nahm sie der Dame, die sich heftig sträubte, einfach ab – und dann war die Sache ausgestanden: Er entdeckte nicht nur eine, sondern drei Krippenfiguren. Die Verkäuferin versicherte, die Dame habe nichts bezahlt, und zwei Frauen bestätigten es.

»Die muss mir jemand heimlich in meine Tasche gesteckt haben«, kreischte die Dame. Es half ihr nichts. Sie musste bezahlen.

Kuder, unser Polizist, legte mir die Hand auf die Schulter. »Gut gemacht, Ally!«

»Woher kennst du ihn?«, wollte Jan später wissen. »Hast du mal was ausgefressen?«

»Er lauert uns immer wieder auf dem Fahrradweg auf und quatscht jeden Schüler an, der morgens ohne Licht zur Schule radelt.« Das erinnerte mich an meinen ursprünglichen Plan – an die Suche nach der geklauten Girlande. »Ich muss jetzt los«, sagte ich.

»Wohin denn? Kann ich dich begleiten?«

»Ne«, sagte ich entschieden. »Die Sache geht nur mich was an.«

»Mensch, Ally«, beschwerte er sich. »Das sagst du dauernd!« Er äffte mich nach: »Die Sache geht nur mich was an!«

»Kümmere dich um Reses Bremsen«, empfahl ich ihm, stieg auf, kurvte zwischen den Buden und Fußgängern hindurch und war weg.

Längst war es dunkel geworden. In den Sträßchen, die durchs Neubauviertel führten, herrschte kaum Verkehr, die Straßenlampen brannten, in manchen Vorgärten standen Bäumchen mit Lichterketten, viele Fenster waren mit Sternen dekoriert, und von einigen Balkons hingen die blöden Nikoläuse. Wer die erfunden hatte, hatte echt einen Sprung in der Schüssel, dachte ich geringschätzig und drehte mich um, weil ich ein komisches Gefühl hatte: Wurde ich verfolgt?

Ne. Da war nur ein Hund, der mit seinem Frauchen Gassi ging.

Ich strampelte weiter – und da war es wieder, das Gefühl in meinem Rücken! Himmel noch mal, schimpfte ich mich, Ally, hab dich nicht so! Trotzdem schrak ich fürchterlich zusammen, als eine Katze – eine schwarze Katze! – von einem Mäuerchen sprang und haarscharf vor meinem Radl über die Straße flitzte. So langsam zweifelte ich an mir und meinem Mut – oder hatte vielleicht ich einen Sprung in der Schüssel?

Endlich bog ich ins letzte, ins oberste Sträßchen ein. Nur noch drei Häuser lagen an meinem Weg. Das war gut so, denn außer dass das komische Gefühl in meinem Rücken anhielt, war mir kalt.

Wow!

Da, genau vorm Gartentörchen des letzten Hauses zur linken Seite stand eine Straßenlaterne und beleuchtete den Eingang. Und – über der Tür des Hauses hing eine Girlande. Sie war so dick und auch so lang wie die, die uns geklaut worden war.

»Das ist sie«, flüsterte ich, obwohl ich allein und weit und breit kein Mensch zu sehen war. »Ich schwör's, sie ist es! Die Länge stimmt. Und die Lichterkette auch.«

In meinem Kopf überschlugen sich die Gedanken. Weiter als bis zur Suche hatte ich Dussel nicht gedacht. Was war mit Beweisen? Keine vorhanden. Trotzdem schob ich mein Rad ins Gebüsch auf der anderen Seite, rieb meine Ohren, bis sie nicht mehr so gefühllos waren, und schritt dann energisch vors Gartentor. Dort klingelte ich.

Nichts tat sich.

Ich klingelte ein zweites Mal.

Wieder blieb alles still. Und dunkel im Haus.

Je länger ich auf die Girlande starrte, umso unsicherer wurde ich. In jedem Blumengeschäft, in jeder Gärtnerei konnte man eine Girlande in passender Länge erstehen. Diese hier passte exakt um die Haustür herum. Konnte doch sein, dass sie auf Maß gearbeitet war?

Ich gab mich noch nicht geschlagen, denn in keinem Zimmer brannte ein Licht, und alle Rollläden waren noch oben, was mir sagte, dass die Bewohner nicht zu Hause waren.

Ich stellte mich auf Zehenspitzen und prüfte, wie die Girlande befestigt war: Sie hing an Drahtschlaufen, und die wiederum an Haken – genau wie wir es auch machten. Allerdings schien mir plötzlich, als wären die Birnchen der Lichterkette größer als unsere.

Und wenn schon … Ich hob die Girlande an der rechten Seite an. Die erste Drahtschlaufe glitt aus dem Haken, die zweite auch, und da, als ich mich um die dritte bemühte, hörte ich das Auto.

Mist aber auch!

Das Auto fuhr den Berg herauf. Im Nu flitzte ich zu meinem Radl und verbarg mich hinterm Busch – hier fingen nämlich schon die Wiesen an. Das Auto kam vor der Garage des Hauses zum Stehen, der Fahrer öffnete das Tor mit der Fernbedienung, das Auto glitt hinein, das Tor schloss sich.

Puh, das war knapp gewesen!

Im Haus gingen die Lichter an. Dann wurde die Haustür geöffnet, eine Frau in einem sehr flotten Kostüm trat heraus und holte die Post aus dem Kasten. Sekunden später kam ein Mann, bückte sich, und die Lichter an einer kleinen Tanne leuchteten auf. Und die über der Eingangstür auch.

Alle Birnen, die an der Tanne und die an der Girlande, gingen an und leuchteten in Rot, in Gelb, in Grün, in Blau.

Das war total geschmacklos, fand ich. Kitsch in Reinkultur.

Mann war ich froh, dass ich nicht die falsche Girlande beschlagnahmt hatte!

13. Dezember

An diesem Tag, dem Donnerstag, wartete Jan wieder an der Kreuzung und sagte anstelle einer Begrüßung: »Ally, du stehst in der Zeitung.«

»Iiich? Wegen des armen alten Esels?«

»Ne, weil du die Taschendiebin festgehalten hast.«

Rese quietschte. »Davon hast du uns aber nichts gesagt!«

»Na und? Man muss ja nicht alles an die große Glocke hängen, oder?«, entgegnete ich bescheiden, obwohl ich eigentlich ziemlich stolz auf mich war.

»Für meine kleine dünne Schwester mit den Wischmopphaaren ist das Festhalten von Taschendieben überhaupt nichts Besonderes«, sagte Rese schnippisch. »Wo ist die Sache denn passiert?«

»Auf dem Weihnachtsmarkt«, antworteten Jan und ich gleichzeitig.

»Oho! Das bedeutet, dass ihr zusammen wart?«, kombinierte Rese blitzschnell. An ihrer Stimme merkte ich, dass sie sich fürchterlich darüber ärgerte. Garantiert würde sie Jan so lange nerven, bis er auch mit ihr über den Weihnachtsmarkt bummelte.

Aber Jan war Rese gewachsen. »Die Bremsen an deinem Rad, Rese! Sind die wieder in Ordnung?«

Natürlich gab sie nicht zu, dass die Bremsen schon immer in Ordnung gewesen waren, aber dass sie zumindest heute einwandfrei funktionierten, konnte sie nicht leugnen.

»Und wurde das Hofverbot für den Bruder deines Freundes aufgehoben, Rese?«, forschte Jan weiter.

Ich grinste in mich hinein. »Nein«, gab Rese zu. »Aber das macht mir nichts aus.«

»Echt?« Jan tat so, als sei er fürchterlich überrascht. »Ich an Giselberts Stelle wäre sauer ohne Ende. Aber gut, ich bin anders als dein Freund. Wie man so hört, ist er völlig verzweifelt. Er liebt dich, Rese, doch du willst so gut wie nichts von ihm wissen.«

»Mpf«, machte meine Schwester. Ausgerechnet ihm gegenüber konnte sie unmöglich zugeben, dass Giselbert nur eine Übergangslösung war, bis sie sich Jan endgültig unter den Nagel gerissen hatte.

»Jedenfalls«, fuhr Jan fort, »sagen die Jungs in meiner Klasse, dass er jede Menge Aufnahmen von dir in seinem Handy gespeichert hat UND drei Fotos von dir an drei verschiedenen Stellen mit sich herumträgt: eins in seinem Mäppchen, eins im Geldbeutel, eins in der Brusttasche seines Anoraks.« Jan klopfte sich an die Stelle, wo sein Herz schlug. »Ihr passt aber auch supergut zusammen. Wie lange seid ihr eigentlich schon befreundet?«

Rese war das Gespräch so unangenehm, dass sie immer schneller in die Pedale trat und vorgab, taub zu sein.

Als wir unsere Räder auf dem Schulhof abstellen, schob Jan heimlich ein Zettelchen in meine Hand.

»Falls deine Schwester wieder an unserer Seite klebt und wir nicht reden können – du solltest nachts nicht allein durch einsame Straßen radeln«, las ich im Klassenzimmer.

Wie bitte???

Dass ich vom Unterricht so gut wie nichts mitbekam, wuchs sich zum Dauerzustand aus. Die ganze Zeit grübelte ich über Jans Botschaft nach und kam endlich zum Ergebnis, dass er für das komische Gefühl in meinem Rücken verantwortlich war. Der Schuft war mir gefolgt!

Aber weshalb hatte er sich nicht zu erkennen gegeben, der Feigling?

Hatte er mich dabei beobachtet, wie ich die Girlande vom Haken nehmen wollte?

Und wie mich gerade noch rechtzeitig die heimkehrenden Bewohner vor einem fatalen Irrtum bewahrten?

Und wie die Frau und der Mann über das Geheimnis der herunterhängenden Seite der Girlande rätselten?

Zum Donnerwetter noch mal! Konnte ich denn keinen Schritt mehr vor den anderen setzen, ohne von Jan verfolgt zu werden?

Dem werde ich's zeigen, schwor ich mir.

Während der großen Pause stand er mit seinen Jungs zusammen, Rese hielt sich in seiner Nähe auf und ging ihrem Überbrückungslover Giselbert aus dem Weg. Der Arme ließ den Kopf mit den glatt gebügelten Haaren hängen und schaute so todtraurig aus, dass er mir echt leid tat. Natürlich schnitt er im Vergleich zu Jan nicht besonders vorteilhaft ab, aber er betete Rese an. Und bis Jan auftauchte, stand er immerhin ganz oben auf der Liste ihrer Lover! Man müsste, dachte ich weiter, ihn unterstützen, schließlich war er

ziemlich unbeholfen und viel zu fantasielos, um Rese zu beweisen, dass er nicht einer unter vielen sein wollte. Das wäre auch so was wie eine »Hilfe für den armen Nachbarn«, oder etwa nicht? Und eine echt gute Tat – eine weihnachtliche Tat der Liebe, sozusagen.

Tja … warum eigentlich nicht???

Ich grübelte und grübelte, während der Unterricht an meinen Ohren vorbeirauschte.

Als Jan am Nachmittag zum Reitunterricht erschien, passte ich ihn ab. »Du hast mich gestern verfolgt. Gib's zu!«

»Du bist so schnell abgehauen, dass ich mir Sorgen um dich gemacht hab«, erklärte er sofort.

Mir blieb die Spucke weg. »Du? Dir? Sorgen? Um mich? Du hast echt einen Sprung in der Schüssel.«

»Lieber einen Sprung in der Schüssel als eine falsche Girlande am Lenkrad«, verteidigte er sich. »Wirst du heute Abend wieder eine Radltour unternehmen?«

»Was geht es dich an? Kümmere dich lieber um die Rese. Die betet dich nämlich an«, empfahl ich ihm. Lotta, die kleine Reitschülerin, die so gerne Pferdeäpfel jagte, kam auf uns zu. »Ally, seit wann habt ihr einen Esel? Kann man auf dem auch reiten?«

Hab ich's doch gewusst! Der kleine Nick hatte uns den Esel untergejubelt! Ich rannte in den Stall – tatsächlich. Der Esel fraß mit unschuldiger Miene unser Heu. Ob das mein Pa schon wusste?

Ne, wusste er nicht.

Er brüllte: »Nick!«

Wer angehinkt kam, war Hektor. Er schleppte sich in die Box des Esels, jaulte heiser und hatte nichts dagegen, dass ihn der Esel anstupste. Mit einem zufriedenen Seufzer sank er ins Stroh, ganz so, als wolle er ihm und uns mitteilen, dass er dem Fremdling bei der Eingewöhnung in die neue Umgebung beistand.

Nick war weg. Meine Ma wusste noch nichts vom tierischen Neuzugang, aber dass Nick auf dem Weg zu seinem neuen Freund war, war ihr bekannt. Keiner von uns hatte aber eine Ahnung, wo der wohnte.

Als Jans Reitstunde begann, ging ich zu meiner Ma in die Küche, wo sie den Lebkuchenteig zusammenrührte.

»Gut, dass du kommst, Ally! Könntest du bitte das Zitronat und das Orangeat klein schneiden? Eigentlich wollte Rese mir helfen, aber als sie Jan gesehen hat, ist sie rauf ins Bad, um sich schön zu machen.« Meine Ma seufzte.

Ich holte ein scharfes Messer, ein Brettchen, das Orangeat und Zitronat und rutschte auf die Bank. Wir hörten, wie Rese die Treppe heruntersprang. Dann fiel die Tür ins Schloss. Ich lugte aus dem Fenster und sah, wie sie zur Halle spurtete.

Erst als ich das Zitronat in winzige Würfelchen geschnitten hatte, sagte ich so ganz beiläufig: »Schade, dass sie Giselbert abserviert hat. Ich finde nämlich, dass er gut zu ihr passt. Mir wäre er ja zu langweilig, aber ich habe gehört, dass die Jungs aus ihrer Klasse sie auch nicht gerade prickelnd finden.«

Meine Ma hob den Kopf. »Ist das so?«

»Das habe ich gehört«, wiederholte ich und schob das Schüsselchen mit den Zitronatwürfelchen über den Tisch. Meine Ma kippte sie in die Rührschüssel. »Warum sind Freunde eigentlich so wichtig?«, wollte sie wissen.

Das Orangeat war nicht so schwer zu schneiden wie das Zitronat. »Jule, meine Freundin, sagte, wer mit dreizehn noch keinen Freund hat, ist ein hoffnungsloser Fall. Wenn Rese mit fünfzehn keinen festen Freund hat, ist sie eine absolute Niete. Und das, wo sie so schön ist und meint, jeder Junge wolle sie zur Freundin. Ma –«, Mist! Jetzt hatte ich mir in den Finger geschnitten. Ich wickelte das Taschentuch um den Schnitt und wartete, bis es nicht mehr blutete. »Rese braucht einen Freund. Das ist so sicher wie ›Stille Nacht, heilige Nacht‹ in der Weihnachtskirche.«

Meine Ma wog gestiftelte Mandeln ab. »Denkst du an Jan?«

Ich lächelte so richtig überlegen. »An Jan oder an Giselbert. Obwohl – Jan möchte eine Freundin, mit der er Pferde stehlen kann. Aber mach das der Rese mal klar! Das geht nicht in ihren Kopf. So gesehen ist Giselbert der Richtige für sie. Findest du nicht auch?«

»Stimmt. Bist du fertig mit dem Orangeat?«

»Gleich.« Ich beeilte mich mit den Würfelchen. »Jedenfalls – ich

werde in dieser Sache etwas unternehmen. Du weißt schon: Weihnachten, das Fest der Liebe.«

»Aha. Obwohl Rese dich dauernd ärgert? Das ist sehr anständig von dir, Ally.«

»Rese ärgert mich nicht«, behauptete ich kühn. »Das Wichtigste in meinem Leben ist Fury. Nach euch natürlich«, setzte ich eilig hinzu. »Ist ja wohl klar.«

»Was hast du vor?«, fragte meine Ma. Ich bedauerte es mal wieder, kein Einzelkind zu sein, denn in diesem Augenblick stürzten Nick und sein neuer Freund Sam in die Küche. »Sind die Lebkuchen schon fertig?«

»Nein. Und ihr würdet auch keinen davon bekommen«, sagte meine Ma streng.

»Wir haben aber Hunger!«

»Und wir haben einen alten Esel im Stall! Wessen Idee war das?«, erkundigte sich meine Ma und warf dem kleinen Nick einen Blick zu, der schlimmer war als der Todesblick meines Vaters.

Ich machte, dass ich aus der Küche kam.

Nach der Reitstunde wich Rese nicht von Jans Seite und wollte mit ihm – was hatte ich gesagt??? – einen Bummel über den Weihnachtsmarkt unternehmen. Komplett mit Händchenhalten, Zuckerwatte und gelegentlichem Küsschen.

Jan war dagegen. Er sagte, als er zu seinem Rad ging, er müsse noch eine ganze Menge lernen, denn morgen würde seine Klasse eine Mathearbeit schreiben.

Rese blickte ihn enttäuscht und mit großen Augen an. Die veilchenblaue Farbe sah man aber in der Dunkelheit nicht. »Das heißt, wir können uns nicht mehr treffen?«, jammerte sie.

»Ausgeschlossen. Wechsle du mal von einer norddeutschen in eine süddeutsche Schule, dann weißt du, dass man das nicht mit links bewältigt«, erklärte er. »Was ich noch fragen wollte: Wurde bei euch wieder was geklaut?«

»Ne. Warum fragst du?«, erkundigte sich meine Schwester.

»Och … Nur so«, wich er aus, schwang sich aufs Rad und gondelte aus dem Hof. »Ally!«, rief er mir noch zu. »Pass auf die Hunde auf!«

Rese schaute ihm lange und sehnsüchtig nach. »Pa sagte, er habe noch nie einen so talentierten Schüler gehabt wie Jan einer ist. Spätestens an Weihnachten reiten wir über die verschneiten Felder.«

»So?«, entgegnete ich spitz. »Bist du sicher, dass an Weihnachten Schnee liegt? Hast wohl im hundertjährigen Kalender geblättert, was?«

»Es wird Schnee liegen«, beharrte Rese. »Ich stelle mir schon vor, wie wir durch den weißen Winterwald reiten. Und wenn wir zurückkommen, wärmen wir uns am Ofen und essen Bratäpfel. Das wird schöööön!!!« Meine Schwester fiel mir um den Hals. Sofort duckte ich mich und machte mich los. »Ally«, sagte sie noch, »es tut mir ja leid für dich. Aber Jan ist einfach ein toller, toller, toller –«

»Wikinger. Das weiß ich«, bestätigte ich sachlich. »An deiner Stelle würde ich mir aber nicht zu viel versprechen; jedenfalls nicht, bevor ich eindeutige Beweise hätte.« Ich hob den Zeigefinger – genau wie unser Biolehrer Ebi Rattelhuber, der scharfe Hund. »Hat dir Jan schon gesagt, dass er in dich verliebt ist?«

»Gesagt?«, wiederholte meine Schwester verträumt. »Er hat es mir gezeigt.«

»Echt? Wie denn? Hat er dir schon etwas geschenkt?« Zum Beispiel gebrannte Mandeln? fügte ich in Gedanken hinzu.

Rese schüttelte den Kopf. »Nein. Aber seine Blicke sagen mir alles.«

Rese war noch blöder, als ich dachte. Es war wirklich Zeit, dass die nutzlose Schwärmerei für Jan aufhörte und ihr jemand zeigte, wer ihr wahrer Freund war – Giselbert. Der mit den gebügelten Haaren.

Nach dem Abendessen machte ich meinen Plan perfekt:

Morgen war der 14. Dezember, morgen musste ich die Vorbereitungen treffen, am 15. Dezember würde ich starten. Bis Weihnachten blieben mir neun Tage. Wenn der Liebeszauber so einschlug, wie ich es mir vorstellte, konnten Rese und Giselbert an Heiligabend das wahre Fest der Liebe feiern.

Voll der Wahnsinn, wirklich!

14. Dezember

Mitten in der Nacht wachte ich auf, weil ich meinte, einen Wecker gehört zu haben. Es war aber erst fünf Minuten vor Mitternacht. Ich schlüpfte aus dem Bett, wankte aufs Klo und sah einen Lichtschein. Der kam von unten. Aus der Küche. Auf Zehenspitzen schlich ich nach unten und zog geräuschlos aus dem Schirmständer in der Diele den größten Schirm. Den würde ich dem Einbrecher so über'n Schädel ziehen, dass ihm Hören und Sehen verging.

Vor der Küchentür atmete ich tief ein, hob den Schirm und fragte mich noch, warum die Hunde nicht bellten, dann stieß ich die Tür auf und – hielt im letzten Moment inne. »Was ... was zum Teufel treibst du hier?«

Die letzten Schläge der alten Uhr verklangen. Mitternacht war vorüber. Aus schreckgeweiteten Augen, totenblass im Gesicht, starrte mich mein kleiner Bruder an. »Ally!«

Auf dem Tisch lagen ein Laib Brot, die Butter, eine Dose Schinkenwurst, zwei Tomaten und, völlig unerklärlich, etliche Kartoffeln. »Ich habe Hunger«, behauptete er kläglich.

Ich deutete auf die Kartoffeln. »Isst du die roh?«

»Nee ...«

Erleichtert, keinen Dieb mit 'ner Strumpfmaske niederknüppeln und fesseln zu müssen, fragte ich ungläubig: »Du isst für zwei und wachst auf, weil du Hunger hast? Das glaube ich nicht.«

»Es ist aber so«, behauptete er störrisch, schnitt eine dicke Scheibe Brot ab, schmierte ordentlich Butter drauf, biss ab, würgte und meinte: »Ich hab doch keinen Hunger, Ally.«

Besorgt musterte ich meinen kleinen Bruder. Er war neun Jahr alt und steckendünn, obwohl er wie ein Scheuendrescher aß. Da stimmte was nicht. »Du bist krank, Nick. Vielleicht hast du einen Bandwurm?« Ich hatte mal gelesen, dass Menschen mit Bandwürmern schrecklich mager blieben, weil der Wurm in ihren Eingeweiden ihnen alles Nahrhafte wegfrass. »Du musst zum Arzt, Nick.«

Er hatte eine zweite Scheibe abgeschnitten und klatschte die jetzt auf die mit Butter bestrichene. »Ich geh nicht zum Arzt. Wozu denn?«

In Windeseile räumte er die Tomaten und alles andere weg, schnappte sich sein Butterbrot und hielt es mir unter die Nase. »Wenn du Mama was davon sagst, verpetze ich dich«, drohte er mir.

»Was gibt's denn zu verpetzen?«, erwiderte ich verblüfft.

»Ich sag der Rese, dass du mit Jan über den Weihnachtsmarkt gegangen bist«, flüsterte er.

»Das weiß sie!«, sagte ich triumphierend und wunderte mich noch viel mehr über meinen kleinen Bruder. Normalerweise hielten wir beide immer zusammen. Was hatte sich geändert? Ich wusste es nicht.

»Dann sag ich eben der Rese, dass du ihr den Jan wegschnappen willst.«

Wie bitte? Ich soll mir den Jan schnappen, wo ich nie einen einzigen Gedanken an ihn verschwende? Da hörte sich aber alles auf, ehrlich und wahrhaftig!

»Jetzt reicht's!«, fauchte ich, holte aus und scheuerte ihm eine. »Wehe, du erzählst jemand einen solchen Unsinn! Lügen verbreiten – ja wo gibt es denn so was? Und das in der Adventszeit!« Ich war so sauer, dass ich meinem kleinen Bruder, dem Vielfraß, am liebsten noch eine geknallt hätte. »Du klaust Sachen aus der Küche! Und willst mir was Falsches anhängen? Du… du… du absolutes Miststück, du!«

Nick stand da wie ein Häufchen Elend. »Hab's nicht so gemeint«, flüsterte er.

Ich wurde nicht ruhig, aber ruhiger. Etwas in den Augen meines Bruders machte mich stutzig. »Nick, was ist? Hast du Sorgen?«

»Pfff! Ich doch nicht!«

Das war gelogen, aber jetzt, kurz nach Mitternacht, hatte ich keine Lust, mich noch länger mit ihm zu streiten. Wir streichelten Hektor und Jash, die uns nur kurz und träge anblinzelten, und gingen wieder ins Bett.

Am Morgen überhörte ich den Wecker, sodass mich Rese viel zu spät aus dem Bett warf und ich nur noch einen Becher Kakao hinunterstürzen konnte; zum Glück war die Milch nicht mehr heiß. Einige Minuten nach Rese und Nick radelte ich los, trat ordentlich in die Pedale, stoppte aber an der Kreuzung, an der ich mich immer mit Jan traf.

Kein Jan war in Sicht; klar, nicht er, sondern ich hatte mich verspätet.

Kurz vor Unterrichtsbeginn bog ich in den Schulhof ein, düste zu

den Fahrradständern und bremste. Na servus aber auch: Rese hing an Jans Hals. Da gab ich aber Vollgas. »Rese! Was ist mit deinem Giselbert? Willst ihn zum unglücklichsten Menschen machen? Und das auch noch in der Adventszeit?«

Rese warf ihre blonde Mähne nach hinten und drehte sich langsam zu mir herum. »Kleine, du bekommst den Giselbert ganz für dich allein. Ist das nichts?«

Ich schnappte nach Luft. »Annahme verweigert!«, brüllte ich, als ich wieder normal atmen konnte.

Jan schloss sein Rad ab. »Deine Schwester hat sich ganz normal verhalten; erst als wir dich sahen, hat sie sich an mich gehängt.«

»Was geht's mich an? Von mir aus könnte ihr so lange und so viel knutschen, wie ihr wollt«, sagte ich und marschierte schon mal Richtung Schulgebäude.

Rese war beklötert, kein Zweifel. O Gott, weshalb musste ausgerechnet ich mich mit einer so behämmerten Schwester durchs Leben schleppen?

Neben der großen Eingangstür lehnte Giselbert an der Wand. »Wartest du auf jemand?«, erkundigte ich mich, weil er mir leid tat.

Er nickte. »Hat sich Rese verspätet?«

»Nee – doch, sie hat sich verspätet«, verbesserte ich mich rasch und packte Giselbert am Arm. »Komm mit! Ich muss dir etwas Wichtiges sagen. Es handelt sich um Rese.«

Er folgte mir so willig wie Sepi, unsere Katze, wenn Nick sie mit Kitekat lockte. Schließlich standen wir hinterm Schulhaus in der dunklen Ecke, in der sich normalerweise die Liebespaare knutschten. »Ich glaube«, flüsterte ich verschwörerisch, »meine Schwester hat sich in Jan Jörk verliebt.«

Giselbert ließ den Kopf hängen. Mein Gott, der Kerl brauchte wirklich eine Megaspritze Mumm! »Macht dir das was aus?«

»Mensch, Ally! Rese ist … ich meine, Rese hat … was ich sagen will: Ja, es macht mir was aus.«

Bestens!

»Warum unternimmst du nichts, Giselbert?«

»Was denn?«, meinte er kummervoll. »Wenn sie sich doch in Jan verliebt hat …«

»Hör mal, Giselbert!« Ich hob den Zeigefinger. »Erstens: Wenn es dir ernst ist, darfst du nicht gleich aufgeben. Zweitens: So wie ich meine Schwester kenne, wartet sie nur auf Beweise dafür, dass du sie liebst. Drittens: Beweise ihr, dass sie dir wichtig ist. Hast du das kapiert?« Wir beide hörten die Schulglocke, aber das war so ein Moment, wo man sie einfach ignorieren musste.

Fand ich.

Giselbert sah das anders. »Ally, ich muss ins Klassenzimmer. Du auch.«

»Quatsch. Der Unterricht ist jetzt unwichtig.«

»Wir haben Bio bei Ebi Rattelhuber«, jammerte er.

Ein Junge kann leider nicht behaupten, er habe seine Tage. »Sag einfach, du hattest eine Radpanne.«

»Ich bin aber zu Fuß gekommen!«

Der Kerl war einfach zu blöd. »Gut, dann sagst du eben, du hättest verschlafen. Das kann jedem mal passieren. Ich wette, du hast noch nie verschlafen, was?«

»Ne.«

Giselbert war ein außergewöhnlich braver Junge. Langweilig eben. Um ihn wachzurütteln, musste ich anders vorgehen. »O.K. Giselbert, ich hab's ja nur gut gemeint. Wenn dir Rattelhuber wichtiger ist als Rese, dann kann ich dir auch nicht helfen.«

Der Kerl kam aus dem Jammern nicht heraus. »Nun sei doch nicht gleich beleidigt, Ally. Hilf mir lieber!«

Das klang schon besser.

»Weißt du, meine Schwester steht auf energische Jungs. Auf solche, dir ihr beweisen, dass sie jedes Opfer wert ist. Sie ist dir doch ein Opfer wert, oder?«

Giselbert nickte heftig, dann sank er in sich zusammen. »Wenn sie aber nicht in mich verliebt ist, ist jedes Opfer sinnlos.«

Mir dämmerte Schlimmes: Der Kerl war nicht nur langweilig, er war auch geizig! Ich räusperte mich und gab nicht auf.

»Du machst einen Fehler, Giselbert. Bei einem so schönen Mädchen wie meiner Schwester musst du dich schon anstrengen, schließlich musst du die Konkurrenz ausstechen. Das verstehst du doch, oder?«

»An was denkst du?«, erkundigte er sich misstrauisch. »Mein Taschengeld ist nicht besonders üppig, weißt du.«

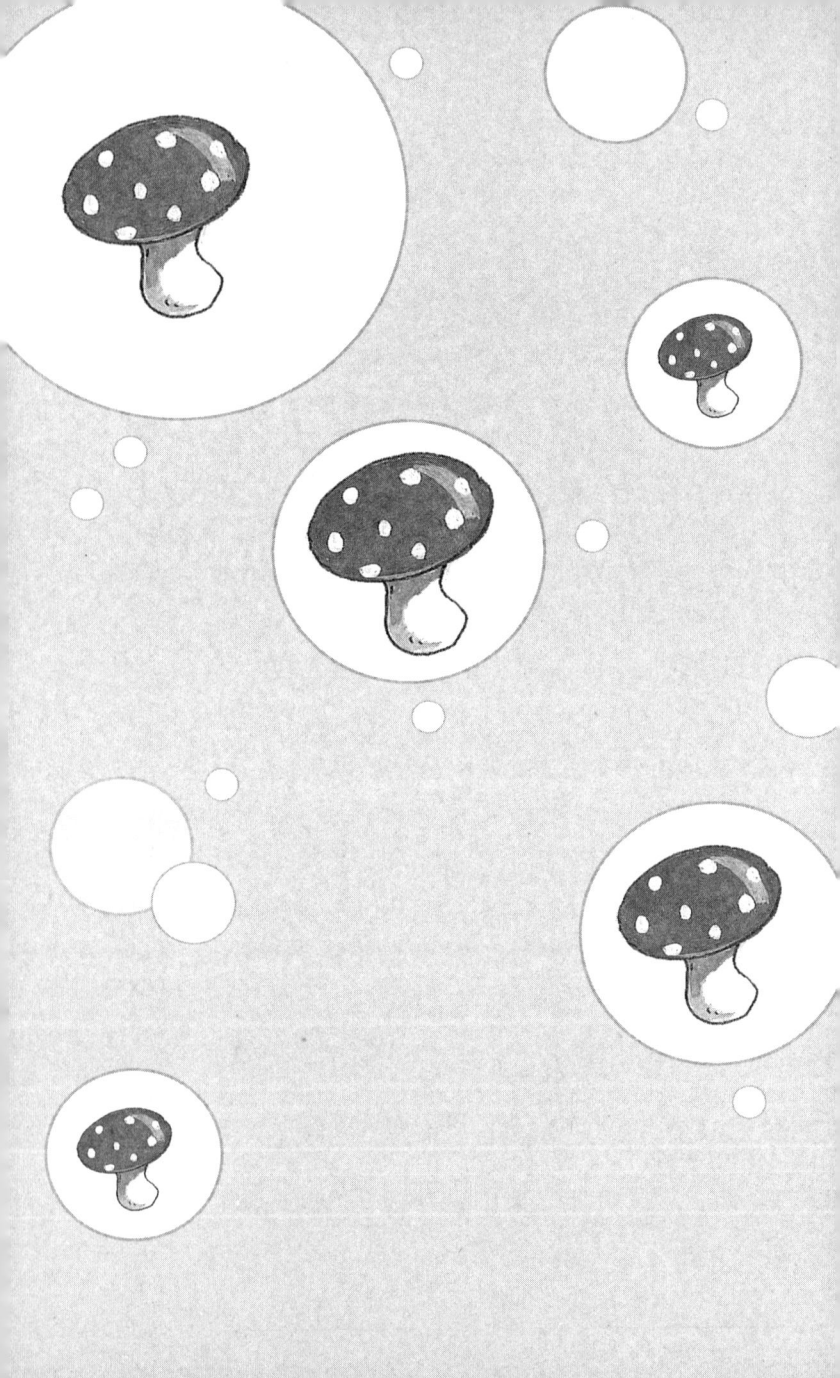

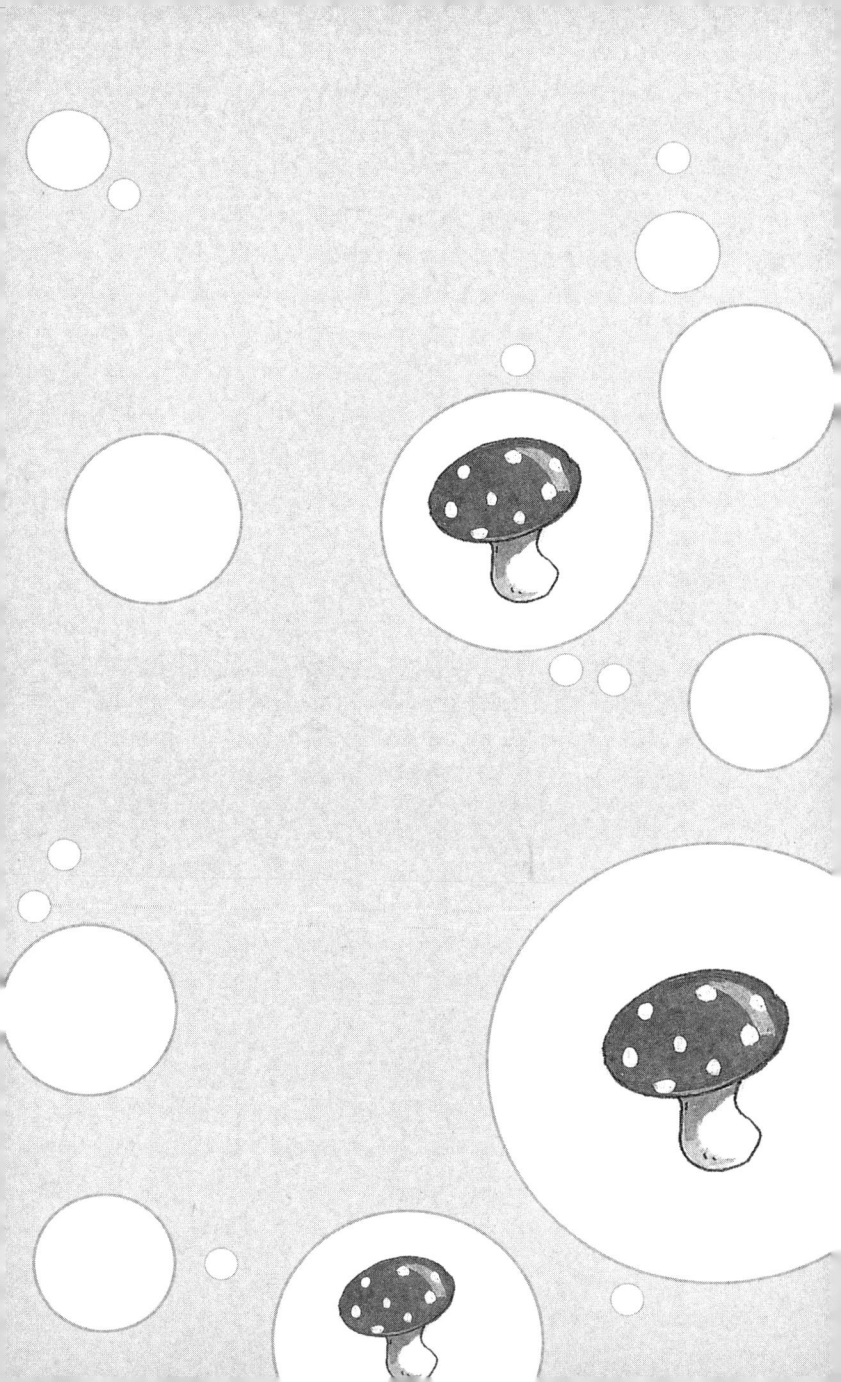

»Hör mal, mit einem Porsche rechnet nicht mal die Rese. Und überhaupt – wenn es Sommer wäre, würde ich dir einen Wiesenblumenstrauß empfehlen. Jetzt haben wir aber Winter –«

Ich tat so, als müsse ich nachdenken. »Fürs Erste würde eine schöne Haarspange genügen. Die kostet nicht die Welt, sagt aber mehr als tausend Worte.«

»Ne, wirklich? Was sagt sie denn so?« Giselbert fing langsam Feuer.

Ich runzelte die Stirn. Was sagte eine blöde Spange? »Du hast wunderschöne Haare. Ich will sie schmücken. Und immer, wenn du sie in die Hand nimmst, denkst du an mich und daran, wie sehr ich dich bewundere.« Ich war sehr stolz auf mich.

»Ehrlich? So viel sagt eine Haarspange?«, erkundigte sich Giselbert verblüfft.

»Natürlich«, bestätigte ich ihm. »Du besorgst eine Spange, und weil bald Weihnachten ist, lässt du sie hübsch verpacken und überlegst dir, wo du sie versteckst. Weil nämlich –« Jetzt kam der schwierigste Teil; jetzt musste ich Giselbert überzeugen, Rese bis Weihnachten täglich zu beschenken. »Du willst Rese doch für dich gewinnen, stimmt's? Eben. Das geht nicht einfach so und von heute auf morgen. Du musst dranbleiben, Giselbert, schließlich musst du die Konkurrenz ausstechen. Lass Rese ein Zettelchen finden, auf dem steht, wo sie ein Geschenk finden wird. Schreib nicht, von wem es ist, mache sie neugierig, und wenn sie täglich irgendwo eines suchen muss – und das bis Weihnachten! – dann beweist ihr das, dass du und kein anderer ihr Lover bist. Eins garantiere ich dir: Kein anderer Lover wird einen so cleveren Liebeszauber ausbrüten.«

War ja auch meine Idee, oder?

»Aber das sind neun Geschenke«, rechnete er flugs.

»Na und? Rese muss dir ein paar Cent und Euro wert sein.«

Ich sah, wie es hinter seiner Stirn tickerte – Giselbert rechnete die Ausgaben zusammen. »O.K.«, sagte er endlich. »Ich zieh die Sache durch. Aber Ally!« Er flehte mich echt an. »Du musst mir helfen!«

Genau das hatte ich ja vor, schließlich wollte ich Rese ein für allemal mit Giselbert verkuppeln. »Wenn du darauf bestehst«, sagte ich zögernd. »Hör zu: Es ist ganz einfach. Du machst es so …«

Ein paar Minuten später hatte ich es geschafft. »Wir dürfen nicht zusammen gesehen werden«, warnte ich ihn dann. »Geh du zuerst ins Klassenzimmer. Ich warte noch ein paar Sekunden.«

Er wieselte los, kam zurück. »Ich versteh das nicht, Ally. Wenn ich nicht auf jedes Zettelchen schreibe, vom wem das Geschenk ist, dann –«

»– ist die Überraschung an Weihnachten riesengroß und du hast es geschafft. Hundertpro, Giselbert!«

»Hoffentlich«, murmelte er und verschwand endlich um die Ecke. Ich atmete auf. Das war ein hartes Stück Arbeit gewesen!

Beim Mittagessen war meine Ma ungewöhnlich schweigsam. Das fiel sogar Pa auf. »Was ist?«

»Ich mache mir Sorgen. Entweder werde ich alt und vergesslich, oder jemand räubert in meiner Speisekammer. Neulich fehlte ein Honigglas, heute eine Büchse Schinkenwurst. Und ein halber Laib Brot. Ich versteh das nicht.«

Ich verschluckte mich und schielte zu Nick rüber. Der tat so, als habe er nichts gehört und schaufelte die Nudeln und das Gulasch nur so in sich rein.

»Honig, Schinkenwurst, Brot«, wiederholte mein Pa. »Und neulich verschwanden meine neuen Handschuhe, die Decke und die Girlande über der Stalltür.« Er blickte streng in die Runde. »Von euch steckt keiner dahinter?«

Wir drei schüttelten den Kopf.

»Was soll ich mit einer Decke, die nach Pferdestall riecht?«, sagte Rese hochnäsig.

»Wenn einer so schnell wächst wie ich, muss er viel essen«, verkündete Nick.

Ich hob die Augenbrauen. »Auch Handschuhe oder eine Girlande mit einer Lichterkette?«

Nick wurde rot. »Ally, du bist blöd.«

Gleich nach dem Essen radelte ich einen anderen Stadtteil ab – ohne Erfolg. Der Dieb musste wohl die Girlande entsorgt haben ...

15. Dezember

Normalerweise schlief ich samstags länger, aber heute hielt mich nichts mehr im Bett. Ich war neugierig, ob Giselbert so mutig sein würde, wie er es mir gestern auf dem Pausenhof versprochen hatte. Rasch zog ich den alten Norwegerpulli an, wickelte den Schal um den Hals, schlüpfte in die Gummistiefel und schaute, ob die Luft rein war.

Niemand zu sehen; der Rest meiner Familie lag noch im Bett. »Pst, nicht bellen«, warnte ich unsere Hunde, dann öffnete ich geräuschlos die Küchentür, huschte auf den Hof, bog um die Ecke und blieb vor dem Tor stehen, an dem »Erlenhof« stand.

Zuerst sah ich nichts, aber dann fiel mein Blick auf ein Band, das in der Morgenbrise hin und her schaukelte. Daran befestigt war ein kleiner grüner Umschlag mit der Aufschrift: *Für Rese*.

Ich grinste: Gut gemacht, Giselbert!

Sehr zufrieden ging ich zurück und war zum ersten Mal in meinem Leben vor Benno im Stall. Der würde sich wundern …

Ich hatte Furys und Hip Hops Boxen ausgemistet und schob gerade den vollen Schubkarren zum Misthaufen, als mein kleiner Bruder, der Vielfraß, aus der Küche und über den Hof rannte.

»Hallo!«, rief ich ihm hinterher.

»Nicht petzen, Ally!« Er verschwand um die Ecke.

So was aber auch … Normalerweise half Nick im Stall, aber heute schien er etwas Wichtigeres vorzuhaben. Also wirklich – die Geheimnisse meines kleinen Bruders nahmen überhand. Ich musste ihn unbedingt bremsen, bevor er ins Unglück stürzte.

Er erschien in letzter Minute. »He, Rese, am Tor hängt 'ne Botschaft für dich«, verkündete er und rutschte auf die Bank.

Rese war noch im Schlafanzug und winkte müde ab. »Vom Nikolaus, was?«

»Nö. Schätze, die ist von einem Verehrer.«

»Nimmst mich auf den Arm, Kleiner?«, erkundigte sie sich und zählte ihre sieben Honigpops ab. »Willst, dass ich rausgehe, mich erkälte und dann mit einer hässlichen Triefnase durch die Gegend renne?«

»Ist mir doch egal, was du willst. Tatsache ist: Da hängt ein grüner Umschlag am Tor. Aufschrift in Großbuchstaben: FÜR RESE. Hab ich mit meinen eigenen Augen gelesen.«

»So?« Pa hob die Augenbrauen. »Du warst heute schon vor dem Tor? Was hattest du da zu suchen, Nick?«

Patsch, mein kleiner Bruder saß in der Falle. Dass er bei der Stall-arbeit geholfen hatte, konnte er nicht behaupten, weil auch Benno am Tisch saß, außerdem hatte ich ja gesehen, wie er davongerannt war … Nick warf mir einen flehenden Blick zu. Ja, ja, bisher hatten wir uns immer gegenseitig aus der Patsche geholfen, aber nun hatte er Geheimnisse vor mir. Obwohl – ich hatte auch meine Heimlich-keiten, und wer wusste schon, ob ich nicht auch mal auf seine Un-terstützung angewiesen sein würde?

»Pa, es ist kurz vor Weihnachten«, erinnerte ich ihn. »Das ist die Zeit der Geheimnisse. Da plant doch jeder etwas Schönes, womit er seine Lieben überraschen kann.«

»Genau!«, rief Nick. »Sag ich doch! Jemand, der die Botschaft ans Tor gehängt hat, plant was Schönes für Rese, und ich … also ich plane auch was Gutes. Nein«, verbesserte er sich begeistert, »ich tu was Gutes. Ich –« Erschrocken klappte er den Mund zu. »Ist aber ein Geheimnis. Ein Weihnachtsgeheimnis«, murmelte er. »Wird nicht verraten. Niemals.«

Rese war wach geworden. »Dann stimmt das? Es hängt etwas für mich am Tor?« Sie sprang auf und rannte im Schlafanzug nach draußen.«

»Rese!«, rief meine Ma. »Es ist kalt! Zieh den Mantel an!«

»Die holte sich den Tod«, sagte Benno genüsslich.

»Quatsch. Es schneit ja nicht.« Ich funkelte ihn an. »Musst du im-mer das Schlimmste annehmen?«

In null Komma nichts war Rese zurück. »Seht mal!« Sie schlot-terte, nieste und öffnete mit zitternden Fingern den Umschlag. »Ohhhh. Oh«, hauchte sie entzückt.

»Lass sehen!« Ich griff nach dem grünen Kärtchen und las laut: »Heute um sechs Uhr an der Brücke über dem Zipfelbach. Von ei-nem, der dich liebt.«

Ich krauste die Nase. Als Liebesbotschaft war es nicht gerade überwältigend, aber Giselbert hatte eindeutig sein Bestes gegeben. Und, was noch wichtiger war, er hatte es tatsächlich übers Herz gebracht, seinen Namen nicht zu schreiben. Für ihn war das aller-hand. Ich war zufrieden mit ihm. Allerdings musste ich ihm unbe-

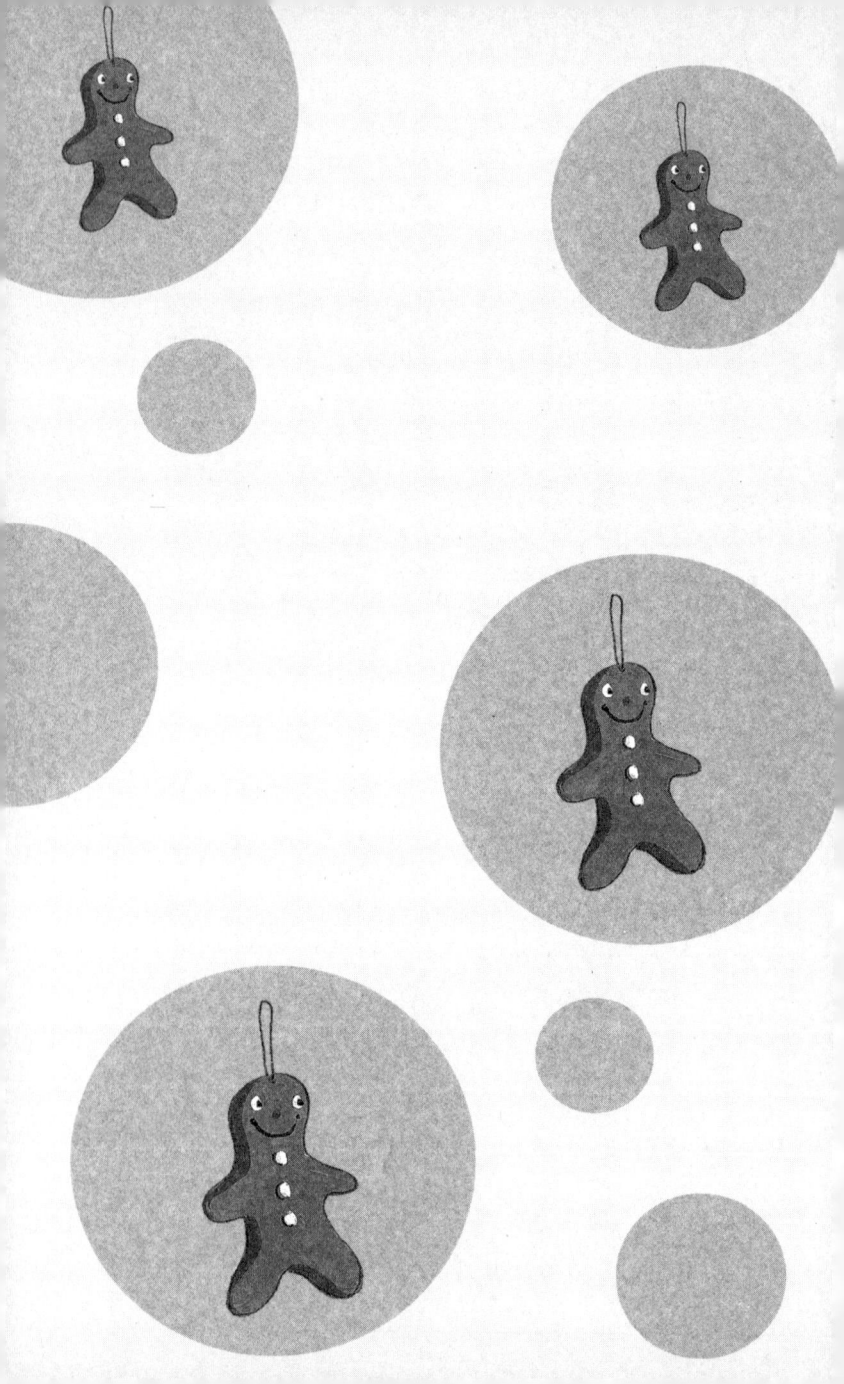

dingt noch ein paar Tipps geben, wie er meine Schwester so richtig anheizen konnte. Und noch etwas war wichtig: Ich brauchte die Hilfe meines Vaters.

»Das ist von Jan Jörk«, vermutete Rese und lächelte glücklich. »Er wohnt ja gleich am Zipfelbach.«

»Vielleicht stammt die Botschaft auch von Tommy«, wandte ich ein. »Oder von Leo. Oder Giselbert.«

Rese schnaubte. »Tommy geht jetzt mit Jana, und Leo ist sauer auf mich. Und Giselbert –« Sie lachte. »Der käme nie auf eine so tolle Idee. Eine Botschaft ans Tor zu hängen! Mich um sechs an der Brücke zu treffen! Ne, Giselbert ist –«

»– ein Langweiler«, stellte Nick genüsslich fest.

Ich stieß ihn unterm Tisch ans Schienbein. »Halt dich da raus! Was weißt du schon, wozu ein Junge fähig ist, wenn er in ein Mädchen so richtig verliebt ist?«

Nick kratzte sich verlegen am Kopf. »Echt? Glaubst du, Giselbert strengt sich an?«

»Hundertpro.«

Rese legte die Hand aufs Herz. »Ich WEISS, dass die Botschaft nur von Jan kommen kann.«

Weil Nick protestieren wollte, stieß ich ihn wieder ans Schienbein. Er schwieg und griff nach einer Scheibe Brot. Es war seine vierte an diesem Morgen.

Vor unserem samstäglichen Ausritt passte ich meinen Vater im Stall ab.

»Ich muss mit dir reden, Pa.«

»Worum geht es, Ally?«

»Es ist eine heikle Sache; ich weiß nicht, ob du mich verstehst, Pa.«

Alarmiert ließ er die Heugabel sinken. »Ist's was Schlimmes?«

Ich musste langsam vorgehen. Behutsam. Väter waren ja so unberechenbare und sensible Wesen. »Ne, im Gegenteil. Schau mal, Pa, du willst doch, dass deine Kinder glücklich sind. Stimmt's?« Er sah so beunruhigt aus, dass ich gleich weitersprach. »Ich jedenfalls bin glücklich, um mich musst du dich nicht kümmern«, setzte ich flugs hinzu. »Aber Rese ... also Rese ahnt ja nicht, dass sie gerade ihr

Glück verspielt.« Ich seufzte und tat so, als müsse ich ein Tränchen aus den Augen wischen.

»Rese?«

»Rese«, bestätigte ich leise.

»Tja«. Das Thema war meinem Pa nicht geheuer. »Solltest du darüber nicht lieber mit deiner Mutter sprechen?«

»Ich brauche deine Hilfe«, flüsterte ich.

Mein Vater war ein Mensch, der gerne ohne Umschweife zur Sache kam. »Ich soll also mit deiner Schwester sprechen?«

»O nein, Paps! Das bringt nichts. Ich dachte … ich wollte dich fragen … nein, ich will dich bitten …«

»Ally, wir haben nicht den ganzen Morgen Zeit. Was willst du?«

»Ich will, dass Rese glücklich ist«, hauchte ich. »Das willst du doch auch! Und weil ich weiß, dass Giselbert in Rese verliebt ist, solltest du –« Ich hielt den Atem an: war ich auch nicht zu schnell vorgegangen? »– solltest du zu Giselbert netter sein. Ich meine –« Er runzelte die Stirn und sah überhaupt nicht glücklich aus. »Er war ja nicht der Fahrer des Mopeds.«

»Ich halte nichts von Giselbert«, knurrte mein Pa.

»Der ist in Ordnung«, versicherte ich rasch. »Man muss ihm nur auf die Sprünge helfen. Aber klar, ein super Reiter wird er nie«, setzte ich bedauernd hinzu. »Trotzdem, Pa, musst du dafür sorgen, dass er wieder gern zu uns kommt. Das bist du Rese schuldig.«

Nun hatte mein Pa endgültig genug. »Was soll das Ganze?«

Jetzt hatte ich ihn so weit, jetzt musste ich alles auf eine Karte setzen. »Giselbert wünscht sich, viel mehr Zeit als bisher mit Rese verbringen zu können. Und das geht eben nun mal nur hier bei uns.«

Mein Pa war nicht blöd. Er lehnte an Schneewittchens Box, kreuzte die Arme vor der Brust und blickte mich an. Plötzlich pfiff er durch die Zähne. Und dann lachte er. »Ally! Was bist du doch für ein raffiniertes Mädchen! Also du steckst hinter der mysteriösen Botschaft, die heute Morgen am Tor hing? Du hilfst Giselbert, dem Langweiler, auf die Sprünge? Aber warum denn, um Himmels willen? Ich muss schon sagen –« Er schüttelte den Kopf, »dass ihr mir unheimlich werdet: Nick stellt mir einen alten Esel in den Stall, dir

liegt plötzlich das Glück deiner Schwester am Herzen... Und was ist mit Rese? Hat sie auch was Komisches vor?«

»So krass musst du das nicht sehen, Pa«, wehrte ich ab. »Und damit du es weißt: Alles, was jetzt gerade passiert, hat mit Weihnachten zu tun. Mit Weihnachten«, wiederholte ich eindringlich, »dem Fest der Liebe.«

»Schließt das den Giselbert mit ein?«, erkundigte er sich.

Da wurde ich aber sauer. Ich hatte mein Bestes gegeben, und mein Pa ätzte herum? »Hör mal, Pa«, sagte ich drohend, »willst du riskieren, dass Weihnachten ein trauriges Fest wird?«

»Das ist eine schwere Entscheidung für mich«, stellte mein Vater fest. »Entweder muss ich den Giselbert ertragen, oder –«

»– du machst deine Kinder unglücklich«, unterbrach ich ihn. »Das will kein liebevoller Vater.« Ich schlang die Arme um seinen Hals. »Aber du bist einer, dem das Glück seiner Tochter Rese am Herzen liegt. Nicht wahr?«

Bussi, Bussi, und schon wollte ich davonrennen, als er mich am Arm festhielt. »Wer hat meine Handschuhe geklaut? Und die Decke? Die Girlande mit der Lichterkette? Waren das Giselbert und sein Bruder?«

Mist! Daran hatte ich einfach nicht gedacht. »Keine Ahnung. Aber ich stelle das fest.«

»Hoffentlich. Waren es die beiden, kommt mir der Giselbert nicht mehr auf den Hof. Ist das klar, Ally?«

»Sonnenklar! Aber sie waren es nicht«, versicherte ich. Woher wollte ich das wissen? Sie konnten es gewesen sein... Doch das war nicht so wichtig. Wichtig war, dass Giselbert eine Chance hatte. Hoffentlich nützte er sie so, wie ich es mir wünschte. Wenn nicht, sollte ihn der Teufel holen, tau'n Düwel aber auch!

Als die ersten Reitschüler eintrudelten, rief ich Giselbert an. »Kannst kommen!«

»Hat Rese meine Botschaft gefunden?«, wollte er gleich wissen.

»Das hat sie. Und sie ist überglücklich.«

»Weiß sie, dass sie von mir ist?«

»Konkurrenz belebt das Geschäft, Giselbert. Bleib dran, gib nicht auf und überlege dir nette Geschenke«, schärfte ich ihm ein.

»Du hilfst mir doch, Ally?«

»Klar. Das habe ich dir versprochen. Wann kommst du?«

»Bin auf dem Hof, wenn ihr vom Ausritt zurückkommt!«

»Das Wetter wird sich ändern«, stellte mein Pa fest als wir aufsaßen und antrabten. »Es wird schneien.« Wir ritten wieder den Zipfelbach entlang, durch den Wald, über den Höhenrücken und hielten wie immer an der Aussichtsstelle an. Unten im Tal lag unser Erlenhof, wir sahen die Pferde auf der Koppel, Benno schob den Schubkarren über den Hof, zwei, drei Kids lehnten am Zaun.

Ich galoppierte los und jagte Fury durch die Weinberge, über die Brücke am Zipfelbach, sprang über den Zaun und brachte Fury zum Stehen. Vom scharfen Ritt wässerten meine Augen, ich blinzelte.

Giselbert saß auf der Stufe zur Küche, aber komisch war das schon: Er starrte so trübsinnig zu Boden. Weshalb freute er sich nicht?

Wie ich abstieg, rannte Rese in ihrem schicksten Reitdress und in voller Kriegsbemalung an ihm vorbei. Himmel aber auch! Was ging da vor?

Also Rese rannte mit der tollen Spange im honigblonden Haar an dem Menschen vorbei, der sie heiß und innig und total aufrichtig sowie selbstlos liebte – Kostenpunkt eine Haarspange – und geradewegs zu Jan rüber, der Hip Hop am Zügel aus dem Stall führte. Sie schlang ihre Arme um seinen Hals und gab Küsschen. »Was für eine tolle Überraschung«, flötete sie. »Ich hab mich ja so gefreut über dein Briefchen!«

»Tau'n Deiwel! Lass das, Rese«, wehrte sich Jan.

Meine Schwester verstand ihn komplett falsch. »Nun sei doch nicht so schüchtern!«

O je... ein langer, steiniger Weg lag noch vor mir und Reses Glück.

16. Dezember

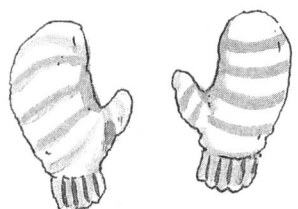

Als ich aufwachte, war's draußen totenstill. Ich schlüpfte aus dem Bett und schaute aus dem Fenster: Unsere Stallungen, die Koppel, die Erlen am Zipfelbach, die Weinberge – alles tief verschneit. Der Schnee lag hoch und erstickte jeden Laut. Keine Krähe krächzte, kein Wiehern drang an mein Ohr. Eine so tiefe Ruhe lag über unserem Hof, dass mir ganz andächtig zumute wurde. Leider wurden meine Füße ziemlich schnell kalt, und in der Küche regte sich auch schon das Leben. Also zog ich dicke Socken an und rannte nach unten. Meine Mutter briet Spiegeleier mir Speck. »Hmmm!«

»Schneeschippen macht hungrig«, erklärte sie. »Wirst du Benno helfen?«

Ich zündete drei Kerzen an, schließlich hatten wir den 3. Advent. »Nach dem Frühstück.«

Rese tanzte in die Küche. »Ma, heute ist ein ganz besonderer Tag. Heute reitet Jan zum ersten Mal mit uns aus!«

»Ist das nicht zu früh? Hoffentlich fällt er nicht vom Pferd«, sagte sie und ging in die Speisekammer, um Weihnachtsplätzchen zu holen.

»Das gibt's doch nicht!«, rief sie empört.

»Was ist?«

»Jemand hat Plätzchen geklaut! Eine ganze Menge sogar!«

Im Gegensatz zu den vergangenen Sonntagen war dann am 3. Advent die Stimmung mies. Echt mies. Mit finsterer Miene saß meine Ma am Tisch, und ehrlich gesagt, verstand ich sie.

Lebkuchen, Zimtsterne, Kokosmakronen und andere Plätzchen – alles selbst gebacken, versteht sich – waren weg. Das war noch nie vorgekommen; natürlich stibitzten wir schon mal das eine oder andere Plätzchen, aber so viele? Das hätte keiner von uns gewagt.

»Die Diebstähle häufen sich. Aber Klauen ist doch das Letzte«, schimpfte sie. »Entweder gesteht der Dieb, oder ich trete in den totalen Backstreik. Das ist jetzt kein Witz. Nie mehr Kuchen, nie mehr Stollen, nie mehr Plätzchen. Wollt ihr das?«

Natürlich schüttelten wir die Köpfe. Rese, die wieder ein Getue um ihre sieben Honigpops machte, würde sich niemals den Bauch mit kalorienhaltigen Plätzchen vollschlagen. Mein Vater aß sie, wenn sie vor ihm standen, ansonsten kümmerte er sich ums Futter der Pferde. Benno stand auf Leberwurst und Speck. Nick ... Ich schielte zu meinem kleinen Bruder rüber. Nick, der wie ein Scheunendrescher futterte und trotzdem so dünn war, dass man fast Angst um ihn bekommen konnte. Nick, der sich sogar nachts in die Küche schlich und behauptete, er sei vor Hunger aufgewacht. Da war etwas nicht in Ordnung, fand ich. Vor allem, weil er so plötzlich zum Vielfraß geworden war. Sozusagen über Nacht ... Ein Bandwurm wäre eine Erklärung. Doch wie holte man sich einen solchen in den Leib?

»Der Dieb kennt sich ziemlich gut in deiner Speisekammer aus, Mama«, sagte Rese plötzlich. »Zuerst der Honig, dann die Schinkenwurst und das Brot, jetzt die Plätzchen. Vielleicht fehlen ja auch Nudeln und sonst noch etliches.«

Ma stieß einen Schrei aus und spurtete in die Speisekammer. »Sieht nicht so aus, als ob noch mehr geklaut worden wäre!«, rief sie kurz darauf.

»Na eben«, knurrte Nick. »Sagt mal, könnt ihr noch ein bisschen Geld für die Aktion ›Hilfe für den Nachbarn‹ locker machen?«

»Du nervst«, schimpfte Rese.

»Und du hast ein Herz aus Stein«, konterte unser kleiner Bruder.

Wenn ich mich nicht schon so sehr auf unseren Ausritt gefreut hätte, hätte ich ihn unterstützt. Aber so trieb ich Nick und Pa an, schneller zu essen. Rese musste ich nicht antreiben; sie hatte die sieben Honigpops geknabbert und wollte sich noch schön machen, schließlich handelte es sich um den ersten Ausritt mit Jan, der – das stand für sie felsenfest – voll in sie verliebt war. Immer wieder griff sie nach der neuen Spange, die gestern um 18 Uhr hübsch verpackt mitsamt der Botschaft »Morgen gleiche Zeit, gleicher Ort!« an der Brücke hing und jetzt ihre Mähne im Nacken zusammenhielt. In der Dunkelheit hatte sie eine Ewigkeit gewartet, bis sie kapierte, dass niemand kommen würde.

Als sie mir die Spange zeigte, sagte ich cool: »Ist doch klar, dass jemand etwas ganz Besonderes plant.«

»Was denn?«

»Ich schätze, dass du jeden Tag eine nette Kleinigkeit erhältst, bis du an Heiligabend das ultimative Geschenk bekommst.«

»Das ultimative ...?«, wiederholte sie verständnislos. »Was soll das sein?«

Ich runzelte die Stirn und tat so, als müsse ich tief nachdenken. »Da wird sich der Junge zu erkennen geben, der in dich verliebt ist. Schätze ich mal.«

»Jan!«, hauchte Rese verzückt.

»Oder Tommy. Oder Leo. Vielleicht sogar Giselbert. Oder einer, von dem du es jetzt noch gar nicht vermutest.«

»Clemens?« fragte Rese erschrocken. »Ne, der kann es nicht sein; der könnte sich nie etwas so Nettes ausdenken. Nicht Clemens.«

»Der ist zu blöd«, bestätigte ich. »Trotzdem, Rese. Du solltest nicht nur an Jan denken. Wärst du sehr enttäuscht, wenn er es nicht wäre?«

Sie lächelte glücklich. »Es ist Jan und kein anderer.«

Alle halfen wir Benno beim Schneeschippen und bei der Stallarbeit; nicht mal Rese drückte sich. Ich passte einen günstigen Augenblick ab und nahm mir Nick vor. »Sag mal, steckst du hinter den Diebstählen?«

»Wieso?«

»Weil«, ich fixierte ihn mit einem so strengen Blick, als wäre ich Ebi Rattelhuber, »weil in keinem einzigen Fall die Hunde bellten. Was beweist, dass sie den Dieb kennen.«

Nick stützte sich auf die Mistgabel. »Ally, du weißt doch, dass ich mich für die ›Hilfe für den Nachbar‹ stark mache.«

»Eben. Die Hilfe kann eine Decke sein, ein Paar Handschuhe, eine Dose Schinkenwurst. Es können auch Plätzchen sein. Bist du der Dieb, Nick?«

»Und wenn ich es wäre, würde ich es dir nicht sagen!«, trumpfte er auf.

»Also bist du es?«

»Denk was du willst, Ally!«, schrie er, schleuderte die Mistgabel ins Stroh und rannte weg.

Verdutzt schaute ich ihm hinterher. Nick, mein kleiner Bruder – ein Dieb? Ich wollte es nicht glauben, denn dann hätte er ja auch die Girlande mit der Lichterkette gestohlen. Aber weshalb sollte er das tun?

Als wir die Pferde sattelten, tat Nick so, als sei alles voll in Ordnung. An diesem Tag ritt er das Pony Rosi, obwohl Benno ihm den alten Esel unterjubeln wollte. Rese saß auf Schneewittchen, Pa auf

Black Beauty, ich wie immer auf Fury, und Jan auf Hip Hop, den er kannte.

Rese bedankte sich gleich für die tolle Haarspange. Jan hob verständnislos die Augenbrauen, aber mein Pa rettete die Situation. »Bist du aufgeregt, Jan?«, erkundigte er sich.

»Ich werde die Leinen ordentlich straff halten und nicht zu viel Fahrt aufnehmen«, versicherte er.

»Brav«, lobte mein Pa. »Du reitest neben mir, verstanden?

»Aye-aye, Sir!«

Bei Jans erstem Ausritt wollten wir nur den Zipfelbach entlang, im nächsten Dorf über die Brücke und danach oberhalb der Häuser auf einem ebenen Weg nach Hause reiten. Es schneite sachte, die Hufe versanken im Schnee, die Pferde und wir atmeten weiße Wölkchen aus, ein paar Krähen hockten auf den Ästen der Erlen, ein Reiher flog mit trägem Flügelschlag übers Wasser, an dessen Rändern sich eine dünne Eiskruste bildete.

Hin und wieder schnaubte ein Pferd, und wie ich so hinter Jan hertrabte, wünschte ich mir, er wäre Giselbert. Man müsste, dachte ich, Jan und Giselbert in einen Topf werfen und einen dritten Jungen aus beiden erschaffen. Das wäre dann das ultimative Prachtstück: mutig, zupackend, sportlich, reich und schön. Giselbert allein, der Junge mit den glatt gebügelten Haaren, machte leider längst nicht so viel her wie der Wikinger mit seiner Mähne in Silberblond nach Art der Paris Hilton. Wie der auf dem Pferd saß – also das hatte was. Wenn ich Rese wäre, würde ich den Giselbert auch nur als so'ne Übergangslösung betrachten.

Was für ein Glück für mich, dass mich Jungs kein bisschen interessierten!

Über die Brücke und oberhalb des Dorfes ritten wir hintereinander, dann, entlang der Weinberge, wurde der Weg wieder breiter und ich fand es schade, dass wir nur ein so kurzes Stück ritten und bald schon wieder zu Hause sein würden.

»Ally!« Jan lenkte Hip Hop neben Fury.

»Du hältst dich gut«, lobte ich ihn. »Es gibt nichts Schöneres, als durch frisch gefallenen Schnee zu reiten. Findest du nicht auch?«

»Ja«, stimmte Jan mir zu. Dann runzelte er die Stirn. »Obwohl – ich glaube es gibt etwas noch Schöneres.«

»Nicht wirklich, oder?«

Jan lenkte Hip Hop noch näher an Fury heran. »Weißt du, was das noch Schönere ist?«

»Null Ahnung. Pass auf, Jan.«

Jan passte nicht auf; Hip Hop kam Fury bedenklich nahe. »Noch schöner ist, wenn –

»Achtung!«, schrie ich. »Aus dem Weg, du –«

Depp! Das wollte ich sagen. Zu spät.

Fury wieherte wütend, stieg auf die Hinterbeine, ich klammerte mich an die Zügel, rutschte, und rutschte – und stieg backbords ab.

Da lag ich im Schnee… Neben Jan.

Fury schnaubte, senkte den Kopf und stieß mich mit seinen weichen Nüstern an. Doch Hip Hop, unser temperamentvoller Flitzer, nutzte die Freiheit und galoppierte mit wehendem Schweif querfeldein. Im ersten Augenblick wusste ich nicht, was schlimmer war – die Stürze oder das fliehende Pferd.

»Zum Donnerwetter aber auch!« Mein Pa setzte Hip Hop nach, Rese und Nick stiegen ab. »Alles in Ordnung, Jan?«

Wieso fragte keiner mich? Ich rappelte mich auf, bewegte Beine und Arme, drehte den Hals und stellte erleichtert fest, dass alle meine Knochen noch an der richtigen Stelle waren. Weh tat mir auch nichts. Glück gehabt, Ally!

»Tau'n Deiwel aber auch!« Jan klopfte den Schnee von der Hose. »Warum… was ist eigentlich in Hip Hop gefahren?«

»Fury mag es nicht, wenn ihm ein anderes Pferd zu nahe kommt. Und du –«, ich funkelte ihn an, »bist ihm eindeutig zu nahe gekommen. Mir übrigens auch. Das hast du jetzt davon. Bist du verletzt?«

»Quatsch«, versicherte Jan verlegen.

»Das passiert jedem mal«, tröstete Rese und klopfte eifrig Schnee von Jans Hose und Anorak, obwohl es eigentlich nicht mehr nötig war. Dann legte sie ihre Arme mal wieder um seinen Hals. »Ich hätte es nicht überlebt, wenn dir was passiert wäre. Ally, du hättest besser aufpassen müssen. Du weißt doch, wie empfindlich Fury ist!«, flötete sie mit süßer Stimme.

Uggg! Na klar doch! Niemand kümmerte sich um mein Wohlbefinden, ich musste mir den Schnee selbst abklopfen, und schuld war ich natürlich auch noch. Typisch Rese.

Nick zog das Pony neben mich. »Hip Hop hat die Straße schon fast erreicht«, sagte er leise und deutete mit der Reitgerte geradeaus, wo wir die nahe Bundesstraße als schwarzes Band im weißen Schnee erkennen konnten. Wir sahen auch Pa auf Black Beauty … und Hip Hop sahen wir auch. »Hoffentlich galoppiert er nicht auf die Fahrbahn«, setzte Nick hinzu. »Bei dem Verkehr …«

Ein durchgegangenes Pferd auf einer viel befahrenen Straße – das war der absolute Albtraum. Ich klammerte mich mit der einen Hand an Nick, mit der anderen hielt ich krampfhaft Furys Zügel.

Erreichte Pa Hip Hop noch rechtzeitig? Oder schaffte er es nicht?

Alle hielten wir den Atem an; selbst Rese gab keinen Mucks von sich.

»Das wird knapp«, flüsterte Nick. »Verdammt aber auch. Halt an, Hip Hop, halt an! Los, Black Beauty, hol alles aus dir heraus …«

Wir sahen, wie Pa Hip Hop immer näher kam, und dann, fast im letzten Augenblick, hatte er ihn erreicht und bekam die Zügel zu fassen. Begeistert klopften wir auf die Hälse unserer Pferde, lachten uns an und sahen Pa, Black Beauty und dem Ausreißer entgegen.

»Eigentlich«, meinte Nick versonnen, »ist Hip Hop ein ungeeignetes Pferd für einen Reitschüler. Er nimmt jede Gelegenheit zum Ausreißen wahr. Das ist nicht gut.« Er stieg in den Sattel und galoppierte Pa entgegen.

»Es war mein Fehler«, sagte Jan zerknirscht.

»Jan, wie geht es dir?«, rief ihm mein Pa zu.

»Es tut mir leid!«

»Wie es dir geht, will ich wissen!« Wenn mein Pa ungehalten wird, ist er echt in Sorge.

»Ehrlich. Mir fehlt nichts«, versicherte Jan, stellte den Fuß in den Steigbügel und schwang sich in den Sattel. Nach mir fragte keiner, obwohl Jan, der Volltrottel, Hip Hops Leine losgelassen hatte und somit schuld daran war, dass unser Pferd fast ein lebensgefährliches Chaos auf einer viel befahrenen Bundesstraße verursacht hätte. Kümmerte das noch jemand? Nein.

Kümmerte sich jemand um mich? Nein!!!

17. Dezember

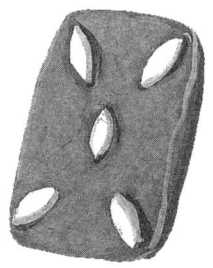

Geschmückt und strahlend wie ein Christbaum an Heiligabend setzte sich meine Schwester an den Frühstückstisch. Komplettes Make-up natürlich, mit Giselberts Spange in der Mähne und seinem Freundschaftsbändchen am Handgelenk.

Die Sache mit dem Bändchen war der Hammer gewesen, aber bevor sie es entdeckte, gab's Zoff wegen des armen alten Esels mit seinem räudigen Fell.

Um nichts in der Welt wollte uns Nick verraten, aus welchem Stall er kam. Mein Vater weigerte sich, ihn noch länger zu beherbergen und mit kostspieligem Pferdefutter zu verköstigen. »Hast du ihn geklaut?«, forschte er.

Nick schüttelte den Kopf.

»Was dann? Aus Mitleid entführt?«

Nick schüttelte den Kopf.

Meinem Pa platzte der Kragen. »Herrgott noch mal! Ein Esel fällt nicht vom Himmel! Also?«

Nick schüttelte den Kopf.

»Wenn du noch länger schweigst, rufe ich den Abdecker an«, drohte Pa.

Nick traten zwar die Tränen in die Augen, aber er schwieg.

Mein Pa holte das Handy aus der Tasche und legte es schon mal auf den Tisch.

Nick schluchzte.

Pa versuchte es mit Vernunft. »Hör mal, Nick, wenn der Esel jemandem fehlt, der Besitzer den Verlust der Polizei meldet und das Tier bei uns gefunden wird, stehen wir blöd da. Das verstehst du doch, oder?«

Nick schniefte und schüttelte den Kopf.

Es ging noch eine ganze Weile so hin und her – Nick schwieg eisern. Bis meinem Pa die Geduld ausging. Da endlich gab er zu, dass er und sein Freund Sam den Esel auf einer Wiese entdeckt hatten. Zuerst hatten sie auf dem Weihnachtsmarkt Geld für Futter erbettelt – was ich bestätigte – aber als das hinten und vorn nicht reichte, hatten die Jungs ihn abends, nach dem letzten Stallgang, zu uns gebracht. Wem die Wiese und daher vermutlich auch das Tier gehörte – keinen blassen Schimmer.

»Der Esel wäre verhungert!«, schrie Nick verzweifelt.

Die Sache endete damit, dass Pa Hans Kuder, unseren Polizisten, anrief und cool behauptete, ein Esel sei uns zugelaufen.

So wie es sich anhörte, schluckte Kuder die Info ohne Murren. Er ließ sich die Lage der Wiese beschreiben und erklärte, die sei im Besitz der Gemeinde; vermutlich habe der Besitzer das alte Tier einfach ausgesetzt und wir dürften ihn gerne durchfüttern. Bis auf Weiteres jedenfalls. Mein Pa stöhnte.

Jetzt komme ich zum Freundschaftsbändchen.

An der Haarspange hing die Botschaft »Morgen gleiche Zeit, gleicher Ort!«, und da Rese ganz richtig kombinierte, jemand, nämlich Jan, würde am Sonntag um 18 Uhr wieder ein Geschenk ans Brückengeländer knüpfen, trabte sie schon kurz nach 17 Uhr los in Richtung Brücke übern Zipfelbach, um den Jemand abzupassen.

Ich lachte mir ins Fäustchen und stieg mit Mütze und Schal gut eingemummelt aufs Rad. Obwohl nämlich der Schnee nicht weggetaut war, wollte ich auf der Suche nach der Girlande die nächste Portion Straßen abfahren. Irgendwo musste sie schließlich hängen!

Ich radelte also straßauf und straßab, während meine Schwester sich die Füße abfror und vergeblich auf ihren Jan wartete. Der hatte natürlich keine Ahnung von der Aktion. Das zweite Geschenk ruhte sicher in meiner Anoraktasche, aber war ich vielleicht so blöd und hängte es an Geländer, während meine Schwester Wache schob? Ich doch nicht!

Ich radelte durch den alten und daher sehr verwinkelten Teil unserer Kleinstadt. Ein paar Fußgänger waren noch unterwegs: die einen, weil sie ihren Hund Gassi führten, die anderen, weil sie auf dem Weg zum Zigarettenautomaten oder zur nächsten Kneipe waren, und ein Grüppchen Kinder spazierte tatsächlich noch mit Laternen herum. Die Kids sangen »Ich geh mit meiner Laterne«, obwohl jeder Blinde auch ohne ihren Gesang kapierte, was sie so taten. Kinder, ich sag's ja!

In der Altstadt wuchsen eher wenige Tännchen, daher erleuchteten auch kaum einfarbige oder bunte Lichterketten die Nacht vom 3. Advent. Stattdessen klebten Sterne in allen Farben, Formen und mit allerlei schrägen Mustern an den kleinen Fensterscheiben oder über den Haustüren, und Girlanden waren überhaupt nicht vorhanden. Irgendwann landete ich dann in einer dunklen men-

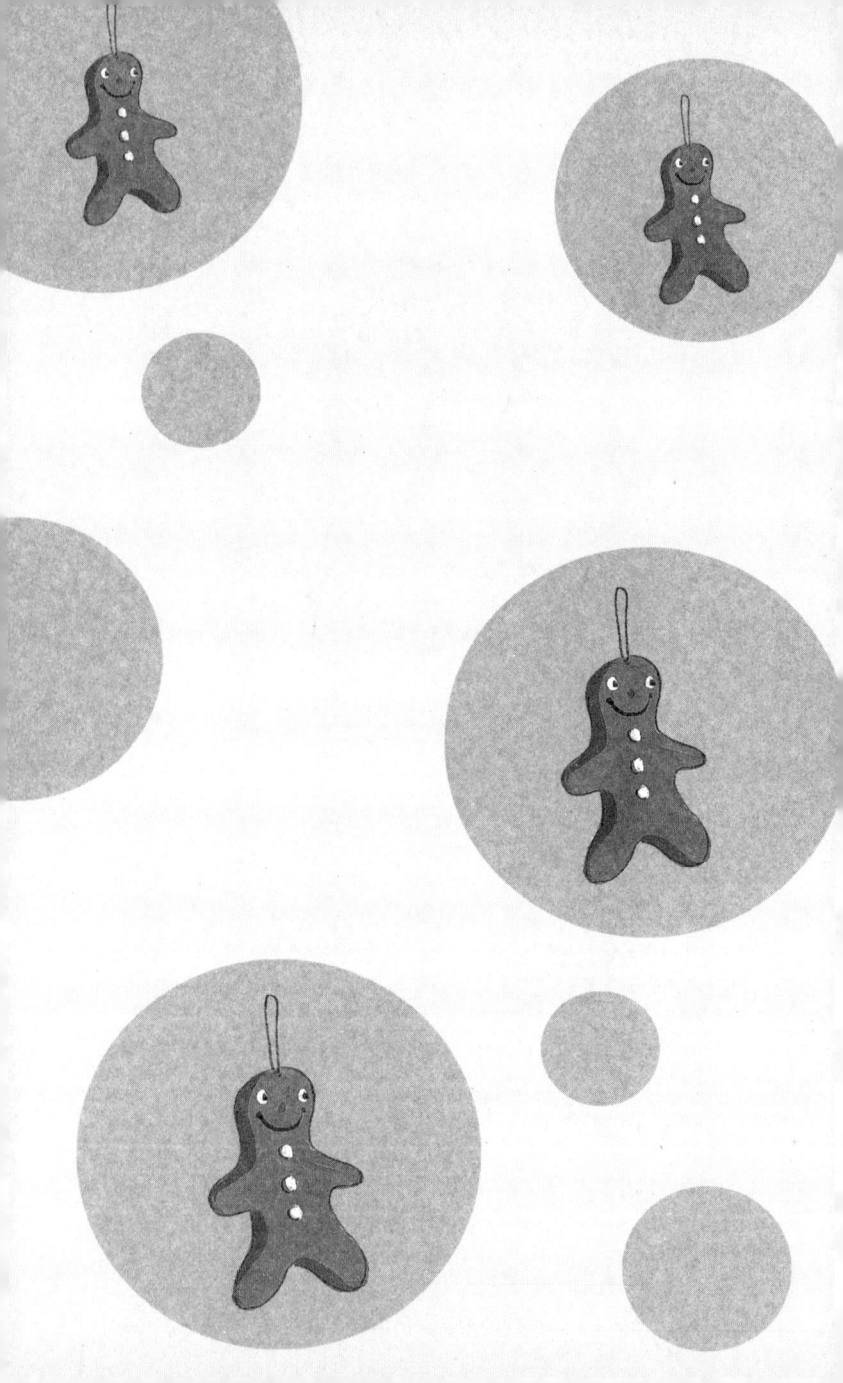

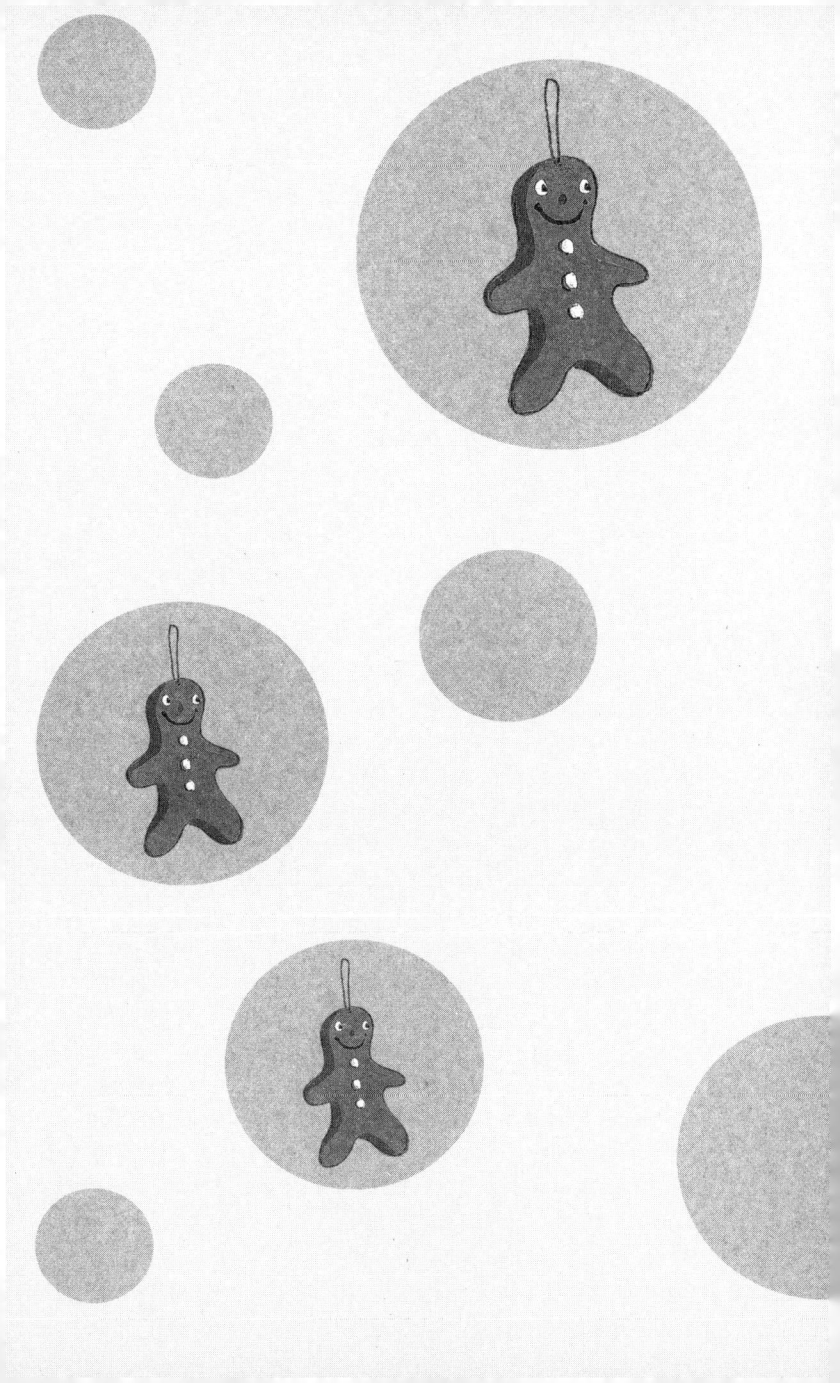

schenleeren Sackgasse, drehte um, sah die Spuren meines Radls im Schnee – und wunderte mich.

Außer meinen sah ich nämlich eine zweite Radlspur. Sofort hatte ich wieder das komische Gefühl im Rücken. Himmel aber auch! Ich war echt ein mieser Detektiv – ich hatte niemanden gesehen oder gehört. Und doch folgte mir jemand!

Da gab's nur eins: Flucht!

Wie wild trat ich in die Pedale und hatte das Ende der Sackgasse auch schon fast erreicht, als mir ein genialer Gedanke durchs Hirn schoss: Ally, versteck dich!

Ich bog um die Ecke und suchte mit den Augen die Reihe der Häuser nach einer geeigneten Nische ab. Und da war eine! Wie der Blitz stieg ich ab, schob das Rad in einen engen, absolut finsteren Durchgang, lehnte es an die Wand, kniete mich mit hämmerndem Herzen in den Schnee, stützte mich mit den Händen ab und lugte um die Hausecke.

Ich musste nicht lange warten. Zehn, zwanzig Sekunden. Maximal eine Minute vielleicht. Zuerst hörte ich das leise Knirschen der Räder im Schnee, dann schälte sich ein nachtschwarzes Radl aus der nicht ganz so schwarzen Finsternis, darauf befand sich eine dunkle Gestalt, die, im Gegensatz zu mir, vorschriftsmäßig mit einem Fahrradhelm ausgestattet war. Der leuchtete fast so hell wie die Birnen einer Lichterkette.

Die Gestalt fuhr also auf dem Radl und an meinem Versteck vorbei, verlangsamte die Fahrt, bremste, stieg ab, spielte mit der Nase knapp überm Schnee Winnetou, der Fährtenleser, schaute nach links und nach rechts, obwohl es da überhaupt nichts Besonderes zu bestaunen gab, und lehnte das schwarze Radl an die Hauswand.

Ich schluckte hastig und hielt verzweifelt die Luft an, sonst wäre mir nämlich mein Herz vor lauter Angst aus dem Mund gehüpft: Die schwarze, behelmte Gestalt näherte sich meiner Nische!

Schon fühlte ich die eiskalten Hände, die sich um meinen zarten Hals schlossen und mir mit dem Atem auch das Leben raubten – Herr im Himmel! Hilf!!!

»Ally?«

Ally? Wieso Ally?

»Komm raus, ich weiß, dass du dich hier versteckst!«

Vor Erleichterung küsste ich fast den Schnee: Ich war noch mal mit dem Leben davongekommen! Aber dann – dann sprang ich auf und brüllte, was meine Lungen hergaben. »Du Trottel! Dich zeig ich an! Was fällt dir ein, mich schon wieder zu verfolgen!?« Na ja, was ich dem Depp sonst noch an den Kopf warf, war extrem unhöflich und muss an dieser Stelle nicht wiedergegeben werden. Als ich meiner Empörung genügend Luft verschafft und um einiges ruhiger geworden war, meinte Jan so leise, dass ich ihn kaum verstand: »Ich wollte dich beschützen, Ally. Ehrlich, ich hab's nur gut gemeint. Und wenn du mich für einen Spanner hältst, bist du auf dem Holzweg. Glaub mir das.«

»Mich beschützen? Wovor denn? Ich bin mein ganzes Leben ohne Schutz ausgekommen.«

»Aber –«

»Nix aber! Ich hab 'ne akute Schutzallergie, nur dass du es weißt!«

»Gut. Jetzt weiß ich's.« Jan streckte die Hand aus. »Freunde?«

»Nein. Niemals.«

»Schade. Was dann?«

»Bekannte. Allerhöchstens.«

»Besser als nichts.«

»Halt einfach den Mund und kümmere dich um die Rese!«, fuhr ich ihn an, dann schob ich mein Radl aus der Nische und wir stiegen auf. Zwei Meter weiter stieg ich ab. »Schon vergessen? Ich hab 'ne akute Schutzallergie.«

»Ich …« Jan kratzte sich am Kopf – das, was ich für einen Helm gehalten hatte, waren seine silberblonden Paris-Hilton-Haare. »Ich beschütze dich nicht. Ich begleite dich nur. Geht das in Ordnung?«

»Du gibst wohl nie auf, was? Also gut. Es sind sowieso nur noch zwei oder drei Sträßchen.«

Fury hasst es, wenn ihm ein anderes Pferd zu nahe kommt. Ich hasse es auch, wenn mir einer zu nahe kommt. Genauer: wenn mich einer verfolgt und zu Tode erschreckt. Mann, was hab ich nicht schon über Spanner gehört! Und gelesen hab ich ganz furchtbare Sachen! »Warum hast du mich nicht einfach gefragt, ob du mit mir radln kannst?«, wollte ich wissen.

»Wärst du einverstanden gewesen?«, entgegnete Jan.

»Nö.«

»Siehst du. Deshalb hab ich dich nicht gefragt.«

»Aha.« Wir radelten gerade durch die Schustergasse. Die war kurz, eng und dunkel. Und menschenleer. Eigentlich ziemlich gruselig. »Woher wusstest du überhaupt, dass ich auf Girlandensuche bin?«

Jan lachte. »Ich kenne dich. Ich war mir ganz sicher, dass du die Suche noch längst nicht aufgegeben hast. Deshalb hab ich angerufen und wollte dich sprechen. Deine Mutter sagte, du seiest gerade losgefahren.«

Mit meiner Ma musste ich ein ernstes Wort reden. »Und dann warst du in null Komma nichts überm Zipfelbach und –«

»Ja. Sozusagen«, bestätigte Jan.

»Das hört jetzt auf. Versprochen?«

»Hör zu, Ally. Wie wäre es – ?«

»– wenn du dich ein für allemal um meine Schwester kümmern würdest?«

»Nein.«

»Was – nein?!«

»Nein. Ich meine: Nein, ich kümmere mich nicht um deine Schwester.«

»Warum denn nicht, um Himmels willen?«

»Weil ich's nicht will, darum.«

Warum willst du's nicht, verkniff ich mir gerade noch und sagte stattdessen: »Blödmann.«

»Blödfrau.«

Noch eine Straße, dann waren wir durch die Altstadt durch. Weit und breit keine Girlande mit Lichterkette. Pech gehabt. Aber gut; morgen war wieder ein Tag. Und ein Abend, in dem ich die Suche fortsetzen würde.

Schweigend radelten wir zu unserem Erlenhof hinaus.

Dort sagte Jan: »Gute Nacht, Blödfrau.«

Ich sagte: »Ebenfalls gute Nacht, Blödmann.«

Mein Radl stellte ich ab und wartete geschlagene zehn Minuten in der Affenkälte, bis Jans Rücklicht nur noch als winziges rotes Pünktchen in der Dunkelheit leuchtete. Dann machte ich mich zur Brücke übern Zipfelbach auf. Vorsichtig und zu Fuß näherte ich mich und hielt Ausschau nach meiner Schwester Rese. Die war weg. Ich linste in alle Richtungen, und als ich sicher war, dass mich absolut niemand beobachtete, knüpfte ich das winzige Päckchen ans Geländer.

Kurz vorm Schlafengehen rannte dann die Rese nochmals ins Freie und kam triumphierend mit eben dem Päckchen zurück.

»Schau mal!«, rief sie und hielt mir das mickrige Freundschaftsbändchen unter die Nase. »Ist das nicht hübsch? Absolut niedlich ist das. Findest du nicht auch, Ally?«

Ich knurrte nur. Giselbert war ein alter Esel; er hatte ein Zettelchen zum Bändchen gelegt, auf dem stand dasselbe wie gestern: »Für Rese von einem, der sie liebt.«

Ziemlich einfallslos das Ganze. Aber was konnte man von einem Kerl wie Giselbert schon erwarten? Ich seufzte: Den musste ich mir zur Brust nehmen. Am besten, ich schrieb ihm die Liebesbotschaften vor, sonst wurde nie was aus der Sache.

»Von einem der sie liebt« – mehr hatte der Loser wohl nicht zu bieten. Aber er passte eben wie kein anderer zu Rese. Das war klar. Sonnenklar sogar.

Auf jeden Fall reichte es, dass sie sich wahnsinnig freute.

An diesem Morgen aß sie vor lauter Freude ganze zehn Honigpops.

Voll der Wahnsinn, wenn jemand verliebt ist. Aber wirklich!

18. Dezember

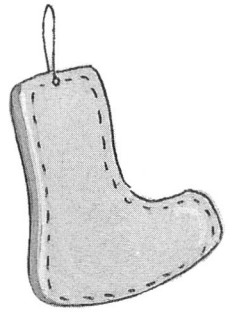

D er Montag gestern war nicht mein Tag gewesen.

Über all den Aufregungen in meiner Familie hatte ich die Schule nicht mehr wichtig genommen und bekam an diesem Tag die Rechnung präsentiert: In Englisch eine 3–4, in Mathe eine 4. Soweit war's ja noch in Ordnung, aber der Ebi Rattelhuber hatte in meiner Bio-Arbeit ein grässliches Blutbad angerichtet; die Note war entsprechend und weit entfernt von einer 4, die gerade noch so akzeptabel gewesen wäre. Aber gut, bis zum Halbjahreszeugnis war es noch lange hin, also regte ich mich ab.

Ich schrieb Giselbert für die Rese eine heiße Liebesbotschaft und tauschte in der großen Pause das Zettelchen gegen das Geschenk, das er für sie besorgt hatte. Giselbert bedankte sich für meine Mühe und versprach mir hoch und heilig, den Text eins zu eins abzuschreiben, vorausgesetzt, er bekäme morgen Nachschub. »Klar doch«, sagte ich. »Dein und Reses Glück geht mir über alles, Giselbert.«

Bis zu diesem Augenblick war ich ziemlich entspannt; erst als mir meine Freundin Jule in der großen Pause aufzählte, welche Weihnachtsgeschenke sie schon für ihre Lieben unterm Bett gehortet hatte, fuhr mir der Schreck so richtig in die Knochen. Ich hatte noch kein einziges!

Obwohl wegen Nicks »Hilfe-für-den-Nachbarn«-Sammelwut meine Finanzlage absolut katastrophal war, schlurfte ich am Nachmittag über den Weihnachtsmarkt: überall Wucherpreise. Nur die Freundschaftsbändchen waren erschwinglich, aber wer beglückt seine Eltern schon mit Freundschaftsbändern?

Aus dem Angebot suchte ich dann doch eines für Benno heraus; vielleicht heiterten die bunten Farben den Miesepeter ein bisschen auf. Für Fury kaufte ich eine super Creme zur Fellpflege, danach hatte ich noch Euro 1, 27 und war so gut wie pleite. Allerdings bestand Hoffnung: Wenn ich nämlich die Girlande mit der Lichterkette finden würde, könnte ich ein güldenes Band herumbinden und sie als Geschenk für die ganze Familie unterm Baum legen. Ich fand die Idee spitzenmäßig und kaufte für einen Euro schon mal das Band. Es war nicht das schönste und schon gar nicht das breiteste, aber wenigstens stahl es dem Geschenk nicht die Schau.

Am späten Nachmittag wollte ich die Gegend um unsere Sporthalle samt Freibad abradeln. Kaum war ich aufgestiegen, stellte sich prompt wieder das komische Gefühl im Rücken ein. Der kann was erleben, dachte ich, radelte um die Ecke und hinter den ersten Baum. Und schon gondelte Jan daher, ich schoss aus der Dunkelheit und voll in sein verrostetes Radl. »Blödfrau!«

»Das war Absicht, du Blödmann!«, schrie ich, warf mein Radl herum und düste fort. Das komische Gefühl war weg und kam auch nicht wieder. Gut so.

Rese freute sich nicht besonders über ihr zweites Freundschaftsbändchen, obwohl Giselbert, der Geizkragen, »Doppelt geknüpft hält besser«, über meine Liebesbotschaft geschrieben hatte. Echt, die hatte es in sich. »Mein Herz glüht für dich heißer als die Sonne im August« – das klang einwandfrei, stammte aus dem Internet und versetzte Rese in Ekstase.

Auf dem Weg zur Schule heute Morgen überholte ich einen Fußgänger mit einem Schopf in Paris-Hilton-Silberblond. Ich bremste, wartete kurz und fragte freundlich: »Mitfahrgelegenheit gewünscht?«

»Danke. Ich fahre lieber selber.«

»Bist wohl beklötert? Wie soll das gehen, so ohne Rad?«

Da packte mich der Wikinger, hob mich einfach vom Sattel und setzte sich selbst drauf. »Mitfahrgelegenheit gewünscht?«

»Blödmann!« Was blieb mir übrig? Ich schwang mich auf den Gepäckträger und ab ging die Post.

Wir überholten meine Schwester. Komplett mit Haarspange, zwei Freundschaftsbändchen und der Aussicht aufs nächste Geschenk heute Abend. »Hallo Rese!«, brüllte ich.

Als sie ihres und Jan mein Radl im Schulhof abstellte, fragte sie natürlich gleich: »Seit wann kümmerst du dich um meine kleine Schwester mit dem Wischmopp auf dem Kopf?«

»Kleine Schwester stimmt. Wischmopp?« Jan grinste. »Also ich weiß nicht. In meinen Augen sind das Haare, die sie auf dem Kopf hat.«

Rese hängte sich ihm an den Hals. »Danke für das süße Freundschaftsbändchen«, hauchte sie ihm ins Ohr.

»Tau'n Deiwel aber auch. Spinnst du?« Jan machte sich los und hüpfte sicherheitshalber einen Schritt rückwärts. Giselbert hatte

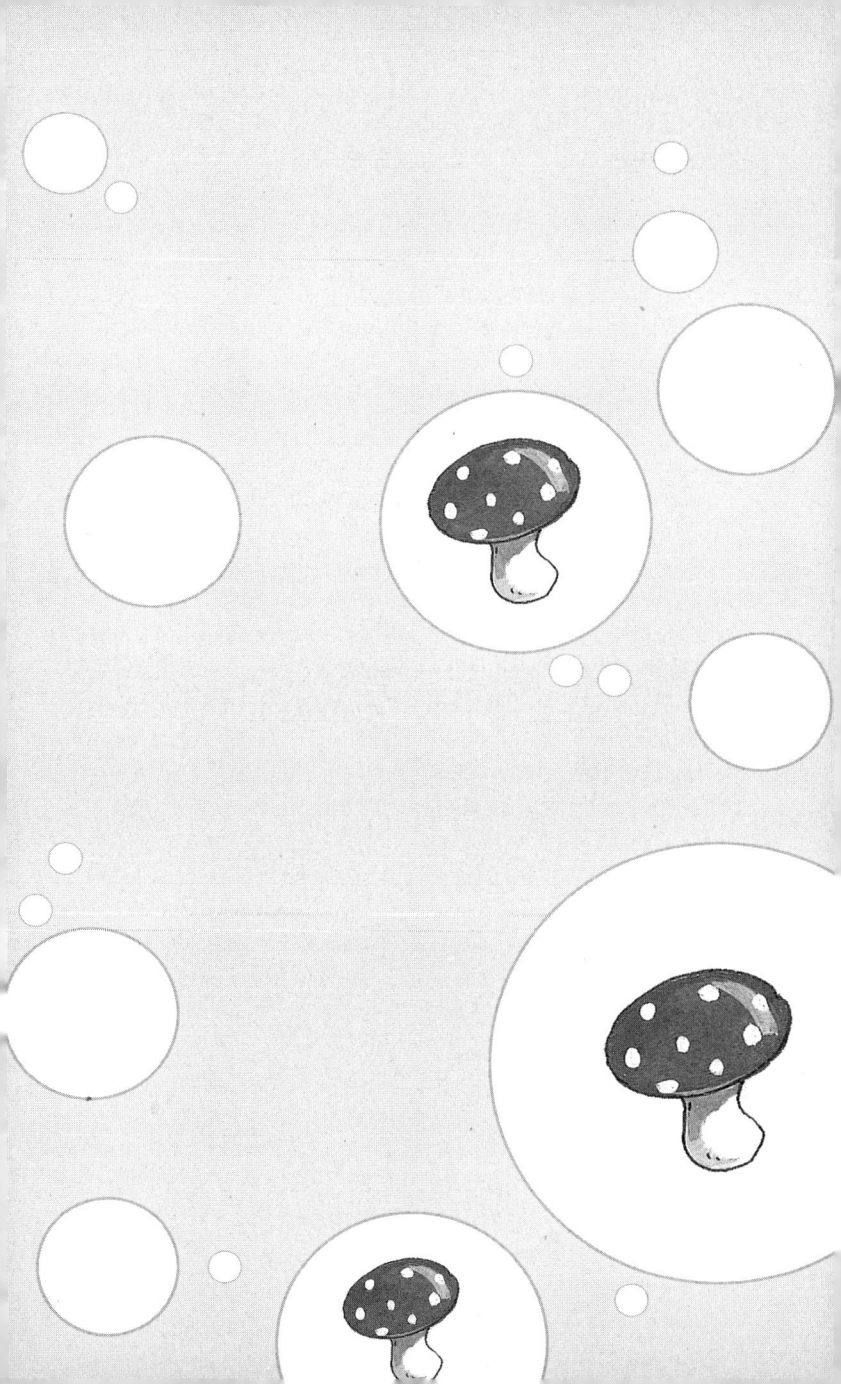

die Szene voll im Blick. Er schaute mich kummervoll an und hob die Schultern. Ich schlenderte zu ihm rüber. »Alles wird gut«, tröstete ich ihn.

»Hoffentlich. Sonst hab ich nix als Auslagen.«

»Das bisschen Knete muss dir die Rese schon wert sein, Giselbert. Und glaub mir – ich tu für dich, was ich kann.«

»Hoffentlich«, wiederholte er.

Zu Hause war wieder dicke Luft. Das merkte ich schon, als ich zur Küche rein kam. Meine Mutter stand am Tisch und zählte Orangen. »Ich weiß bestimmt, dass ich zehn Stück gekauft habe. Jetzt sind aber nur noch acht Orangen in der Obstschale. Wie kann das sein?«

»Wann hast du sie gekauft?«, erkundigte sich Rese gelangweilt. »Heute früh.«

Wir, Rese, Nick und ich, waren gleichzeitig gekommen. Wie immer warfen wir die Taschen in die Ecke, zogen die Anoraks aus, wuschen die Hände – unsere Mutter achtete streng auf Sauberkeit – und setzten uns auf die Bank. Die Orangen waren in Griffweite. Nick rutschte hin und her und sagte nichts. Seine Hosentaschen beulten sich nicht aus, auch sein Pulli lag normal am Körper an. Aber als er nach dem Essen vor mir die Treppe hochging, fielen mir die geschwollenen Knöchel auf; die standen nämlich meilenweit ab.

Ich folgte ihm in sein Zimmer und warf ihn aufs Bett. Das war keine besondere Leistung; vom Mistschippen und Heuschaufeln waren meine Muskeln ziemlich trainiert; ein kleiner Neunjähriger war für mich ein Klacks. »Raus aus den Socken mit den Orangen«, zischte ich leise, damit Rese in ihrem Zimmer nichts mitbekam.

Was blieb Nick übrig? Die Tatsachen sprachen gegen ihn. Er pulte die Orangen aus den Socken und legte sie aufs Bett.

»Du hast die Schinkenwurstbüchse, das Brot und alles andere auch geklaut. Stimmt's?«

Er nickte. »Nicht petzen, Ally!«, flehte er.

Mir war klar, dass er das Diebesgut nicht selbst gegessen hatte. »Für wen klaust du? Und warum? Und wehe, du machst den Mund nicht auf!«

Er bockte. Erst als ich zur Tür schritt, kapierte er, dass es mir ernst war.

»Für Sam«, flüsterte er. »Die haben echt kein Geld für nix. Weil doch sein Vater arbeitslos ist. Und seine Mutter im Krankenhaus war. Die sind arm, Ally!«

»Das Hilfe-für-den-Nachbarn-Geld ist wohl auch zu Sam gewandert?«, forschte ich weiter.

»Ja.«

Ich verstand meinen Bruder wirklich nicht. »Du Idiot! Ma hätte einen Fresskorb für die Familie gerichtet, wenn sie von deren Not gewusst hätte. Warum hast du nichts gesagt?«

Nick hob die Schultern. »Ich hab's ja auch erst so nach und nach mitbekommen, wie schlimm es dem Sam und seinen Eltern geht. Das musst du mir glauben, Ally!«

»Aha. Deshalb hast du immer wieder ein paar Sachen geklaut. Bist einfach reingerutscht in den Schlamassel.« Ich dachte nach. »Und jetzt? Sind sie immer noch so arm?«

»Ja.«

»Die Decke? Die gefütterten Handschuhe? Wanderten die Sachen auch zu Sam?«

»Ja. Klauen geht jetzt nicht mehr, was?«

»Ausgeschlossen. Nick, es hilft alles nichts. Geh runter und –« Mir fiel noch was ein. »Was ist mit der Girlande samt Lichterkette passiert? Die hast aber nicht du – ?«

Nick riss die Augen auf. »Die Girlande? Mensch, Ally, überleg doch –«

Rese war Weltmeister im Stören: Immer im allerungeeignetsten Augenblick tauchte sie auf. »Was geht hier vor?«, erkundigte sie sich misstrauisch.

»Weihnachtsgeheimnisse«, sagte ich sofort und schob die zwei Orangen unter Nicks Kopfkissen. »Was ist?«

»Es geht um Giselbert. Kommst du mal mit, Ally?«

Was blieb mir übrig? Ich folgte Rese in ihr Zimmer.

»Es geht nicht um Giselbert; es geht um seinen Bruder«, sagte sie dann gleich.

»Um Clemens? Ich denke, der knutscht mit Clarissa.«

»Knutschen ist nicht das Thema. Clemens posaunt überall he-

rum, dass Jan mir Geschenke macht. Das ärgert den Giselbert. Ist ja klar. Er ist zwar meine Übergangslösung, aber mit dem Jan geht es einfach nicht vorwärts«, klagte sie.

»Pech für dich. Wem hast du von den Geschenken erzählt?«

»Nur meinen besten Freundinnen. Warum auch nicht?«

»Bist du noch bei Trost!«, schrie ich sie an. »Du Schwachkopf weißt doch gar nicht sicher, ob sie tatsächlich von Jan sind, oder?«

Rese ließ den Kopf hängen. »Ich denk's mir halt so …«

Ich atmete tief ein und tief aus. Drei Mal, vier Mal, fünf Mal. Dann war meine Wut nicht mehr ganz so schlimm. »Du vermasselst dir wirklich alles. Nimm mal an, die Geschenke sind von einem Jungen, an den du überhaupt nicht denkst. Von einem, der dir auf dem Geschenkeweg sagen will, dass er dich ganz toll findet.«

Rese nickte brav. »Und?«

»Nimm mal weiter an, er denkt jetzt, die Geschenke machen keinen Sinn, weil du nur den Jan im Kopf hast. Aber ob Jan dich im Kopf hat, ist ungewiss. Du gibst ja selbst zu, mit dem gehe es nicht vorwärts. Es fehlen die Beweise. Richtig?«

»Na ja. Eigentlich schon«, gab sie zu.

»Eben. Also –« O Gott, was konnte ich nur tun, damit Giselbert bei der Stange blieb? Wo ihn doch die paar Euro schon so wurmten.

»Also?«, wiederholte Rese.

Ich dachte fieberhaft nach. Und dann … dann … dann hatte ich einen Geistesblitz! »Ruf einfach den Giselbert an und sag ihm, sein Bruder wäre nur sauer, weil du nichts von ihm wissen willst. Klar, du bekämst Geschenke. Aber du hättest nicht den leisesten Schimmer, von wem die seien. Das macht ihn eifersüchtig.«

Puh, war ich stolz auf mich!

»Meinst du, das glaubt er?«

»Es ist die Wahrheit.«

Rese zupfte am Freundschaftsbändchen herum. »Ja. Aber was bringt es mir?«

Rese zum Glück zu verhelfen war eine Mammutaufgabe, die mich noch in den Wahnsinn trieb. »Der, der dir jeden Tag ein Geschenk ans Brückengeländer knüpft, muss ein echt toller Typ sein. Der meint es ernst, Rese. Willst du dir den vergraulen?«

Sie zögerte. »Eigentlich nicht.«

»Dann gib ihm noch eine Chance. Ruf Giselbert an. Könnte doch sein, er macht dir die Geschenke.«

Rese warf den Kopf zurück. »Der? Nie im Leben!«

»Du weißt es nicht«, beharrte ich, griff nach ihrem Handy und hielt es ihr vors Gesicht. »Ruf an.«

»Später.«

»Jetzt.«

O.K., sie rief an, flötete liebe Worte und verdrehte dabei die Augen.

Meine Schwester war ein Miststück.

Ich ging dann hinunter und in die Halle, wo die Reitschüler im Kreis herum ritten. Wenigstens da gab's keine Neuigkeiten; alles war wie gehabt. Ich streichelte Fury, hielt Ausschau nach meinem Bruder und fand ihn mit seinem Freund Sam im Stall.

»Hast du Ma gebeichtet?«

»Ja.«

»Und?«

»Kein Taschengeld bis Ostern«, klagte er. »Aber wenigstens muss der Esel nicht weg und Sam hat was zu essen.«

Der Kleine deutete auf eine prall gefüllte Plastiktüte, die an der Wand lehnte. »Lauter gute Sachen. Spaghetti und Brot und Käse und so!«

Na bitte! »Siehst du«, sagte ich zu Nick. »Ohne Heimlichkeiten klappt es noch besser.«

Nahrungsmittel und warme Sachen waren das eine, die Lichterkette das andere. Nick hatte die nicht geklaut; eine Lichterkette wärmte nicht, und futtern konnte man sie auch nicht.

Wer hatte die Lichterkette geklaut???

So kurz vor Weihnachten dämmerte es bereits, als Jan gegen vier Uhr zur Reitstunde erschien. Mir fielen fast die Augen aus dem Kopf: Er gondelte auf einem nagelneuen, blitzsauberen Rad ohne die kleinste Roststelle daher.

19. Dezember

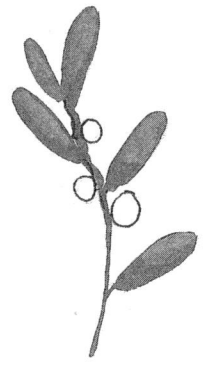

W ohl schon ein verfrühtes Weihnachtsgeschenk?«, hatte ich gefragt.

»Ne. Das Rad fahre ich nur, bis mein eigenes repariert ist.«

»Lohnt sich das denn noch? Ich meine, der viele Rost, und dann nur drei Gänge?«

»Drei sind besser als nur einer«, entgegnete er cool.

Sagte meine Schwester nicht etwas Ähnliches? Drei Lover sind besser als nur einer!

Schule, Hausaufgaben und schlechte Noten hin oder her – ich hatte mich aufs Rad gesetzt und erst mal Giselberts Päckchen mit der neuesten Liebesbotschaft ans Brückengeländer geknüpft. Dann war ich stadteinwärts gefahren und hatte mir die nächste Straßenportion vorgenommen. Ich musste unbedingt die Girlande auftreiben, sonst hatte ich überhaupt kein Geschenk.

Wie ich so strampelte, stellte sich wieder das komische Gefühl im Rücken ein; ich drehte mich um – und wer folgte mir? Jan, der Wikinger.

»Blödmann!«

»Blödfrau!«

»Ich hab 'ne Schutzallergie!«, brüllte ich und raste los, als wären tausend Polizisten hinter mir her.

An diesem Abend hatte ich mir das ältere Neubaugebiet vorgenommen. Die Häuser waren da zwanzig, dreißig Jahre alt und standen in kleinen Gärtchen mit hohen Büschen und ausgewachsenen Bäumen, die den Blick auf die Haustüren verstellten.

Das war blöd.

Mir blieb nichts anderes übrig, als mein Radl abzustellen, die Gartentörchen aufzuklinken und zu Fuß zu den Türen zu gehen.

Obwohl ich fluchte, klapperte ich fleißig eine nach der anderen ab. Es ging so langsam voran, dass ich nur einen Teil meiner Detektivarbeit erledigen konnte. Ich musste nach Hause; wenn ich zum Abendessen nicht erschien, war der Teufel los.

Rese saß schon auf der Bank und freute sich über eine Schokokugel in rotgoldener Folie mit Glitzerdekor. Noch mehr freute sie sich aber über die angehängte Liebesbotschaft. »Rese, du bist süßer als jede Schokolade!«

Die Schokokugel hätte größer sein können, aber Giselbert hatte wenigstens auf ein drittes Freundschaftsbändchen verzichtet.

Ich fieberte dem nächsten Abend entgegen; die Zeit wurde knapp – ich musste die Girlande auftreiben!

So kam's, dass ich an diesem Abend, dem Mittwochabend, wieder losdüste, und weil die Zeit wirklich drängte und es sogar zu schneien begann, achtete ich nicht auf etwaige Gefühle im Rücken.

Ich stellte wieder mein Radl ab und ging zu Fuß; über Spuren im Schnee machte ich mir keinen Kopf, schließlich schneite es so stark, dass die bald unsichtbar wurden.

Wegen des starken Schneefalls waren die Sträßchen menschenleer. Das war schon mal gut, denn wenn jemand mit seinem Hund unterwegs gewesen wäre, hätte er sich über eine Person, die von Tür zu Tür rannte, echt gewundert.

Und dann passierte es: An der Tür eines Doppelhauses las ich zufällig den Namen am Schildchen unter der Klingel »Eberhard Rattelhuber« – Herr im Himmel aber auch!

Da also wohnte der scharfe Hund, der das Blutbad in meinem Heft angerichtet hatte! Aber das war noch nicht alles. Über der anderen Tür des Doppelhauses hing eine Girlande.

Die war so lang und so schön wie die, die uns geklaut wurde.

Das war die gesuchte! Hundertpro! Nein, tausendpro!!!

In null Komma nichts hatte ich die Drahtschlaufen aus den Haken gefieselt. Zwei Mal schlang ich die Girlande um meinen Hals und rannte zu meinem Rad. Ein Glücksfall, dass es so stark schneite!

Mein Rad rutschte und schlingerte durch den Schnee, aber eine Viertelstunde später war ich zu Hause, stellte es ab und rannte in den Stall, wo mein Pa und Benno gerade ihre Runde drehten. Ich drückte mich ins Heu und wartete ungeduldig, bis sie allen Pferden Gute Nacht gewünscht hatten und im Büro verschwunden waren, wo sie sich wie jeden Abend bis zum Essen ums Geschäftliche kümmerten.

Es knackte irgendwo. War da jemand? Ich horchte; nein, die Männer waren todsicher im Büro. Mit zitternden Fingern rollte ich die Girlande, mein kostbares Weihnachtsgeschenk, eng zusammen, um sie bis Heiligabend im Heu zu versenken. Da, erst da fiel mir das kleine Schildchen auf: »Blumenhaus Vergissmeinnicht«.

Wie bitte? Blumenhaus Vergissmeinnicht? Meine Mutter kaufte immer in Irenes Blumenladen ein. Das Vergissmeinnicht war ihr zu teuer, und überhaupt konnte sie die Verkäuferin dort nicht leiden. Die Girlande sank zu Boden: Hatte ich wieder mal die falsche erwischt? Hatte ich mir gewünscht, es wäre die richtige und deshalb … Ich legte die Girlande aus und schätzte die Länge ab.

Konnte es tatsächlich sein, dass sie zu kurz war? Das musste ich überprüfen! Mein Blick fiel auf die Schnüre am Haken, ich zog einen herunter, legte ihn an die Girlande, machte einen Knoten in der richtigen Länge, rannte auf Zehenspitzen los, die Boxengasse entlang, Fury wieherte leise, die anderen Pferde dösten schon – und prallte in eine Gestalt. Fast hätte ich geschrien. Fast. Jemand hielt mich fest und presste meinen Kopf an seinen Leib.

Was zum Teufel aber auch …

»Tau'n Deiwel, Ally! Halt den Mund! Ich bin's!«

Es war der Wikinger. Schon wieder der! »Verdammt aber auch! Was tust du hier?«

»Was wohl?«

Ich war zu entsetzt und auch viel zu wütend, um mit ihm zu streiten. Und überhaupt war die Zeit knapp: das Abendessen! Und die Girlande – war es wirklich die falsche?

»Lass mich! Ich muss was prüfen!« Die Schnur hinter mir herziehend rannte ich ins Freie. Ich hätte die Leiter gebraucht, um die Girlande zu messen. Was für ein Mist! Jan war größer als ich. »Hier! Nimm das – !« Ich deutete nach oben.

Er kapierte sofort, stellte sich auf Zehenspitzen, legte die Schnur an … Himmel aber auch! Unsere Girlande war um etliches länger.

Mein Herz klopfte wie wild. »Es ist die falsche.«

»Bring die andere zurück, Ally!«

Nichts leichter als das. Ich schaute auf die Uhr; es könnte gerade noch bis zum Abendessen reichen. Aber es handelte sich um die Girlande vom halben Haus neben Ebi Rattelhofers. Hatte ich ein zweites Mal Glück? Oder würde der scharfe Hund gerade dann nach dem Schnee schauen, wenn ich die falsche Girlande wieder an die Haken hängte?

O Gott, in welches Schlamassel hatte ich mich da reinmanövriert? Und alles nur wegen einem Weihnachtsgeschenk für die

ganze Familie! Weil ich nur noch Cent 27 besaß! Weil ich sozusagen pleite war! Weil ich die ganzen Euros meinem mitleidigen Bruder in die Pfote gedrückt hatte! Das hatte ich jetzt davon!

»Ich kann die Girlande aber auch zurückhängen«, erbot sich
Jan.

»So weit kommt's noch!«, schimpfte ich und überlegte: Raus aufs
Rad, hin zu Rattelhubers Nachbarhaus, Girlande hoch, zurück.

Es würde wirklich knapp werden, aber mit ein bisschen Glück
waren nicht mehr als zehn Minuten Verspätung drin.

Ich riss Jan die Schnur aus der Hand, rannte in den Stall, warf die
Schnur über den Haken, schnappte die Girlande, schlang sie zwei
Mal um den Hals, düste raus, holte das Rad.

Und war weg.

Es schneite wie verrückt, mein Rad schlingerte wie die Titanic
kurz vorm Untergang, aber ich schaffte die Strecke in null Komma
nichts, stellte das Rad zwei Häuser vorm Doppelhaus ab und –

»Mensch, Jan!« Jetzt war nicht die Zeit für einen saftigen Streit,
jetzt hatte ich Wichtiges zu erledigen! Ich pirschte mich ans Doppelhaus, horchte … alles totenstill, nur ein Depp würde bei dem
Schneefall aus dem Warmen kommen … stellte mich auf Zehenspitzen, versuchte, die Drahtschlingen in die Haken zu hängen …
und wurde zur Seite geschubst.

»Lass mich ran!«

Es war gut, dass Jan so viel größer war als ich. Ich hätte vermutlich die Girlande vor die Tür legen müssen, und die Besitzer hätten
dann das Wunder der liegenden Girlande dem Nikolaus in die roten
Stiefeln geschoben – hundertpro!

Ich hielt den Atem an und drückte uns die Daumen, und die Gir-
lande hing auch schon so gut wie über der Tür, aber dann passierte
Jan ein kleines Missgeschick. Mit der rechten Hand hängte er die
vorletzte Schlinge ein, mit dem linken Arm stützte er sich an der
Hauswand ab, der Ellbogen lag auf Höhe der Klingel – das blöde
Dingdong, Dingdong war meilenweit zu vernehmen!

Wie die Hasen hüpften wir das Wegchen zurück und versteck-
ten uns hinter einem Busch, der sich unter der Last des Schnees
durchbog.

Prompt ging erst das Licht im Flur an, was wir wegen eines Fens-

terchens sehen konnten, dann öffnete sich die Tür, dann trat ein Mann heraus, ihm folgte ein zweiter … Rattelhuber!!!

Voll der Wahnsinn …

Die Männer sahen zuerst die Spuren im Schnee, dann das herunterhängende Ende der Girlande samt Lichterkette, und dann, dann taten sie das, was ich an ihrer Stelle auch getan hätte: Sie folgten den Spuren unserer Stiefel.

Das Blutbad, das Rattelhuber in meinem Bio-Heft veranstaltet hatte, war nichts im Vergleich zu dem, das mir jetzt bevorstand – der würde mich in der Luft zerreißen, der scharfe Hund!

Mir fiel das Herz in die Hose.

Da zischte Jan mir ins Ohr: »Rühr dich nicht vom Fleck! Kapiert?« Und weg war er. Er düste hinterm Busch vor und raus auf die Straße, dass der Schnee nur so durch die Luft wirbelte. Die zwei immer hinter ihm her. »Haltet den Dieb!«, brüllten sie.

Aber klar: Bei dem Schneefall blieb jeder im Warmen, der nicht unbedingt raus musste. Zum Beispiel einen Girlandendieb verfolgen oder so.

Ich rührte mich nicht. Nach einer Weile gaben Rattelhuber und Nachbar die Verfolgung auf und kamen zurück. Mein Gott, wie die schnauften! Wie altmodische Dampflokomotiven!

Zuerst blieben sie noch eine Weile vor der Haustür stehen, dann hängte Rattelhuber die letzten Drahtschlingen in die Haken, er war nämlich größer und nicht ganz so dick wie sein Nachbar, dann unterhielten sie sich noch kurz über den frechen Dieb, der ihnen unerkannt entwischt war, dann sagte der Nachbar: »Jetzt ein Bierchen oder zwei, was?« und Rattelhuber folgte ihm ins Warme.

Die Tür schloss sich, und nach gefühlten hundert Stunden atmete ich wieder normal und schlich auf die Straße raus.

Der Rattelhuber war ja vielleicht behämmert! Hatte geglaubt, er und sein Nachbar hätten es mit nur einem Dieb zu tun! Ja, ja, in den Fächern Beobachten, Kombinieren und Verfolgung aufnehmen hatte er lauter Sechser verdient!

Das freute mich.

Es freute mich auch wahnsinnig, dass Jan ihnen so locker entkommen war. »Das war überhaupt kein Problem«, sagte er, als wir auf unseren Rädern durch den Schnee rutschten. »Hat mir direkt

Spaß gemacht. Aber weißt du was, Ally? Dass du zum ersten Mal das getan hast, was ich dir gesagt hab, das freut mich echt.«

»Bilde dir bloß nichts darauf ein«, fauchte ich. »Gerannt wäre ich so flott wie du; nur gedacht habe ich nicht so schnell.«

Er lachte so richtig fies. »Warum bist du eigentlich so versessen auf die blöde Girlande? Wo doch längst wieder eine über der Stalltür hängt?«

»Geht dich nichts an.«

»Hör mal! Ich hab dich aus dem Schlamassel gezogen! Der Rattelhuber hätte dich durch den Wolf gedreht! Findest du nicht, dass du mir was schuldig bist? Also sag schon: Warum bist du so wild auf die Girlande?«

Das mit Rattelhuber stimmte, also sagte ich ihm, dass ich pleite und daher total unfähig war, auch nur das allerkleinste Weihnachtsgeschenk zu kaufen.

»Ich leihe dir ein paar Euro«, sagte Jan sofort.

»Nett von dir. Aber mir fällt schon noch etwas ein«, antwortete ich rasch.

»Ja? Was denn?«

Wir bogen in unsere Hofeinfahrt ein. Ich bremste. »Weiß noch nicht. Gute Nacht dann, Jan!«

»He! Ist das alles? Gute Nacht, Jan?!«

»Was willst du denn noch?« Ich stellte mein Rad ab und rannte zur Küchentür. Patsch, die schlug hinter mir zu und Jan konnte sehen, wo er blieb.

»Du kommst zehn Minuten zu spät«, sagte Rese sofort. »Schau mal, was ich heute von meinem unbekannten Lover bekommen habe!«

Sie hielt ein rotes Schokoladeherzchen hoch. »So süüüß!«, flötete sie. »Möchtest du lesen, was da auf dem Zettelchen steht?«

Ne, das war nicht nötig. Ich hatte es ja dem einfallslosen Giselbert vorgeschrieben: »Mein Herz schlägt nur für dich allein«.

Bäh!!!

20. Dezember

Noch zwei Tage Schule, dann fingen die Weihnachtsferien an. Entsprechend ausgelassen waren wir Schülerinnen und Schüler; Null Bock auf Unterricht und Lernen, war ja wohl klar. Die meisten Lehrer lasen uns langweilige Geschichten über Kinder vor, die sich im Schnee verliefen oder Weihnachtsfreude holen gingen. Als ob man die bei Aldi oder Lidl aus dem Regal nehmen könnte, also wirklich! In der vorletzten Stunde am Donnerstag sahen wir »Der König der Löwen« auf DVD, dann hatten wir Musik. Da sangen wir Mädchen dann Weihnachtslieder, während unsere Jungs, voll im Stimmbruch natürlich, wie die Boliden beim Formel-1-Rennen brummten.

Was ich damit sagen will: Der Vormittag verlief ereignislos. Ich hatte echt viel Zeit, mir eine saftige Liebesbotschaft auszudenken. Sie lautete:

Giselbert, das ist die Botschaft für heute: Du bist das Licht meiner Tage! Ich liebe dich, ich sehne mich nach dir und will dich tausendmal küssen!

Das klang gut, fand ich, und würde Rese so richtig in Schwung bringen. Und Giselbert könnte eine Schokokerze in rotgoldener Folie besorgen. Die kostete nicht viel, machte aber einiges her.

Nach der letzten Stunde zog ich den Anorak an, wickelte den Schal um den Hals, setzte die Mütze auf und wartete auf Giselbert. Der schlich aus dem Klassenzimmer, sah weder nach rechts noch nach links und hatte mich offensichtlich komplett vergessen.

Erst im Pausenhof holte ich ihn ein und bekam den Schreck meines Lebens. Der Junge hatte Tränchen in den Augen!

»Ally, ich geb's auf. Die Rese hängt immer in der Nähe von Jan herum.«

»Ach du … ! Hör mal, Rese muss sich um Jan kümmern, schließlich bringen wir ihm das Reiten bei. Sie gibt ihm Tipps, weißt du. Nur Tipps. Das ist alles. Mensch, Giselbert! Das mit Jan hat nichts zu bedeuten – das ist rein beruflich. Glaub mir das!«

Das Nasse in Giselberts Augen trocknete im Nu. »Wirklich?«

»Klar doch. Schau mal, was ich für dich habe.« Ich zog das Zettelchen aus der Anoraktasche. Und da passierte es.

Jeder weiß, dass auf einem Pausenhof immer die Hölle los ist. Vor allem nach Unterrichtsende, und so kurz vor den Weihnachts-

ferien erst recht. Da musste man froh sein, wenn man nicht umge-
rempelt oder im Gewühl totgedrückt wurde. Im Grunde genommen geschah mir nichts, ich wurde nur von einem kleinen Fünfer in
den Schnee gestoßen – der Kleine wollte seine Mütze wiederhaben,
die ihm ein Kumpel vom Kopf gezogen und dann die Flucht ergrif-
fen hatte.

Leider fiel mir dabei der Zettel aus der Hand. Giselbert war noch
nie der Schnellste; bevor er kapierte und sich bückte, hatte sich einer aus der Sechsten den Zettel geschnappt – und rannte davon.

Jan hatte das Unglück beobachtet und nahm sofort die Verfolgung auf. Mit seinen langen Beinen hatte er in null Komma nichts
den aus der Sechsten eingeholt, ihm das Zettelchen aus der Pfote
gerissen, sich umgedreht und war zu Giselbert zurückgegangen,
doch anstatt ihm oder mir den Zettel gleich wieder zu geben, las er,
was ich geschrieben hatte.

Ein höflicher Mensch tut das nicht; ein höflicher Mensch achtet
das Briefgeheimnis.

Ich war längst aufgestanden, hatte den Schnee von den Jeans
und vom Anorak geklopft und streckte die Hand aus. »Der Zettel
ist nicht für dich, Jan.«

»*Du bist das Licht meiner Tage* ... Ally, ist das wahr? Ist Giselbert
das Licht deiner Tage? Willst du ihn tausendmal küssen?«

Er sah mich an... Mann o Mann, wir wurde ganz schlecht. Der
Todesblick meines Vaters war nichts gegen diesen Blick.

»Der Zettel ist nicht für dich, Jan«, wiederholte ich – und dann
kapierte ich! Jan dachte, es sei meine Liebesbotschaft für Giselbert – ein Liebesgeständnis sozusagen! »Es... es ist nicht so, wie du
denkst«, sagte ich hastig.

»Wer's glaubt.« Jan blickte auf den Zettel »*Ich liebe dich. Ich sehne
mich nach dir.* Tau'n Deiwel aber auch, Ally, da muss ich nicht auf
den Grund loten, um die Botschaft zu verstehen.« Er reichte mir
den Zettel. »Ich zieh mal lieber die Leinen straff und nehme Fahrt
auf.«

Er bahnte sich einen Weg durchs Gewühl.

Ich stand einfach nur da und rührte mich nicht. Klarer Fall von
Schockstarre. Und Wut.

»Was ist, Ally? Gibst mir jetzt den Zettel oder nicht?« Giselbert

tappte von einem Fuß auf den anderen. Ich reichte ihm den Zettel. Wortlos. Er bedankte sich nicht mal für meine Mühe, der Loser. Und dafür, dass Jan jetzt etwas so total Mieses von mir dachte, entschuldigte er sich auch nicht. Ich wusste es ja schon immer: Giselbert war ein Holzkopf; eben der richtige Freund für meine Schwester Rese.

Ich stand noch immer reglos auf dem Schulhof, als Jan zurückkam.

»Eines muss ich noch wissen, Ally.«

»Was denn?«, krächzte ich, weil mir die Wut auf den Holzkopf auf die Stimme schlug.

»Warum hast du dich ausgerechnet in Giselbert verliebt? Ich meine: Giselbert!«

»Was geht's dich an? Soll ich mich etwa in dich verlieben!«, fauchte ich heiser.

Da sandte Jan keinen Todes-, sondern einen Kummerblick aus. »Warum nicht?«

Mir blieb die Spucke weg. »Na hör mal!«

»Eben. Ich höre nichts.« Er schlurfte Richtung Rostradl.

»Welchen Sinn hätte das auch, wo sich Rese doch jeden Jungen unterm Nagel reißt, du Blödmann?«, schrie ich ihm hinterher.

»Blödfrau!«

Ich stampfte mit dem Fuß auf. Wenn mich Jan tatsächlich für so beklötert hielt, dass ich mich in einen Holzkopf wie Giselbert verlieben könnte, war er ... keine Ahnung. Mir fehlte einfach der Vergleich.

Missmutig machte ich mich auf den Heimweg – und platzte mal wieder in ein häusliches Chaos: Aus der offenen Küchentür und dem Fenster zum Hof quollen dicke schwarze Rauchwolken.

Bei uns brennt's! war mein erster Gedanke. Und das vor Weihnachten! Ciao Christbaum, Geschenke, Lichterglanz und feierliche Stimmung!

Zum Glück waren aber nur die Kartoffeln angebrannt. Das kam so:

Hektor, unserem klugen Hund, ging es seit diesem Tag wieder so gut, dass er seinen täglichen Kontrollgang durch Stall, Koppel und übern Hof aufgenommen hatte. Jash, unser Dackel, war natürlich mit von der Partie, genau wie Sepi, die von Kitekat die Nase voll und Appetit auf ein saftiges Mäuschen hatte. Hektors neuer Freund, der Esel, vermisste ihn und wollte der Sache auf den Grund loten, wie Jan gesagt hätte, wenn er nicht gerade ein so depperter Holzkopf gewesen wäre.

Als Benno zum Ausmisten kam, schrie der Esel I-Ahhh!, rempelte Benno aus dem Weg und suchte so schnell, wie man es dem betagten Tier gar nicht zugetraut hätte, das Weite. Damit meine ich wirklich: das Weite.

Hektor kam wegen seiner langen Leidenszeit nicht so recht mit, aber Jash und Sepi immer hinter ihm her. Der Esel, berichtete Benno später, nahm genau den Weg von Hip Hop – schnurstracks Richtung viel befahrene Bundesstraße.

Mein Pa düste mit dem Jeep los – keine Zeit, um ein Pferd zu satteln! – und folgte Esel, Josh und Sepi. Unterwegs hielt er kurz an und half Hektor auf den Beifahrersitz, wo er hechelnd im Ausguck saß.

Das war das eine.

Das andere war, dass Benno durch den Rempler vom Esel der Stiel der Mistgabel ans Hirn geknallt war. Das tat weh, dazu kam die Wut auf den Esel – Benno brüllte wie am Spieß. Meine Ma stürzte aus der Küche … tja, und das Ergebnis waren die verkohlten Kartoffeln.

Pech gehabt. Trotzdem hatten wir Glück im Unglück: Pa fing auch den Esel noch vor der Bundesstraße ein. Da er immer Seile und Halfter im Jeep hatte, zockelte dann der Esel dem Jeep brav hinterher. Jash leistete Hektor auf dem Beifahrersitz Gesellschaft, doch Sepi hatte wie immer ihren eigenen Kopf und begab sich auf Mäusepirsch.

Wir, damit meine ich meine Familie und Benno, aßen Spiegeleier mit Spinat zu Brandgeruch. Meine Ma bekam aber fast eine Krise, weil Nick die verkohlten Kartoffen in eine Tüte packte, um sie Sams Familie zu bringen.

Man glaubt ja nicht, wie lange sich so ein intensiver Brandgeruch in einer Küche hält!

Alle Kids, die zur Reitstunde kamen, mussten beruhigt werden.

Nicht, dass sie um uns Angst gehabt hätten, o nein! Ihre Sorge galt einzig und allein den Pferden und Rosi, dem Pony.

Jan gondelte dann auch mit seinem Rostradl in den Hof und ließ es vor Schreck einfach neben die Tanne auf den Boden fallen. »Tau'n Deiwel aber auch! Wo ist Ally?«, fuhr er Benno gleich an. Der grinste sich eins. »So, so. Um die Ally sorgst du dich? Nicht um die Rese?«

Ich stand auf der anderen Seite der Tanne und hörte genau, was er antwortete. »Hör mal, Benno! Bin ich beklötert?«

»Ne«, erwiderte Benno so richtig genüsslich. »Du nicht. Aber der Giselbert.« Dann stutzte Benno. »Sag mal, warum verziehst du das Gesicht, als würdest du in einen Pferdeapfel beißen?«

Jan druckste ziemlich herum. »Die Ally ist in Giselbert verliebt«, sagte er schließlich.

Benno, der alte Miesepeter, wurde auf einmal ganz aufgeregt. »Ja bist du noch bei Trost? Eines sag ich dir, Jan Jörk: Eher würde die Ally den Esel küssen als den Giselbert mit seinen gebügelten Haaren!«

Mir wurde ganz warm ums Herz: Benno, ich liebe dich! dachte ich und horchte weiter.

»Echt?«

Benno lachte verächtlich. »Ally und der Giselbert – das ist ja ein Witz. Rese und Giselbert – das passt.« Er trat einen Schritt auf Jan zu. »Könnte es sein, dass du mit Rese nichts im Sinn hast?«, fragte er listig.

»Rese!« Jan machte eine Handbewegung, die ich nicht missverstehen konnte. Ne, wirklich nicht.

»Dann tu was, Junge!« Benno klopfte Jan auf die Schulter. »Tu was und steh nicht so dusslig herum.«

»Aber was … ich meine, was kann ich tun?«

»Das ist dein Bier.« Benno schulterte die Mistgabel, pfiff durch die Zähne und ging zum Stall.

Ich rieb mir die Nase, schniefte ein bisschen, dann gab ich mir einen Ruck; es machte ja keinen Sinn, in der Kälte herumzustehen, also marschierte ich um die Tanne herum. »Hallo, Jan!«

Jan schoss sofort auf mich zu. »Ally, du bist nicht in Giselbert verliebt. Richtig?«

Ich grinste. »Wer sagt das?«

»Benno.«

»Oho. Benno.«

»Was hatte der Zettel zu bedeuten?«

»Geht dich nichts an.«

»Doch. Der Sache lote ich jetzt auf den Grund. Also?«

Die Kids gafften von ihren Pferden herunter. So ein Schauspiel bekamen sie nicht alle Tage geboten, deshalb zog ich Jan hinter die Tanne. »Ich will Rese zum Glück verhelfen. Giselbert ist verliebt in sie, deshalb greife ich ihm unter die Arme.«

»Du hast die Botschaft geschrieben? Bist du noch bei Trost? So was Beklötertes hab ich ja noch nie gehört!«

»Es gibt immer ein erstes Mal«, verteidigte ich mich. »Dein Pech, wenn du –«

»Dann ist er nicht dein Lover?«, unterbrach er mich.

»Giselbert MEIN Lover? Soll das ein Witz sein?«, fragte ich wie Benno.

»Ja, dann…«

Dann nahm Jan mich in die Arme. Einfach so. Ohne Vorwarnung.

»Blödfrau!«, flüsterte er mir ins Ohr.

»Blödmann«, widersprach ich noch, dann… dann brüllte Rese: »Was geht hier vor? Jan, warum hast du Ally im Arm? Du bist doch in mich verliebt und nicht in meine kleine Schwester mit dem Wischmopp auf dem Kopf?«

Sie machte Jan und mir, die die Umarmung mindestens so verblüfft hatte wie Rese, ein solches Theater, dass an die Suche nach der geklauten Girlande an diesem Abend nicht zu denken war.

Erst kurz bevor wir ins Bett gingen, erinnerte sie sich an das tägliche Geschenk am Brückengeländer. Da allerdings kam sie völlig verstört zurück und hielt mir den Zettel unter die Nase. »*Du bist das Licht meiner Tage* – Mensch Ally, wer schreibt mir denn das, wenn es Jan nicht ist?«

Ich lächelte sie an. »Das wird sich bald zeigen, Rese. Jedenfalls muss der Typ schwer in dich verliebt sein.«

21. Dezember

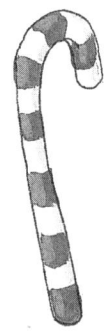

In der Nacht zu Freitag, dem letzten Schultag vor den Weihnachtsferien, hatte ich einen Albtraum: Ich stand mit leeren Händen vorm Baum. Meine Familie, Hektor, Josh und Sepi glotzen mich an, aber ich hatte kein Geschenk für niemand. Es war die Hölle!

Als ich vor Schreck aufwachte, war mein erster Gedanke: Jan Jörk. Für ihn hatte ich erst recht nichts. Danach war an Schlaf nicht mehr zu denken. Ich grübelte und grübelte, wie ich an Geld kommen könnte. Außer Benno anzupumpen, fiel mir nichts ein. Das hatte ich schon einmal gemacht, aber da hatte es sich um fünf Euro gehandelt, die ich ihm eine Woche später zurückzahlen konnte. Aber jetzt … jetzt reichten fünf Euro natürlich nicht hinten und nicht vorn.

Sterne oder sonst was basteln ging aus Zeitgründen nicht mehr, außerdem hatte ich zwei linke Hände.

Ein Gutschein für zehn Mal Boxen ausmisten? Zehn Mal die Spülmaschine ein- und ausräumen? Den Hof kehren? Nick bei den Hausaufgaben helfen? Reses Stiefel auf Hochglanz putzen? Alles Quatsch. Das meiste davon gehörte zu meinen täglichen Aufgaben; meine Familie würde einen Schreikrampf bekommen, wenn ich ihnen dafür einen Gutschein untern Baum legen würde.

Also?

Also blieb nur die Girlande. Die Girlande samt Präsentation des Diebs. Aber die hatte ich nicht. Und: was könnte ich Jan schenken? So wie es seit gestern Abend aussah, wurde er langsam und fast sicher mein Freund – der allererste in meinem leidgeprüften dreizehnjährigen Leben! Da konnte ich doch wirklich nicht mit einem »Gutschein für drei Küsse« oder so antanzen! Wo gab's denn so was!

Bei unserem Metzger könnte ich wahrscheinlich ein paar Knochen für Hektor und Josh erbetteln und für Sepi eine Falle mit einem Stückchen Käse aufstellen, in der Hoffnung, ein Mäuschen würde sich vom Geruch anlocken lassen. Die Leiche würde ich in ein Tütchen stecken, das ich mit Goldband zubinden – Himmel! Das Goldband! Wenigstens das hatte ich bereits. Allerdings – ein Band ohne Geschenk war ein Volltreffer ins Minus.

Blieb noch meine Freundin Jule. Die hatte ich leider in den vergangenen Wochen etwas vernachlässigt, aber Fragen kostete ja nichts – schon wieder kosten!!!

Jule zeigte mir zuerst einen Vogel und dann, wortlos, ihren geöffneten Geldbeutel. Gähnende Leere bis ins letzte Eckchen.

Und in drei Tagen war Heiligabend!

Die fehlenden Geschenke vermiesten mir den Ferienbeginn gründlich. Und noch etwas vermieste mir das Leben: Jan war wie vom Erdboden verschluckt. Morgens fuhr er mir mit seinem Rostradl nicht in den Weg. Er schwänzte den letzten Schultag, und keiner, nicht mal sein Klassenlehrer, hatte eine Ahnung, ob der Junge krank oder mit seiner Familie vielleicht schon zum Skifahren in die Berge oder zum Segeln zwischen Eisschollen hindurch in den Norden gefahren war. Und das, wo ich am Abend zuvor zum ersten Mal von ihm umarmt worden war!

Das Leben meinte es nicht gut mit mir.

»Die Hoffnung stirbt zuletzt« – das war der Titel eines sehr dicken Buches, das mal ein paar Wochen lang in unserem Wohnzimmer herumlag. Die Hoffnung stirbt zuletzt, murmelte ich hoffnungsvoll vor mich hin und schleppte mich nach dem letzten von uns Schülern und unseren Lehrern gegrölten »O du fröhliche, O du selige« zu meinem Rad, um zum Weihnachtsmarkt zu fahren, obwohl ich doch nur noch 27 Cent besaß.

Eine ganze Menge Leute war auf der Suche nach Geschenken. Wie es sich für einen Weihnachtsmarkt gehörte, roch es wieder nach gebrannten Mandeln, nach Zuckerwatte und Glühwein. Die Budenbesitzer legten ihre Würste auf den Grill oder brieten Steckerlfische. In einem großen Kessel dampfte Sauerkraut, und mir lief das Wasser im Mund zusammen; kurz vor zwölf wartete der Magen automatisch auf Nahrung. Aber mit 27 Cent konnte ich mir nicht mal eine halbe Wurst leisten. Am Stand gegenüber, es war einer, der wie ein kleines Hexenhäuschen aussah und auch so dekoriert war, wurden bunte Holzfigürchen aus dem Erzgebirge angeboten; die waren wirklich hübsch, aber mit 27 Cent … Vergiss es.

Ich lehnte mich an einen hohen runden Tisch, an dem zwei Männer ihre Nürnberger mit Sauerkraut futterten, und überlegte zum tausendsten Mal, ob ich nicht doch meine Ma oder meinen Pa um Taschengeldvorschuss anbetteln sollte – lieber Schulden als leere Hände! – als mir ein intensiver Bratgeruch in die Nase stieg. Ne, es war eigentlich kein köstlicher Geruch nach knusprigen Würsten; es

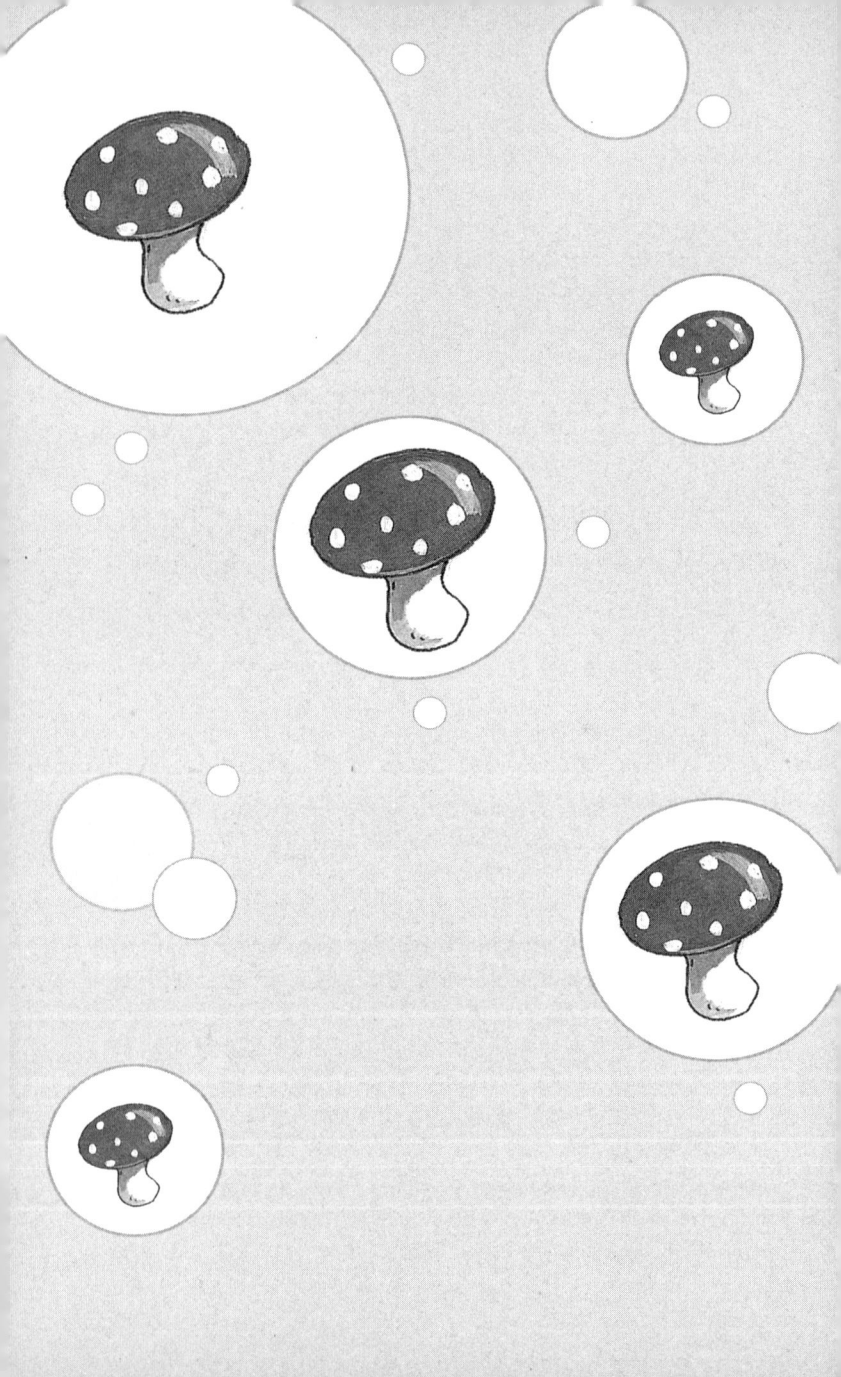

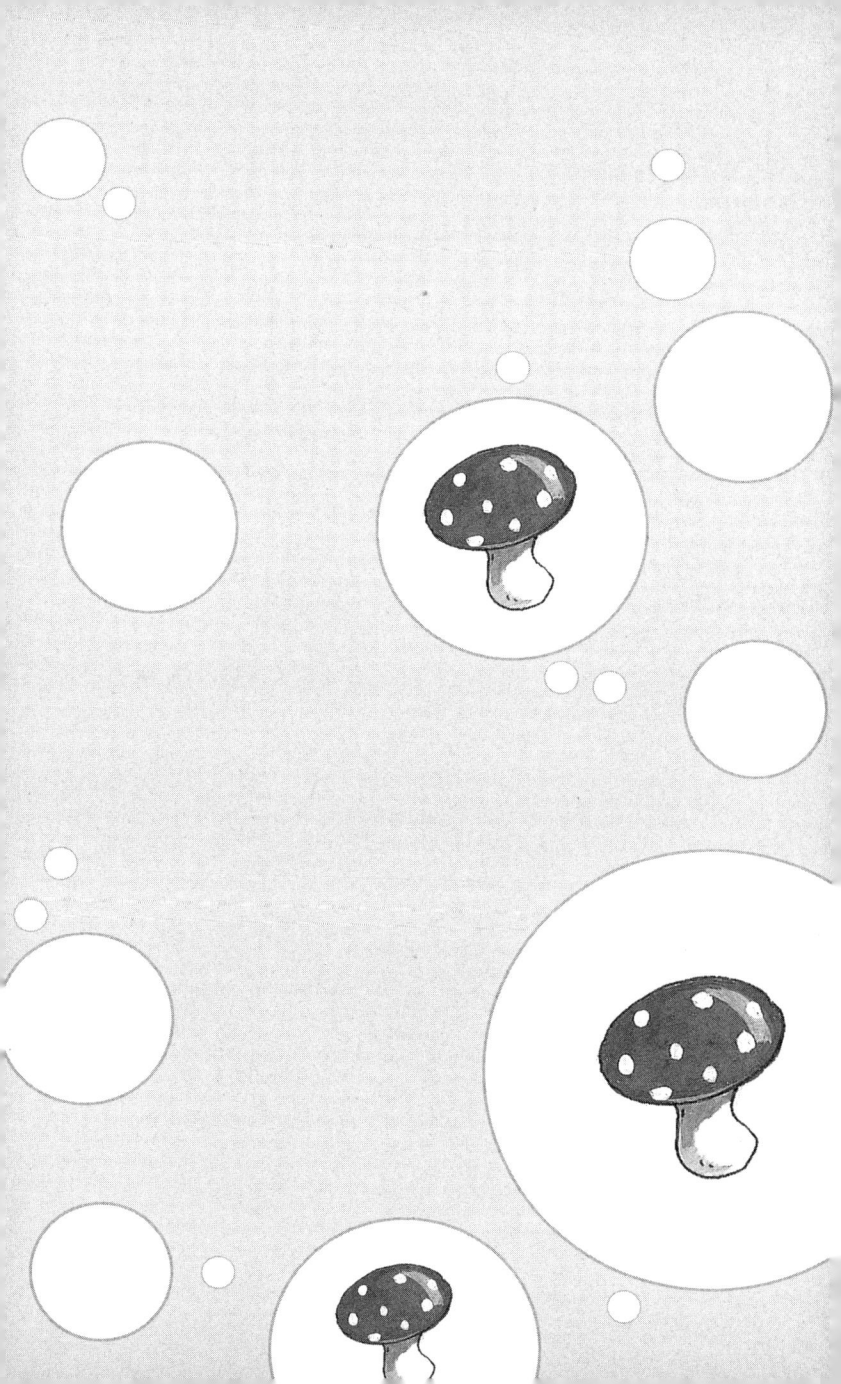

roch … es roch wie gestern in unserer Küche. Nach was Verbranntem. Gleichzeitig sah ich die Katze ganz oben auf dem mit falschen Holzschindeln verkleideten Dach. Die miaute zum Steinerweichen, und wenn ich nicht durch unsere Sepi etwas von Katzen verstanden hätte, wäre es mir wahrscheinlich nicht weiter aufgefallen. Aber so war mir sofort klar: Die Katze hatte Angst. Dann sah ich das kleine graubraune Wölkchen, das wurde größer … im Nu kapierte ich.

Und handelte.

Zuerst schubste ich einen der beiden Männer vors Hexenhäuschen. »Hände zusammen!«, schrie ich. »Ich muss aufs Dach!«

Zum Glück hatte ich keinen Giselbert erwischt; der Mann ließ die angebissene Wurst fallen, verschränkte die Finger, ich stieg auf, warf mich mit Schwung aufs Dach, schob mich hoch, noch höher, bekam die Katze zu fassen, sprang in null Komma nichts aufs Pflaster, fischte das Handy aus der Anoraktasche und wählte 112.

»Schade um die angebissene Wurst«, hörte ich jemand sagen. Inzwischen hatte sich das kleine graubraune Wölkchen zu einer prächtigen Wolke entwickelt. »Es war der Heizofen«, jammerte die dicke Budenbesitzerin und streckte die Arme nach der Katze aus. »Ich weiß gar nicht, wie das passieren konnte!«

Das wusste ich natürlich auch nicht, aber dass unser Polizist angetrabt kam, das sah ich. Dann hörte ich das Tatü-tata der Feuerwehr, die Menschen machten Platz, bildeten brav eine Gasse – zuerst kam ein Feuerwehrauto angedüst, dann ein zweites, und schließlich noch ein größeres mit einer Leiter.

Mann o Mann, was für eine Hektik!

»Ist das eine Übung oder handelt es sich um einen Ernstfall?«, wollte eine Frau wissen.

War die blind? Die Wolke war doch echt nicht zu übersehen. Und dann auch noch der Geruch!

Die Männer in ihren schwarz-rot-weißen Anzügen rollten einen weißen Schlauch aus, einer brüllte genau wie im Fernsehen: »Wasser marsch!« und Sekunden später – vielleicht waren es auch drei oder vier Minuten – war der Brand gelöscht.

Ich war richtig stolz auf unsere fixen Feuerwehrmänner. Die fackelten nicht lange wie zum Beispiel der Giselbert. Die handelten!

Klar, von den hübschen Figürchen aus dem Erzgebirge – wo lag das Gebirge überhaupt? Gab's da Gletscher? – waren eigentlich alle verkohlt und/oder tümpelten im Wasser umher. Wasser! Das erinnerte mich an Jan. 27 Cent und kein Geschenk – ein Jammer sondergleichen.

»Es war das Mädchen. Sie hat die Katze vom Dach gerettet und die 112 gerufen«, sagte jemand. Der Mann, der mir Steighilfe geleistet hatte, zeigte mit einem frischen heißen Nürnberger auf mich.

»Ach! Die Ally! Wer denn sonst?!«

Hans Kuder, unser Polizist, legte mir so richtig polizistenmäßig die Hand auf den Arm und zog mich hinter die Bude. »So. Du hast den Brand also gemeldet. Brav. Nun berichte mal – was genau hast du gesehen?« Wie Ebi Rattelhuber hob er den Zeigefinger. »Schön der Reihe nach, ja?«

Auch wenn man mal ausnahmsweise ein gutes Gewissen hat, wird einem bei so einem Polizeigriff richtig warm. Ich nahm die Mütze vom Kopf. »Also bei uns sind gestern die Kartoffeln angebrannt …« begann ich und endete damit, dass ich wegen unserer Sepi ein fröhliches von einem angstvollen Miauen unterscheiden konnte. »Aber der Mann war super. Der hat sofort kapiert, was Sache ist und hat mir geholfen, dass ich aufs Dach kam«, sagte ich noch. »Das war alles. Und dass man die 112 wählen muss, weiß ja jeder.«

»Trotzdem«, lobte mich Hans Kuder. »Gut gemacht.«

Na ja, ein paar Euro für Weihnachtsgeschenke wären mir lieber gewesen als das bisschen Polizistenlob.

Ich bekam dann aber doch noch etwas geschenkt: Die Budenfrau schmiss einige Handvoll Figürchen aus dem Erzgebirge in eine Plastiktüte. Alle waren sie patschnass, und dass ziemlich viele angekohlt waren, sah ich sogar mit geschlossenen Augen – aber hallo! Es waren Geschenke!!!

Weil inzwischen ziemlich viel Zeit vergangen war, düste ich ruck, zuck nach Hause und kam nur lausige zehn Minuten zu spät zum Mittagessen. Das fiel nicht weiter auf, weil Adrian, unser Tierarzt, zufällig in der Gegend zu tun hatte und einen Abstecher zu uns und unserem Hektor machte. Er erklärte ihn für vollständig genesen und setzte sich mit uns an den Tisch. Meine Ma hatte sich echt ins Zeug gelegt: Schnitzel mit Pommes! Kein Fitzelchen war an diesem Tag angebrannt, daher schmeckte alles spitzenmäßig.

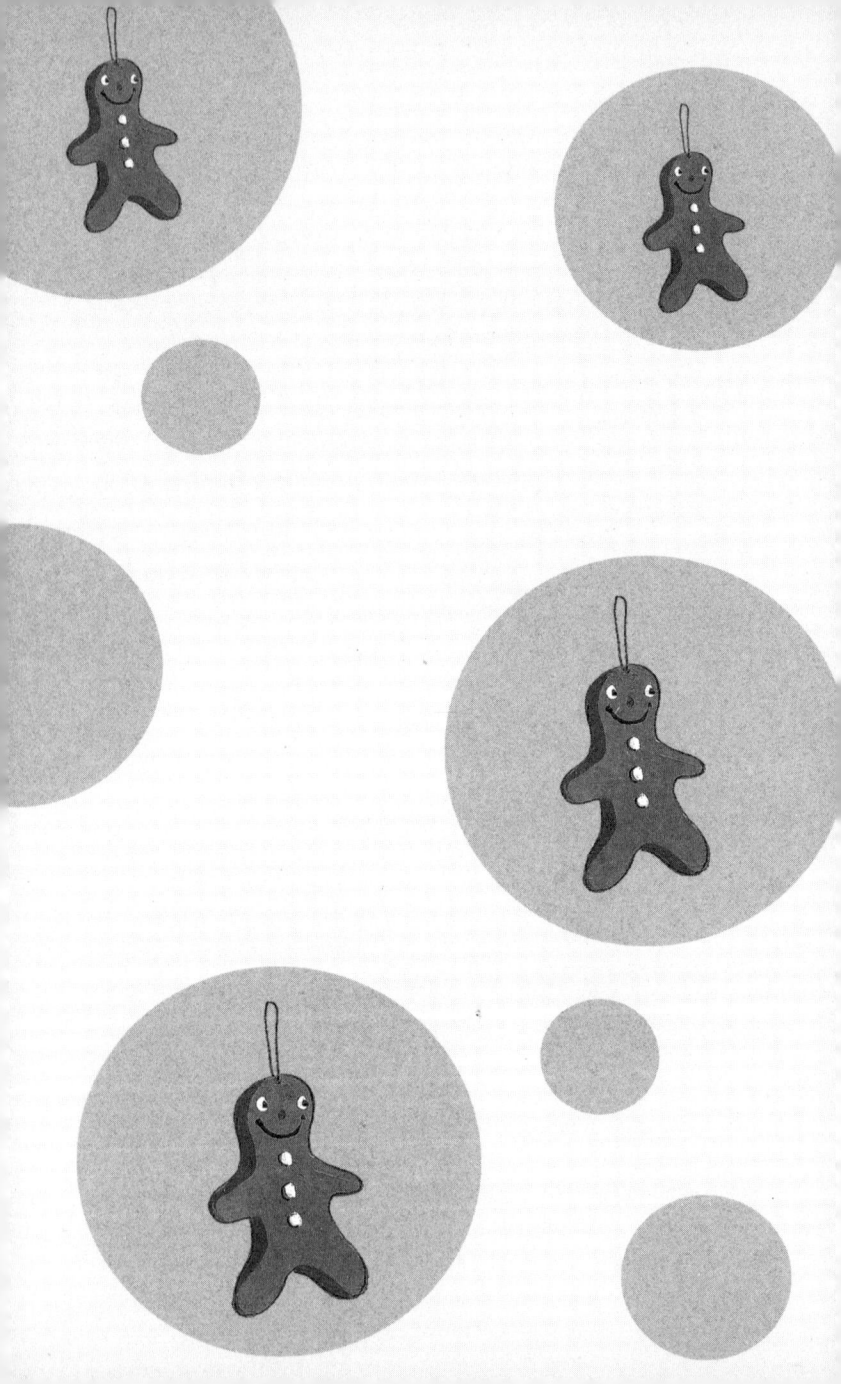

Später holte ich den Föhn aus dem Badezimmer und schloss mein Zimmer ab. Dann legte ich die Erzgebirge-Figuren der Reihe nach auf dem Fußboden aus und föhnte sie schön trocken. So.

Danach sortierte ich die verbrannten aus; die waren, weil zu unappetitlich, nicht zu verschenken, doch der Rest war jetzt einwandfrei: Die für den Christbaum bekamen meine Eltern sowie meine vier Großeltern, die Engelchen mit ihren Laternchen und Sternchen und so weiter und so fort bekamen Rese und Tante Trudi, die Tiere schenkte ich selbstverständlich meinem Nick – aber Jan … also für Jan hatte ich noch immer nichts.

Die Hoffnung stirbt zuletzt, sagte ich mir, sprang nach unten und bettelte meine Ma um Geschenkpapier an. Das Band hatte ich ja schon.

Ich beschriftete dann noch die Päckchen, versteckte sie unterm Bett, schloss mein Zimmer ab und radelte zu unserem Metzger, der mir ohne Weiteres eine Tüte Knochen schenkte – ein netter Mann, aber leider mit spiegelblanker Glatze. »Das gibt eine gute Suppe«, lobte er.

»Nix Suppe. Das sind Weihnachtsgeschenke für Hektor und Jash.«

Er kratzte sich, als wüchsen ihm noch Haare auf dem Kopf. Wahrscheinlich handelte es sich um die Macht der Gewohnheit. »Ally, in diesem Fall solltest du die Knochen ins Gefrierfach legen. Wenn nicht, stinken die gotterbärmlich bis Weihnachten.«

Wenn's weiter nichts ist! »Mache ich!«, rief ich und radelte zurück.

Für Fury hatte ich die Fellpflege, für Benno das Freundschaftsband, meine Familie wurde mit den Überbleibseln aus dem Brandherd beschenkt – es fehlte noch die Maus für Sepi und etwas Nettes für Jan.

Jan, der Wikinger. Was schenkte man einem Wikinger? Einen Steckerlfisch? Ein Boot? Verdammt, warum schufen die Künstler aus dem Erzgebirge keine Figürchen, die in Booten saßen und ruderten? Solche mit Steigeisen und Seilen über der Schulter hatte ich übrigens im Angebot auch nicht gesehen. Ich musste unbedingt mal googeln, wo sich das Gebirge befand. Bei uns im Süden jedenfalls nicht, das war mal klar.

Aber jetzt ging's um die Maus.

Zuerst stöberte ich alle Mausefallen auf, schließlich musste ich erst mal wissen, wie viele Käsestückchen benötigt würden, und als ich schon vier Stück beisammen hatte, entdeckte ich in der fünften Falle eine Maus – mausetot natürlich.

Was für ein Glückstag für mich. Leider nicht für die Maus, das arme Tier.

Im Nu war ich wieder in der Küche und wickelte drei Gefriertüten von der Rolle: eine für jede Hand, weil ich die Leiche nicht anfassen wollte. Und eine für die Maus.

Die steckte ich in die dritte Tüte, wickelte ein Drähtchen herum und deponierte sie im Gefrierschrank direkt neben den Knochen.

Erst da fiel mir auf, wie ruhig es heute war. Normalerweise hörte ich meinen Pa im Hof, oder Rese wollte was wissen, oder Nick polterte treppauf oder treppab. Nicht mal die Hunde bellten – mir war direkt unheimlich.

Im Hof brannten die Lichterketten am Baum und an den Girlanden, und weil es erst fünf Uhr und ich noch jede Menge Zeit bis zum Abendessen hatte, zog ich mich an und stieg aufs Rad, um ein letztes Mal die Girlande zu suchen. Ich hatte zwar die Geschenke für meine Familie beisammen, aber – die Hoffnung stirbt zuletzt – vielleicht winkte mir ja jetzt, wo ich das Geschenk nicht mehr brauchte, das Glück.

Es war wirklich affenkalt auf dem Rad; es schneite mal wieder, und die Räder rutschten nur so durch die Gegend. Aber ich hielt durch. Kurz vor sieben Uhr war mir kalt bis in den letzten Knochen, ich kam fast um vor Hunger, aber mir war klar: Der Dieb hatte die Girlande entweder entsorgt oder sein Wohnzimmer mit ihr dekoriert.

Jedenfalls hing sie über keiner Tür unserer Kleinstadt.

Der Schnee hing an meinen Wimpern, die längst nicht so lang waren wie die von Rese. Trotzdem war meine Sicht ziemlich eingeschränkt. Sonst hätte ich nämlich die schwarz vermummte Gestalt gesehen, die mir mit ausgebreiteten Armen den Weg zu unserem Erlenhof versperrte. So aber …

22. Dezember

Wenn Schnee auf einer vereisten Straße liegt und du bremst, rutschen die Räder einfach weiter. Das weiß jeder. Ich wusste das auch. Trotzdem bremste ich, als ich die Gestalt durch meine wegen des Schneefalls zusammengekniffenen Augen erblickte, obwohl ich ahnte, dass der Zusammenstoß nicht zu verhindern war. Es sei denn, ich lenkte das Radl ins Gebüsch. Das war kein guter Gedanke gewesen. Die Räder wollten nicht so wie ich, sie rutschten einfach weg, das Radl kippte, ich lag im Schnee.

»Ally!« Die Gestalt, die Schuld an dem ganzen Schlamassel hatte, beugte sich über mich. »Hast du dir wehgetan?«

Ich hatte schon etliche Stürze aus größerer Höhe überstanden, wenn ich von meinem Fury runtergefallen war. Ne, wehgetan hatte ich mir nicht. Aber wütend war ich! »Du Blödmann …«

Weiter kam ich nicht. Denn Jan nutzte die Gelegenheit und bewies mir ohne störende Zuschauer und absolut endgültig, dass er mich, Ally, dreizehn Jahre alt, mit krausem Wischmopp auf dem Kopf, fast null Busen und steckendünnen Beinen, meiner wunderschönen Schwester Rese vorzog. Was heißt da vorzog! Er war verliebt in mich! Meinetwegen hatte er den letzten Schultag geschwänzt! Um mir – mir, nicht Rese! – Weihnachtsfreude zu besorgen!

Obwohl diese an Heiligabend nicht größer sein würde als am Abend gestern. Mein erster Kuss! Quatsch – meine ersten Küsse!!!

Jede, die das Glück hatte, von einem verliebten Wikinger mit silberblonden Haaren und starken Schultern geküsst worden zu sein, ahnt, dass ich gefühlte hundert Jahre später wie auf Wolken nach Hause schwebte, während meine Augen und Ohren noch im siebten Himmel weilten und daher vom Gezeter »Wo warst du? Warum kommst du so spät? Ist dir etwas passiert?« nichts, überhaupt nichts mitbekamen.

Ich verzog mich in mein Zimmer. Ich schloss ab. Ich legte mich ins Bett und kuschelte mich in die Federn, als wären es Jans Arme.

Ich wollte nicht einschlafen. Ich wollte an ihn denken. An Jan. Meinen ersten Lover.

Ich musste dann doch eingeschlafen sein, denn als ich an diesem Samstag aufwachte, dem letzten vor Weihnachten, hörte ich wieder mal Benno, der im Hof schon schippte. Der Schnee lag mindestens zehn Zentimeter hoch auf meinem Fensterbrett. Also rein in die Jeans, den Norwegerpulli an, die Stiefel gesucht und raus ins Weiß.

Liebe macht stark! Ich schippte schneller als Benno, und als meine Ma »Frühstück ist fertig!« aus dem Fenster rief, war ich schon beim Ausmisten.

Weil... samstags ritten wir ja aus. Und Jan würde wieder mitreiten!

Mann o Mann, in mir loderte ein Wahnsinns-Freudenfeuer, die wahre, helle Weihnachtsfreude brannte in mir!

Als ich die nassen Stiefel auszog und den Schnee von den Sohlen klopfte, nahm ich mich aber zusammen. Wer einen pfiffigen kleinen Bruder und eine neugierige ältere Schwester hat, weiß, wie klug das ist, denn sonst drohen einem nur Scherereien. »Ally, wie kommt das blöde Grinsen in dein Gesicht? Hast einen Glückskeks verschluckt? Oder: »Ally, hast dir den Magen verdorben? Du isst ja nichts!« oder »Ally, nicht mal ein Smiley lächelt so idiotisch wie du!«

Wer will das schon hören! Ich fuhr mir also so lange übers Gesicht, bis meine Mundwinkel nach unten hingen, aß dann eine Scheibe Brot und ein Stück Stollen, um ja nicht aufzufallen, trank meinen Kakao aus, dachte gerade, dass ich jetzt, nach Jans Küssen, definitiv kein Kind mehr war und ab morgen Kaffee trinken würde, als – wieder mal – Benno erschien.

»Morgen allerseits. Chef –«

»Nicht schon wieder, Benno!«, unterbrach ihn meine Ma. »Sag nicht, uns wurde wieder was geklaut!«

»Ne, heute hab ich gute Nachrichten. Na, wie man's nimmt – die Sache war gefährlich und hätte schlimm ausgehen können. Und das vor Weihnachten! Das Fest wäre ins Wasser gefallen, würd ich mal sagen.«

»Komm zur Sache, Benno«, verlangte meine Ma. Mein Pa kombinierte: »Du hast den Dieb gestellt?« Er stand auf. »Hatte er es auf die Pferde abgesehen? Ich komme, Benno.«

»Nicht nötig, Chef. Sie hat die Katze gerettet.«

Meine Familie verstand kein Wort; nur mir schwante etwas, denn Benno schob Teller und Tassen beiseite, blätterte die Zeitung auf, und da, auf der letzten Seite vorm Sportteil, legte er seinen

dicken Zeigefinger auf ein Bild. »Unsere Ally!«, sagte er stolz. »Wie sie leibt und lebt. Bist halt ein tolles Mädchen! Das hab ich neulich auch dem Jan gesagt.«

Meine Familie hing jetzt über der Zeitung und las den Artikel.

»KATZE VOM DACH GERETTET« lautete die Überschrift.

Darunter stand: Budenbrand auf dem Weihnachtsmarkt

Von unserem Redaktionsmitglied Tini Fix

Großes Aufsehen hat ein Brand auf dem Weihnachtsmarkt ausgelöst: Zur Mittagszeit schlugen infolge eines defekten Heizgeräts Flammen mit starker Rauchentwicklung aus einer Bude. Durch das mutige Vorgehen eines Mädchens konnte die Katze der Budenbesitzerin gerettet und Schlimmeres verhütet werden …

»Davon hast du uns nichts gesagt«, klagte Rese wieder mal und ich antwortete, auch wie schon einmal: »Man muss ja auch nicht alles an die große Glocke hängen.«

Benno haute mir auf die Schulter. »Ich bin stolz auf dich, Ally. Gleich geh ich los und besorge mir zehn Zeitungen oder mehr. Alle meine Freunde bekommen den Artikel geschenkt.«

»Einscannen und per Mail schicken kostet nichts und geht schneller«, sagte Nick. »Kann ich für dich erledigen, Benno.«

Der winkte ab. »Lass gut sein, Nick. Meine Freunde haben es nicht so mit dem Computer. Na Chef, das sind doch mal bessere Nachrichten als solche über geklaute Handschuhe, was?«

Mir war nicht wohl in meiner Haut. »Es war überhaupt nichts Besonderes«, wiegelte ich die Fragen ab. »Klar, es hat geraucht und gestunken, aber von Flammen hab ich eigentlich nichts gesehen. Überhaupt – der Brand war für mich ein echter Glücksfall. Und«, ich schaute in die Runde, »für euch auch. Ihr werdet es schon noch sehen, weshalb!«

Puh! War ich froh, als ich endlich auf Fury saß! Jan war auch gekommen, aber weil ihm Rese und Nick gleich den Artikel unter die Nase hielten, konnten wir uns nicht so begrüßen, wie es zwei Lover tun sollten. Also nix mit Küsschen und Umarmung.

Trotzdem war es dann absolut fantastisch, neben Jan durch den Schnee zu traben. Fury war richtig guter Laune; immer wieder warf er den Kopf hoch und schwang den Schweif übermütig durch die Luft.

Jan hielt sich gut auf Hip Hop und passte auf, dass er Fury nicht zu nahe kam. Aber einmal, das war, als wir hintereinander durch den verschneiten Winterwald ritten, drehte er sich um und warf mir eine Kusshand zu. Zum ersten Mal in meinem Leben bekam ich eine Kusshand geschenkt, und wie ich so über die ersten Male nachdachte – die erste Umarmung, der erste Kuss, die erste Kusshand – kapierte ich, dass eine neue Phase in meinem Leben angebrochen war: Ich war ein Mädchen mit einem Lover!

Dabei handelte es sich nicht um irgendeinen Kerl mit Pickeln im Gesicht und fettigen Haaren. Es war ein Wikinger! Groß und silberblond! Der Schwarm aller Mädchen von der siebten bis zur neunten Klasse.

Mir wurde ganz schwummerig vor Glück … Bis wir über die Brücke am Zipfelbach ritten. Da fielen mir Giselberts Rese-Geschenke ein. Himmel aber auch – die hatte ich komplett vergessen! Flugs lenkte ich Fury neben Rese, die auf Schneewittchen ritt. »Was hast du gestern geschenkt bekommen?«

»Nichts«, schrie Rese empört.

Ich wusste es: Giselbert war ein Loser. Ohne mich war er aufgeschmissen – null Ideen, null Initiative. Ein Langweiler halt. Einer, der sein Glück nicht in die Hände nahm. Der immer geschubst werden musste. Na, dem würde ich Beine machen, aber hallo! Wenn wir die Pferde versorgt hatten, würde ich ihn sofort anrufen.

Da wurde aber nichts draus, denn meine Ma wartete mit einem Korb voll guter Sachen. »Die sind für Sam und seine Familie. Nick, lieferst du sie gleich ab?«

»Das kann ich erledigen«, sagte Jan. »Wenn Ally mitkommt.«

»Ne, ne, ich mach das schon!«, rief Nick.

Es ging noch ein bisschen hin und her, dann band Jan den Korb auf den Gepäckträger seines Rostradls und wir düsten zu dritt los, obwohl der Schnee hoch auf der Straße lag und Nick ein fürchterliches Theater machte, weil er uns um nichts in der Welt dabei haben wollte.

Das wunderte mich. Ich war neugierig, wo Sam wohnte, und wie sich herausstellte, war das gar nicht so weit von unserem Hof

entfernt – in einem kleinen Häuschen, gleich unterhalb des Weinbergs.

Eine Klingel gab's nicht. Wir klopften.

Im Haus weinte ein kleines Kind. Dann öffnete sich die Tür.

»Hi, Sam!«, sagte Nick und stellte den Korb ab.

Ein Mann mit einer schwarzen Krause auf dem Kopf und einer Haut wie Schokolade erschien. »Kommt rein!«

Wir traten den Schnee von den Schuhen. Die Diele war so klein und eng, dass wir gleich ins Wohnzimmer gingen. Da stand ein Korb, in dem das weinende Baby lag – winzig, süß und schokoladebraun, aber leider mit einer Glatze wie unser Metzger.

Die Mutter war auch klein und hatte eine Krause wie Sam und sein Vater. Das tat mir leid. Ich reichte ihr die Hand – und dann sah ich unsere nach Pferden müffelnde Decke. Sie lag auf einem durchgesessenen Sofa, und darüber, ich wollt's nicht glauben, hing an der Wand eine ellenlange Girlande bis ums Eck herum. Unsere Girlande. Hundertpro. Komplett mit Lichterkette, ohne Birnen in kitschigen Farben.

Ich schoss Nick einen Todesblick zu. »Du Lügner!«

Er verdrehte die Augen und hob die Schultern. »Das musste sein. Sie konnten sich nicht mal einen Adventskranz leisten«, flüsterte er.

Mann o Mann, und ich war abendelang durch die Stadt geradelt! »Warum hast du das mit der Girlande verschwiegen?«, zischte ich.

»Hab's vergessen«, murmelte er und streichelte das Baby.

Sam und seine Eltern freuten sich mächtig über das, was meine Ma in den Korb gelegt hatte. Wir mussten unbedingt unseren eigenen Saft trinken und von den Plätzchen essen, die meine Ma gebacken hatte, obwohl es der Familie an allen Ecken und Enden fehlte. Der Tisch war garantiert vom Sperrmüll, statt Stühle standen Kisten drum herum, eine nackte Birne hing von der Decke – das Einzige, das was hermachte, war unsere Girlande. Ich kam mir richtig hartherzig vor: Hätte ich von dem Elend gewusst, hätte ich mich bei »Hilfe für den Nachbarn« ganz anders ins Zeug gelegt.

Aber noch war es dazu nicht zu spät. Ein Plan reifte in meinem Kopf, und wie er so vor sich hinreifte, war ich mir sicher, dass Nick und Jan mitmachen würden.

Wir verabschiedeten uns dann und radelten wieder heim in unseren Erlenhof, aber bevor ich Jan auf die Seite ziehen konnte, stand er schon in unserer Küche und berichtete meiner Ma bis auf die kleinste Kleinigkeit vom Elend der Familie Mwamba.

Schlagartig wurde mir klar, woher unser kleiner Nick sein gutes Herz hatte: Meine Ma zögerte keine Sekunde. »Kein Adventskranz sagst du? Kein Christbaum, keine Stühle, kein …«

»Nichts«, antwortete Jan. »Und kalt hat es die Familie auch. Wir haben die Anoraks anbehalten.«

»Und das, wo sie doch die heiße afrikanische Sonne gewöhnt sind«, meinte meine Ma erschüttert. »Mal sehen, was sich auf unserem Dachboden finden lässt.«

Wir hörten Benno und sahen automatisch aus dem Küchenfenster: Hektor trabte über den Hof, hinter ihm stakste der alte Esel. Wer hatte ihn aus dem Stall gelassen?

Hund und Esel blieben vor der Tanne stehen. Josh rannte mit flatternden Ohren daher, Sepi folgte ihm mit hocherhobenem Schwanz, dessen Spitze sich wie ein Fragezeichen nach innen ringelte … mein Plan änderte sich geringfügig: Wie war das mit der »Hilfe für den Nachbarn«? Und war Weihnachten nicht das Fest der Liebe? Liebe nicht in Form von Küssen, sondern …?

Nick stupste mich. Wir verstanden uns ohne Worte. Die Frage war nur, wie ich Jan ins Boot holen konnte. Denn eines war mir klar: Er war nicht nur mein erster Lover, er war auch ein Nachbar. Leider brauchte er keine Hilfe. Schade eigentlich.

23. Dezember

Noch am Samstagabend rief ich Giselbert an und machte ihm Beine. »Du hast versagt«, jammerte er. »Du hast versprochen, mir zu helfen, Ally!«

Junge, da wurde ich aber sauer! »Brauchst du denn für alles ein Kindermädchen? Kannst du nicht mal ohne Hilfe denken?«, fauchte ich ins Handy und hätte ihm gerne meine Meinung so richtig um die Ohren gelöffelt. Ich bremste mich gerade noch; erstens durfte ich ihn nicht vergrätzen, denn als Reses Freund würde er häufig bei uns aufkreuzen. Zweitens war er wieder mal nahe daran, die Hände in den Schoß zu legen. »Hör zu! Du besorgst dir jetzt die Geschenke, und dann –«

»Die Läden sind zu«, blökte das Schaf.

»Die Tankstelle ist bis Mitternacht geöffnet!«, entgegnete ich.

»Und was schreibe ich?«, wollte Giselbert gleich wissen.

Ich überlegte. »Du musst erst mal die versäumten Geschenke auftreiben; am besten wird's sein, du hängst heute Abend alle auf einmal ans Brückengeländer. Und dazu schreibst du wie beim Countdown: Noch drei Tage. Noch zwei Tage. Noch einen Tag, dann stehen das Christkind und ich vor der Tür. Na, wie klingt das?«

»Geht so«, murrte Giselbert.

Wie bitte? Ich gab mein Bestes, und der Kerl murrte? »Hör mal, willst du Rese so kurz vor dem Happy End noch verlieren, wo du doch schon so viele Auslagen hattest und Jan jeden Tag auf unserem Hof ist?«

»Schon gut«, sagte er mürrisch. »Sei doch nicht gleich eingeschnappt, Ally.«

Ich schluckte; der Kerl war wirklich nichts für mich, so viel stand fest.

Am Sonntagmorgen schneite es wieder. Die vierte Kerze am Adventskranz brannte, der grüne Kachelofen spendete wohlige Wärme, Sepi haute Jash die tägliche Ohrfeige herunter – wie Giselbert kapierte der dumme Hund nicht, was Sache war – und meine Ma hing in der Diele am Telefon und rief eine Freundin nach der anderen an. Ich kümmerte mich nicht darum, denn: Gleich nach dem Stalldienst würde ich mit Jan ausreiten. Wir zwei allein, weil sich Rese um ihre Weihnachtsgeschenke kümmern und Nick zu Sam gehen wollte. Mein Pa musste im Wohnzimmer den Christbaum aufstellen, Benno half ihm dabei, und meine Ma sagte, als sie wieder in die Küche kam, sie habe jede Menge zu organisieren. Ich rutschte zu Rese auf die Bank.

»Kakao war gestern. Für mich bitte Kaffee«, sagte ich cool und griff nach der Kanne. Meine Ma runzelte die Stirn. »Hab ich was verpasst?«

»Kann schon sein. Möglich wär's«, murmelte ich.

Weil ja die ganze Familie am Tisch saß, meinte sie nur: »Wir müssen reden. Ally.«

»Klar, Ma.« Ich stopfte eine halbe Scheibe Brot mit Honig in den Mund und stand auf. »Nach dem Stalldienst. Und dem Ausritt dann. Vorher geht es nicht.«

Als ich später an Nick vorbei den vollen Schubkarren über den Hof karrte, rutschte Jan auf dem alten Rostradl in den Hof. Ich warf die Heugabel in den Schnee, er zog mich in die Ecke zwischen Stall und Misthaufen. Da bewiesen wir uns, wie sehr wir uns seit gestern vermisst hatten. Obwohl das Thermometer etliche Minusgrade anzeigte, wurde mir so warm wie noch nie …

Leider wurden wir viel zu bald von einem Esel gestört. Ich meine: einem wirklichen Esel. Kaum hatte Benno nämlich die Boxentür geöffnet, hatte er sich wieder an ihm vorbeigedrückt und war übern Hof und schnurstracks zu uns getrabt. Da stand er jetzt mit gesenktem Kopf vor uns und wollte gestreichelt werden. Natürlich schubsten wir ihn weg. Wir schrieen ihn sogar an, aber der Esel hatte seinen eigenen Kopf. Was soll ich noch sagen? Sein Sturschädel und Nicks fieses Lachen vermiesten uns die ganze schöne Stimmung.

Jan half beim Stalldienst, dann sattelten wir Hip Hop und Fury und saßen auf. Nick, Benno und mein Pa stellten sich uns in den Weg. »Ihr reitet nur Schritt. Verstanden?«

»Ja, Papa.«

»Kein Trab, und schon gar kein Galopp.«

»Ja, Papa.«

»Nur den Zipfelbach entlang und auf dem unteren Weinbergweg zurück.«

»Ja, Papa.«

»In einer knappen Stunde seid ihr wieder hier.«

»Ja, Papa.«

Benno hob den Zeigefinger. »Keine Experimente.«

»Ja, Benno.«

»Und keine Küsse!«, schrie mein kleiner Bruder.

»Niemals, Nick!«,

Einen schöneren Morgen im Advent konnte sich kein Mensch vorstellen. Leise rieselte der Schnee vom Himmel und legte sich wie eine weiße Kuscheldecke über die Pferde. Die Äste der Pappeln am Ufer des Zipfelbachs bogen sich unter der Last und stäubten uns ein, wenn wir unter ihnen durchritten und sie anstießen. Das Eis an den Rändern war schon fast bis zur Mitte des Bachs angewachsen, ein Reiher mit angezogenem Bein stand reglos auf einem Stein und schaute in die kleinen Wellen, ein Krähenschwarm flog mit lautem Gekrächze über die Bäume, Fury schnaubte und steckte Hip Hop mit seiner Ungeduld an.

Unberührt von irgendwelchen Spuren lag der Weg fast eben und kurvenlos vor uns; nicht mal ein Heiliger wäre bei so fantastischen Bedingungen im Schritt geritten.

»Wie wär's mit ein bisschen Tempo, Jan?«

»Du meinst – bei so viel Schnee unterm Kiel Leinen straffen und Fahrt aufnehmen?«

»Genau! Nur nicht backbords absteigen, hörst du?«

»Höchstens steuerbords!«

Wir lachten uns an, und dann, noch bevor wir den Pferden Zeichen gegeben hatten, galoppierten sie los. Der Wind trieb mir Tränen in die Augen, ich spürte das Auf und Ab des Pferderückens, hörte die vom Schnee gedämpften Tritte – und war glücklich. Einfach nur glücklich.

Einmal flog eine Krähe dicht über uns hinweg, einmal ratschte mir ein tief hängender Zweig übers Gesicht, einmal stockte mir der Atem, weil ein Häschen direkt vor uns über den Weg hoppelte – aber nichts passierte. Fury schnaubte und warf den Kopf hoch, dann lag auch schon das Sträßchen vor uns, das zum nächsten Dorf führte, und wir zogen die Zügel an. »Das war toll!«, rief Jan. »Und nun? Ich will noch nicht zurück.«

Das wollte ich auch nicht, also lenkten wir Fury und Hip Hop zum Wäldchen, obwohl das genau genommen nicht der erlaubte Weg war. Hier fiel der Schnee weniger dicht; wir ließen die Pferde im Schritt reiten und wichen den tief hängenden Zweigen aus. Es war so still, dass ich meinen eigenen Atem hörte. Und den der Pferde natürlich. Der Pfad wurde so schmal, dass wir hintereinander reiten mussten. Oben auf dem Hügel wäre ich am liebsten in den Weinbergweg eingebogen; ich zog die Zügel an und lenkte Fury zur Seite und weiter bis zum Aussichtspunkt. Dort stieg ich ab, band die Zügel an einen dicken Ast und wartete, bis Jan neben mir stand.

»Sieh mal!«

Jetzt fiel kein Schnee mehr, dafür kämpfte sich die Sonne zwischen den dicken grauen Wolken hindurch. Unter uns glitzerte das Eis auf dem Zipfelbach, die hohen Erlen trugen weiße Decken, auf unserer Koppel liefen die Pferde umher, gerade führte Benno den Esel übern Hof, Jash und Hektor sprangen umher… und dann, dann nahm mich Jan in die Arme.

Fury fand das nicht gut; er wieherte, stupste ihn beiseite und legte seinen Kopf auf meine Schulter. Ich liebe Fury, wirklich, aber in diesem Augenblick hätte ich gerne auf seine Zärtlichkeit verzichtet. Ich streichelte seine Nüstern und schob ihn weg. Fury schnaubte und quetschte wie der Esel seinen Kopf zwischen uns.

»Er ist eifersüchtig«, stellte Jan fest und zog mich ein Stück beiseite… Erst als wir die Glocken unserer Stadtkirche hörten, banden wir die Pferde los und saßen wieder auf

Wie sonst üblich wäre ich gerne durch die Weinberge ins Tal geprescht, doch wie versprochen kehrten wir um und ritten auf dem unteren Weinbergweg nach Hause zurück. Kurz bevor wir den Erlenhof erreichten, sagte Jan: »Ally?«

»Ja?«

»Wie ist das eigentlich bei euch an Heiligabend?«

Ich setzte gerade zu einer langen Antwort an, aber da hatten uns Jash und Hektor erspäht, flitzten heran und umkreisten uns mit aufgeregtem Bellen. Ich hob die Schultern. »Später!«, rief ich, ritt in den Hof und… fast traf mich der Schlag: »Was geht hier vor?«

Die Frage war mehr als berechtigt, denn da, direkt vor der Tanne,

parkte unser Traktor samt Anhänger. Und die Autos der Freundinnen meiner Ma.

Die luden Schachteln und Kisten aus ihrem Kofferraum und schleppten sie zum Anhänger, wo Benno sie auf der Ladefläche verstaute.

Mit perfektem Make-up und in ihrem schicksten Reitdress stand Rese mit ihrem Kaschmir-Giselbert daneben; da sie aber mit Händchenhalten voll beschäftigt waren, rührten sie keinen Finger. Mich ärgerte das nicht; im Gegenteil! Ich hoffte doch sehr, dass mein Geschenke-Liebeszauber endlich Wirkung zeigte.

Wir führten Fury und Hip Hop zum Abkühlen im Hof herum und erfuhren, dass die Telefonaktion meiner Ma ein voller Erfolg gewesen war: Alles, was von ihren Freundinnen angeliefert wurde, würde Benno zu Sams Häuschen transportieren.

Die »Hilfe für den Nachbarn« waren nicht bloß Wörter auf Papier, es waren handfeste Spenden von Mas Freundinnen: verschiedene Stühle, eine Kommode mit drei Schubladen, vier Lampen, ein Badezimmerteppich, etliche Fliesdecken (garantiert ohne Pferdegeruch), Bettzeug, Kissen, Geschirr und Töpfe, Kartons mit Waschpulver, Babykittelchen, Strampelhöschen, Pampers, ein Kindersitz fürs Auto (ohne Auto), ein Hochstuhl, eine Wippe, Schachteln mit Spielzeug und Bilderbüchern oder Nudeln, Reis, Tee, Gemüse in Dosen, eine ganze Kiste Bier sowie ein Karton Orangensaft, aussortierte Kleidungsstücke … Voll der Wahnsinn! »Eine Sitzgarnitur und unser altes Doppelbett hätten wir auch noch zu vergeben«, sagte Karin, die beste Freundin meiner Ma, »aber ob das alles ins Häuschen passt? Deine Mutter meinte, es sei ziemlich eng dort.«

Nick hielt ihr einen Zollstock unter die Nase. »Wie lang? Wie breit? Wie hoch?«

Karin lachte. »Junge, dir ist's wirklich ernst mit der ›Hilfe für den Nachbarn‹, was?« Dann runzelte sie die Stirn und teilte ihm die ungefähren Maße der Sitzgarnitur mit. Nick schrieb sie sich auf den Handrücken. »Und das Doppelbett?«

Da lachte Karin noch viel mehr. »Zwei mal zwei Meter, du Dussel!«

Kurz darauf lud Ma ihre Freundinnen zu Kaffee und Stollen in die

Küche ein. Wir – Nick, Jan und ich – kletterten auf den Anhänger und tuckerten mit Benno zu Sams Häuschen.

Da traf mich fast ein zweiter Schlag: Nicht Sam, sein Vater oder seine Mutter machten die Tür auf. Es waren mein Pa und Peter, sein bester Freund und Karins Mann. Und dann ging's los: Wir luden den Anhänger ab und trugen die Kisten, Schachteln und sonstigen Gegenstände ins Häuschen. Der Korb samt dem süßen, aber leider glatzköpfigen Schokobaby stand auf der Spüle, weil das der einzige ungefährdete Platz war, und da Nick die Maße der ausrangierten Sitzgruppe vom Handrücken ablas und das Häuschen geräumig genug war, luden wir das durchgesessene Sofa gleich auf den Anhänger und versprachen, den Nachschub so bald wie möglich anzukarren.

Nick zupfte mich am Ärmel. »Meinst du, Sam und seine Familie fühlen sich wohl in dem ganzen ungewohnten Zeug?«

»An Heiligabend?«

»Genau. Das ist doch das Fest der Liebe und so, Ally.«

»Daran hab ich auch schon gedacht. Hör mal, Nick …« Ich zog meinen kleinen Bruder hinter den Anhänger und flüsterte ihm meinen Plan ins Ohr. »Machst du mit?«

»Hundertpro, Ally!«

»Ich schreibe die Einladungen und kümmere mich ums Geld!«

Meine Ma und ihre Freundinnen saßen noch immer bei ihrem Kaffee. Ich schnappte mir die Mistgabel und folgte Benno in den Stall, denn das, was ich vorhatte, duldete keinen Aufschub. »Benno«, sagte ich, »ich bin pleite. Könntest du mir aus der Patsche helfen? Nur bis Januar; da bekomme ich Taschengeld.«

»Hast noch keine Geschenke besorgt, was?«

Ich druckste herum. »Wie viel soll's denn sein?«, erkundigte er sich dann.

»Och.« Ich zögerte. »Zehn, fünfzehn Euro müssten für ›Hilfe für den Nachbarn‹ reichen.«

»Hilfe für den Nachbarn!« Benno schnaubte. »Willst du sämtliche Einwohner der Stadt beschenken?«

Mit zwanzig Euro in der Hand düste ich auf meinem Radl in die Stadt.

24. Dezember

Bei uns läuft es an Heiligabend immer so ab: Gegen drei Uhr kommen unsere beiden Großeltern und Opi Rudis unverheiratete Schwester, Tante Trudi. Um fünf gehen Benno und wir, die gesamte Familie, in die Kirche. Anschließend wird auf dem Marktplatz ein Gläschen Glühwein getrunken, danach wandern wir nach Hause.

Unsere Opas und Tante Trudi setzen sich ins Warme, die Omas und meine Ma kümmern sich ums Essen. Wir andere versorgen die Pferde und erledigen die Stallarbeit.

Als Rese, Nick und ich noch kleiner waren, gab's dann gleich die Bescherung. Jetzt wird erst gegessen: Würstchen mit Kartoffelsalat, und als Nachtisch Tiramisu auf süddeutsche Art: Die unterste Lage besteht aus Löffelbisquit, darauf kommt eine Lage Kirschen in dicker Sauce, ihnen folgt eine Schicht Vanillepudding, dann wiederholt sich das Ganze. Obenauf liegt ein Berg Schlagsahne. Der Nachtisch ist das Beste vom Essen an Heiligabend, deshalb gibt es davon auch eine riesige Schüssel voll; die Gänse landen bei uns am 1. Weihnachtstag auf dem Tisch.

Den ganzen Morgen klebte Rese an meiner Seite und nervte mich. »Wenn ich nur wüsste, wer mir täglich das süße Geschenk ans Brückengeländer gehängt hat. Und von wem die lieben Botschaften sind! Mensch, Ally, ich hoffe ja nur, dass der geheimnisvolle Fremde nicht der größte Loser unserer Schule ist. Was meinst du, wer es ist? Kenne ich ihn? Und wann kommt er? Kommt er überhaupt, oder traut er sich nicht? Vielleicht wartet er ja bis zum ersten Feiertag. Was meinst du?«

Irgendwann hatte ich genug. »Wart's doch einfach ab! Der größte Loser unserer Schule wird es schon nicht sein; ein Loser macht sich nämlich nicht die Mühe, jeden Tag ein neues Geschenk für dich auszusuchen.«

»Ich bin ja so aufgeregt!«, jammerte sie.

Nick und ich waren noch viel aufgeregter als Rese. Wir hatten ja keine Ahnung, ob unsere Familie mit dem, was wir eingefädelt hatten, einverstanden war, oder … ein Geschrei würd's hoffentlich nicht geben; doch bei Opi Rudi war ich mir nicht sicher.

Vor lauter Aufregung knabberte ich an einem eingerissenen Nagel herum und war direkt erleichtert, als Pa fragte, ob Nick und ich ihn auf die Polizeiwache begleiten würden. »Der Besitzer des Esels wurde ausfindig gemacht.«

Auf der Polizeiwache saß ein sehr, sehr alter Mann. Er hatte wässrige Augen und klagte, mit dem Esel hätte er seinen besten Freund verloren. Aber was hätte er tun können? »Kein Geld für Futter, kein Geld für den Tierarzt. Ich dachte, ein mitleidiger Mensch wird sich seiner annehmen. Aber er fehlt mir so!«

Nick musste berichten, wie er und Sam das Tier gefunden und in unseren Stall gebracht hatten. Dann versicherte unser Pa, dass es dem Esel gut gehe und, wenn es eben nicht anders möglich wäre, er in unserem Stall bleiben und bis ans Lebensende gefüttert würde.

»Darf ich ihn besuchen? Gleich heute an Heiligabend?«, fragte der Alte.

»Natürlich«, bestätigte unser Pa und seufzte ein bisschen.

»Noch ein Esser«, flüsterte ich Nick ins Ohr. »Wenn das mal gut geht.«

Hans Kuder, unser Polizist, sagte zu Pa: »Ein Stall voller Pferde, ein Sohn, der Ihnen einen alten Esel beschert und eine Tochter, die Katzen aus dem Feuer holt. Was kommt als Nächstes?«

»Eine schöne Bescherung!«, rief Nick begeistert und stieß mir den Ellbogen in die Seite. »Direkt zu Heiligabend!«

Hans Kuder legte unserem Pa so richtig mitfühlend die Hand auf den Arm. »In Ihrer Haut möchte ich nicht stecken.«

An keinem Tag im Jahr vergehen die Stunden so langsam wie an Heiligabend. Zu Mittag gab's nur eine Suppe, dann kamen die Großeltern samt Tante Trudi.

Opa Heinz schilderte in allen Einzelheiten, wie sehr ihm seine Krampfadern zu schaffen machten, Oma Hanne machte *tztztz* und meinte, er würde maßlos übertreiben. Omi Margot hatte einen bösen Finger, Otfried, Opi Rudis bester Freund, war Witwer geworden und hätte Weihnachten gerne mit uns gefeiert. »Aber ich«, sagte Opi Rudi empört, »hab gesagt, er soll sich gefälligst um die eigene Verwandtschaft kümmern. Jetzt fällt er seiner Schwester auf den Wecker, die er nicht ausstehen kann. Aber«, Opi Rudi hob wie

Ebi Rattelhuber den Zeigefinger, »an Weihnachten will die Familie schließlich unter sich sein.«

Nick stieß mich unterm Tisch ans Schienbein. »Du bist gemein, Opi!«

»Ja«, unterstützte ich meinen kleinen Bruder. »Hast du noch nie von ›Hilfe für den Nachbarn‹ gehört? Otfried ist dein Nachbar UND dein bester Freund; ich finde, du hättest ihn ruhig mitbringen können«.

Omi Margot gab Nick einen Kuss. »Genau, was ich auch gesagt habe!«

Nick rubbelte den Kuss weg.

»Weihnachten ist das Fest der Familie«, sagte Opi Rudi entschieden. »Schluss. Aus. Ende der Diskussion.«

Himmel aber auch! Das konnte ja heiter werden.

Zum Glück kam jetzt Rese in die Küche. Wie vermutet mit schönstem Make-up und wallender Mähne. Sie küsste Omi und Oma, Opi und Opa, setzte sich auf Tante Trudis Schoß und lobte ihre Kette mit dem roten Anhänger, auf den sie es nämlich seit Jahren abgesehen hatte.

Dann drängten Pa und Benno zum Aufbruch.

In der Kirche brannten wie erwartet die Kerzen am Baum, aber von der Predigt bekam ich so gut wie nichts mit. Ich zappelte herum, Nick zappelte neben mir, Ma schaute mit gerunzelter Stirn zu uns rüber ... und dann, endlich, standen alle auf und sangen »O du fröhliche, o du selige«.

Wir schauten uns noch wie in jedem Jahr die Krippe unterm Baum an, dann wanderten wir auf den Marktplatz. Die Erwachsenen tranken ihren Glühwein, und ich hielt Ausschau nach Jan.

Rese hing an meinem Arm. »Ist er da? Siehst du ihn?«

»Wen?«, fragte ich.

»Der Junge, der mich liebt, du Dussel.«

»Woher soll ich wissen, wer dein Lover ist, du Dussel?« Ich trat von einem Bein aufs andere. Wenn nur Opi Rudi keinen Wutanfall bekam und Heiligabend im Chaos versank!

Weil Opa Heinz fand, der Glühwein verklebe ihm den Magen und Omi Margot Sodbrennen von dem süßen Zeug bekam, machten wir uns endlich auf den Heimweg.

Es schneite wieder. Ich hängte mich bei Tante Trudi ein, damit sie schneller ging: Ihre Trippelschrittchen nervten.

Auf unserem Hof wartete eine dunkle Gestalt – es war der alte Mann mit dem Weihnachtsgeschenk für seinen alten Esel: eine verschrumpelte Möhre.

Er tappte in den Stall, Benno, Pa und Nick kümmerten sich um die Pferde, ich raste in mein Zimmer und kam mit einer großen Tüte in die Küche. »Ma«, sagte ich, »ich habe noch ein paar Saitenwürste besorgt. Nur für den Fall, dass wir Besuch bekommen.«

Meine Ma kannte mich. »Könnte der Fall eintreten, Ally?«

»Schon möglich. Sicher bin ich mir nicht.« Das war keine Lüge: Ich WAR mir nicht sicher.

Aber dann ging es Schlag auf Schlag.

Zuerst stand der Kaschmir-Giselbert mit glatt gebügelten Haaren in der Küche und staunte nicht schlecht, als er die vielen fremden Gesichter sah. Er erspähte Rese, eilte schnurstracks auf sie zu und drückte ihr ein winziges Päckchen in die Hand. Weil es in das Geschenkpapier eingewickelt war, das sie schon längst kannte, kapierte sie sofort. »Das glaube ich jetzt nicht! Giselbert! Du bist mein Lover?! Ich dachte ...«

Giselbert ließ die Arme hängen. »Freust du dich nicht, Rese?«

Himmel aber auch! Meine dusslige Schwester war im Stande, den mühsam gewobenen Liebeszauber in letzter Sekunde zunichte zu machen.

»So ein hübscher Junge«, sagte Omi Margot zu Oma Hanne. »Rese, nun wickle doch endlich das Geschenk aus.«

»Wenn es wieder nur ein Freundschaftsbändchen oder ein Schokoanhänger ist ...«, meinte sie, zog das rote Bändchen auf – und hauchte Giselberts ein Küsschen neben das Ohr. »Ist das schön! Danke!« Sie streifte einen silbernen Ring über den Finger. »Er passt!«, verkündete sie und hielt den Ringfinger stolz in die Höhe.

Nick griff nach ihrer Hand. »Da klebt ja ein Marienkäferchen am Ring«, stellte er fest. »Ein lebendiges habe ich am 1. Advent im Stall gefunden. Erinnerst du dich, Rese? Es bringt dir Glück.«

»Es ist aus Silber, und es bringt UNS Glück, nicht wahr, Giselbert?«

Sie legte die Arme um seinen Hals. Giselbert rührte keinen Finger. Opa Heinz hustete. »Junge, du bist zu schüchtern.«

Das fand ich auch. Wann endlich küsste er meine Schwester? Ich stupste ihn. »Nun mach schon!«

»V...vor all den Leuten?«, stotterte er.

»Wie süß«, sagte Omi Margot gerührt. »Der nette Junge traut sich nicht. Rese, wenn du ihn nicht endlich küsst, erledige ich das für dich.«

Da kam Giselbert in die Gänge und legte die Arme um sie. Opa Heinz klopfte ihm auf die Schulter. »Nur Mut. Aller Anfang ist schwer.«

Opi Rudi wurde ungeduldig. »Mein Junge, Weihnachten ist das Fest der Familie. Du wirst sicher zu Hause erwartet, weil –« Da erschien der Mann, dem der Esel gehörte. Er heiße Erwin, teilte er uns mit, und er freue sich, dass es seinem Jakob so gut bei uns gehe und dass er Heiligabend mit dem Esel und uns feiern dürfe.

Opi Rudi stutzte. »Moment. Moment. Weihnachten ist das Fest der Familie. Sie werden doch nicht –« Es klopfte, und zwei Erwachsene, ein Mädchen in Nicks Alter, mit feuerroten Haaren, giftgrünen Augen und einem abgebrochenen Vorderzahn, plus ein Junge schoben sich in unsere Küche. Der Junge hieß Jan, war überhaupt nicht schüchtern, sondern lotete der Sache gleich auf den Grund: Er legte die Arme um mich. Vor allen Leuten.

»T'aun Deiwel aber auch«, sagte ich stolz.

Rese riss die veilchenblauen Augen auf. »Das ist ja die Höhe! Jan, ich dachte –«

»– ich sei beklötert? Rese, das bin ich nicht. Hab ich dir immer gesagt, aber du wolltest nicht hören, du –«

Wieder ging die Tür auf. »Hi! Sam!« Nick zog seinen Freund in die Küche. Der kam nicht allein; hinter ihm drängelten sich Sams Vater und seine Mutter mit dem süßen, aber leider kahlköpfigen Schokobaby auf dem Arm herein.

Opi Rudi kam aus dem Protestieren nicht heraus. »Was sollen die vielen Leute in unserer Küche? Weihnachten will die Familie unter sich sein!«

Ich stellte rasch einen zweiten Topf mit Wasser für die von Bennos Geld besorgten Würste auf den Herd.

»Erwartest du noch mehr Besucher?«, fragte mein Pa.

»Wir sind vollständig.«

Er war kein bisschen vergrätzt. »Weißt du was? Eine so große Runde an Heiligabend haben wir uns immer gewünscht, nicht wahr?« Er lächelte Ma an. Sie lächelte zurück. »Aber sicher! Auf fröhliche Weihnachten, mein Lieber!«

Nick, Jan und Giselbert trugen sämtliche Stühle aus dem Haus ins Wohnzimmer, und weil wir ganz eng zusammenrückten, hatten alle Platz am ausgezogenen Tisch.

Das Schokobaby lag inmitten der Geschenke auf einem dicken Kissen direkt unterm Baum und war somit die einzige Person, die kein Würstchen abbekam und den Höhepunkt des Abends verschlief.

Den hatten wir Nick, Sam und Jans Schwester Svenja zu verdanken. Die tuschelten nämlich die ganze Zeit und stahlen sich noch vor der Bescherung aus dem Wohnzimmer, und gerade, als wir mit Giselbert, Erwin und unseren neuen Nachbarn, Jans Familie und Sams Familie, »Stille Nacht, heilige Nacht« anstimmten, zogen und schubsten die drei den Esel in die Stube. Opi Rudi schrie: »Gehört der etwa auch zur Familie?«, Tante Trudi kreischte, aber Benno sagte ganz andächtig: »Der Esel und das Kind im Stall. Genau wie damals in Bethlehem.«

Mein schönstes Geschenk war ein Foto in einem knallroten Rahmen, das Jan auf seinem Boot zeigte und eine Widmung hatte, die überhaupt das Allerschönste war. Am Weihnachtsmorgen rannte ich hinunter ins Wohnzimmer, um mich an der Widmung zu erfreuen. Da schlug mir ein Gestank entgegen, der sich gewaschen hatte. Rese wäre geflüchtet; ich ging ihm nach und entdeckte nach einigem Schnüffeln und Suchen unterm Sofa mein Geschenk für Sepi. Die Maus war aufgetaut, stank grausam und sah so mickrig aus, dass ich sie an Sepis Stelle auch verschmäht hätte. Einen halben Knochen fand ich auch noch. Neben ihm lag das Schmusebärchen des Schokobabys. Das musste Nick zurückbringen.

Ich hatte etwas anderes vor – Jan und ich würden durch den verschneiten Winterwald reiten. Allein. Nur zu zweit.

T'aun Deiwel aber auch …

Sissi Flegel
Wintertraum und Weihnachtskuss
Eine Liebesgeschichte in 24 Kapiteln

ca. 296 Seiten, ISBN 978-3-570-40158-3

Hollys Leben ist komplett auf den Kopf gestellt: Warum musste der neue
Freund ihrer Mutter auch gleich samt Tochter Nell bei ihnen einziehen?
Doch dann entdeckt Holly ein Wichtelgeschenk – und vergisst prompt
ihren Ärger. Denn wer könnte ihr geheimnisvoller Wichtel sein? Etwa der
süße Matteo von nebenan? Aber die Sache hat einen Haken: Ihre Familien
sind sich schon seit über 50 Jahren spinnefeind! Ob daran das Fest der
Liebe etwas ändern kann ...?

www.cbj-verlag.de

Catherine Rider

Kiss me in New York

ca.300 Seiten, ISBN 978-3-570-16455-6

Heiligabend, JFK-Flughafen, New York. **Charlotte** wurde gerade von ihrem
amerikanischen Boyfriend abserviert und will nun nichts mehr, als zu
ihrer Familie nach London zurückzukehren. Da wird ihr Flug verschoben
und Charlotte ein Hotel-Gutschein in die Hand gedrückt. Geht es noch
schlimmer? Ja, geht es: **Anthony** will seine Freundin vom Flughafen
abholen, doch die macht dort kurzerhand mit ihm Schluss. Da hat Charlotte
eine Idee: Wieso verbringen sie und Anthony nicht gemeinsam mit ihrem
neuen Ratgeber *Wie man in zehn Schritten über seinen Ex hinwegkommt*
den Heiligabend? Doch aus dem Spiel wird bald romantischer Ernst.

www.cbt-buecher.de

Catherine Rider

Kiss me in Paris

ca. 300 Seiten, ISBN 978-3-570-16478-5

New Yorkerin Serena Fuentes hatte es sich alles so schön vorgestellt: Paris, die Stadt der Liebe, 21. Dezember, auf den Spuren der Hochzeitsreise ihrer Eltern, gemeinsam mit der Schwester – Romantik pur! Doch die Schwester düst mit ihrer neuesten Flamme nach Madrid ab, während Serena bei einem komplett Fremden unterkommen muss. Quelle horreur! Jean-Luc Thayer ist nur mäßig begeistert von der Aussicht, eine amerikanische Touristin babysitten zu müssen. Umso irritierter ist er, als Serena ihn auf eine von A bis Z durchgeplante Tour durch die Stadt mitzerrt. Jean-Luc improvisiert lieber, vorzugsweise mit der Kamera. Aber irgendwann merken Serena und Jean-Luc, dass Gegensätze sich anziehen …

www.cbt-buecher.de

70074